读客彩条外国文学文库

熊猫君激发个人成长

萨拉马戈作品

复明症漫记

[葡] 若泽·萨拉马戈 著　范维信 译

河南文艺出版社
·郑州·

ENSAIO SOBRE A LUCIDEZ by José Saramago
Copyright © 2004, José Saramago
Simplified Chinese edition copyright © 2023
by Dook Media Group Limited
All rights reserved.

中文版权 © 2023读客文化股份有限公司
经授权，读客文化股份有限公司拥有本书的中文（简体）版权
豫著许可备字：2022-A-0087

图书在版编目（CIP）数据

复明症漫记 /（葡）若泽·萨拉马戈著；范维信译.
— 郑州：河南文艺出版社，2023.3
（读客彩条外国文学文库）
ISBN 978-7-5559-1495-2

I.①复… II.①若… ②范… III.①长篇小说 – 葡
萄牙 – 现代 IV.①I552.45

中国国家版本馆CIP数据核字（2023）第014763号

复明症漫记

著　　者　［葡］若泽·萨拉马戈
译　　者　范维信
责任编辑　王　宁
责任校对　李亚楠
特约编辑　孙宁霞　王　品　夏文彦
策　　划　读客文化　021-33608320
版　　权　读客文化
封面设计　陈艳丽
出版发行　河南文艺出版社
印　　刷　河北中科印刷科技发展有限公司
开　　本　880mm×1230mm　1/32
印　　张　10
字　　数　221千
版　　次　2023年3月第1版　2023年3月第1次印刷
定　　价　66.00元

如有印刷、装订质量问题，请致电010-87681002（免费更换，邮寄到付）
版权所有，侵权必究

ENSAIO SOBRE A LUCIDEZ

献给皮拉尔*

献给曼努埃尔·巴斯克斯·蒙塔尔万**

* 若泽·萨拉马戈的妻子。
** 曼努埃尔·巴斯克斯·蒙塔尔万(Manuel Vázquez Montalbán, 1939—2003),西班牙侦探小说家,诗人、评论家、美食家,代表作有《南方的海》《浴场谋杀案》。

我们吠叫吧,狗说。

——《呐喊书》

7

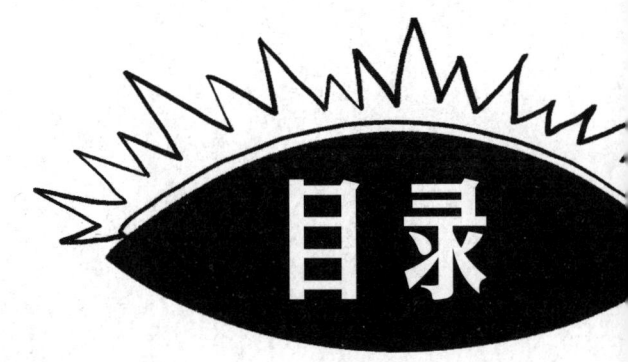

目录

001
复明症漫记

285
《复明症漫记》与《失明症漫记》
（代译后记）

290
萨拉马戈诺贝尔文学奖获奖演说
人物如何当上师父，而作者成了他们的学徒

305
一九九八年诺贝尔文学奖颁奖典礼致辞

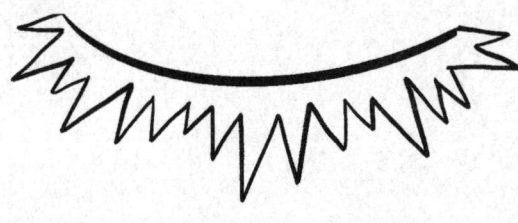

复明症漫记

这样的天气投票，太糟糕了，第十四选区选民代表大会执行委员会主任委员叫苦不迭。他把车停在门口，一路小跑足足四十米，累得气喘吁吁，心几乎要从嘴里蹦出来，进门时，他猛地收起湿淋淋的雨伞，脱下几乎没有起到任何作用的雨衣。但愿我不是最后一名，他对秘书说。虽然狂风把大雨甩进屋里，弄得满地是水，但秘书站得靠里，未被波及。您的副手还没有来，不过还不到开会时间，秘书安慰说；要是雨一直这样下个不停，人能够到齐就堪称壮举了，经过投票室的时候，主任委员对秘书说。他首先问候执行委员会的各位同人，届时他们将担任监票人；接着问候各政党的代表及副代表。他小心翼翼，对所有人都说同样的话，表情和语气也不差分毫，避免显露出可能被人察觉其政治和思想倾向的任何迹象。一个主任委员，即便像他这样一个普普通通的选区选民代表大会的主任委员，也必须在任何情况下恪守独立原则，或者说，必须摆出一副不偏不倚的样子。

会议室仅有两扇狭小的窗户，窗外的天井即使在阳光明媚的日子里也昏暗不堪，再加上天气潮湿，室内的空气显得更加厚重，而人们的焦虑情绪，用当地习语说，可以用刀子切开。最好是推迟选举，中间党代表说，这场雨从昨天开始就没有停过，各地都出现了河水泛滥和房倒屋塌的情况，选举中弃权的比例肯定会直线上升。右翼党代表点头表示同意，但他认为这种态度应当以更为审慎的评论方式表达出来。他说，对这种危险，我当然不会低估，不过我想，本市市民曾不止一次表现出高尚的公民精神，值得我们信赖，他们意识到，对，他们绝对已经意识到，本市这次选举对首都的未来具有深远意义。中间党代表和右翼党代表各自表达完意见之后，带着既像怀疑又似嘲讽的神气一同把目光投向左翼党代表，饶有兴趣地等着听他又会发表什么高见。就在这时候，副主任委员浑身雨水闯进了会议室，鉴于选民代表大会执行委员会成员这下全部到齐，可以想象，他的到来受到了真诚热烈的欢迎。可惜我们因此失去了一个机会，不能及时了解左翼党代表所持的观点，不过，根据一些先例不难推断，他不会不表现出鲜明的历史乐观主义立场，比如，他会这样说，本党选民都不是遇到这等微不足道的障碍便畏缩不前的胆小之辈，绝对不会因为云彩里掉下区区三四滴雨水就不迈出家门。实际上这并非区区三四滴雨水，而是瓢泼大雨，倾盆大雨，是翻腾的尼罗河和长江，是飞流直下的伊瓜苏大瀑布。但是，值得永世传颂的信念不仅为其受惠者移开道路上的一座座大山，并且让他们频频出没于暴风骤雨之中而滴水不沾。

执行委员会成员已经到齐，委员们各就各位，主任委员在公告上签名，然后命令秘书依照法律规定将其张贴在大门口，但是，秘书显示出他不乏基本的常识，提醒说，公告在墙上连一分钟都贴不住，即使向上帝祷告也无济于事，刚刚说完头两声阿门，纸上的字迹就会被淋得一片模糊，第三声尚未出口，整张公告就被风刮得无影无踪。既然如此，那就贴在里面雨淋不到的地方吧，法律对这一细节并没有明确规定，重要的是贴出公告，让人们看到。他询问委员们是否同意，大家都表示赞同，只有右翼党代表请求把这一决定写入会议记录，以免日后产生争议。秘书完成任务湿漉漉的回来后，主任委员问他现在天气如何，他耸耸肩回答说，还是老样子，雨大得厉害；外面有选民来吗；连个人影都没有。主任委员站起身，请各位执行委员和各政党代表跟他一起去检查投票室，没有发现任何可能破坏今天的政治抉择顺利进行的情况。检查投票室的程序履行完毕，他们返回各自的座位，开始审查选民登记，也没有发现任何违规、遗漏或可疑之处。庄严的时刻到了，主任委员打开票箱向选民展示，让他们确认票箱内空无一物，如有必要，明天他们将是强有力的证人，证明没有任何不光彩的事情发生，例如趁夜深人静时把假票塞进票箱，危害公民自由自主意志，防止被称为从魔术师帽子里变出选票之类的骗局再次在这里上演，别忘了，根据主犯和从犯自身的能力和所遇到的时机不同，此类事情可能在选举之前、之中或之后发生。票箱空空如也，干干净净，没有任何瑕疵，可惜不见一个选民，哪怕只有一个选民作为样本，也可以算作向选民展示票箱了。或许某个人正在赶来，却迷了路，此刻正在与暴雨搏斗，忍受着狂风抽打，把标志公民选举权的证书紧紧抱在怀里，捂在心窝，可惜天气这样糟糕，即便能够赶来，也会迟到很长时间，这还是在他没有选择放弃，转身返回家里，把本市的命运交到另一些人手中的情况下，那些人坐在黑色轿车后排座位上来到选举站门口，履行公民义务之后再由汽车接走。

根据本国法律规定，各种资料的审查工作结束之后，执行委员会主任委员、委员和各政党代表及副代表立即投票，当然，他们必须是在该选区登记的选民，在场的上述人员均符合要求。虽然他们尽量拖延时间，但是，把这前十一张选票塞进票箱，四分钟也绰绰有余了。于是他们开始等待，除了等待，没有别的办法。刚刚过了不到半个小时，主任委员就开始烦躁不安，建议一位委员去看看是否有人来了，说不定一阵风吹过，门关上了，一些选民吃了闭门羹，转身往回走，还愤愤不平地说，既然选举延期举行，至少应当讲点儿礼貌，通过电台和电视台通知公众一声，电台和电视台总还能提供这类信息吧。秘书说，谁都知道，要是一阵风把门吹得关上了，会发出惊天动地的声音，可这里谁也没有听见任何响动。那位委员犹豫不决，去还是不去呢，但主任委员固执己见，请你去一趟，去吧，小心别淋湿了。门仍然敞开着，被门吸固定得结结实实。委员伸出头去，朝这边看看，又朝那边看看，赶紧缩了回来，只不过一转眼工夫，整个脑袋就像在淋浴喷头下冲过一样。他希望自己的行为举止像个优秀委员，让主任委员高兴，这是他头一次接受指派完成一项任务，必须以高效率的工作博得上司的赏识，凌云壮志他早已有之，随着时间的推移，经验的积累，说不定有一天平步青云，也能领导一个选民代表大会，届时任何人都不会感到诧异。他回到会议室，主任委员既像内疚又像开心地喊道，伙计，不要淋成这个样子嘛；没关系，主任委员先生；委员一边用上衣袖子擦着下巴一边说，看到什么人了吗；就本人目力所及，一个人也没有，街上成了一片汪洋。主任委员站起身，犹豫不决地在办公桌前面踱了几步，然后径直走到票箱旁边，朝里面望了一眼，又返回原处。这时候，中间党代表站起来发言，再次陈述他的预见，说弃权的选民人数会直线上升。右翼党代表则老调重弹，又扮演起和事佬的角色，说选民们有整整一天的时间可以投票，此时大概正在家里等着暴风雨平静下来。而左翼党代表觉得还是沉默不语为好，心想，如果当初副主任委员进来的时候真的把已到嘴边的话说出口，现在的处境该多么难堪，当时他是想这样说的，区区三四滴雨水绝对吓不倒我党的选民。秘书看到众人把目光投向自己，就提出一个很实用的建议，他说，我觉得，给内政部长打个电话，了解一下本市和全国其他地区选举进行的情况，应当不失为一个不错的主意，这样，我们就会知道，这里出现的爱国热情缺失是普遍现象呢，还是仅仅是这里的选民不肯带着选票赏脸出席。右翼党代表听罢勃然大怒，站起身来说，我要求把以下的话记录在案，作为右翼党的代表，我对秘书先生提到选民时使用的不敬之词和令人难以接受的挖苦口吻表示最强烈的抗议，选民是民主制度最重要的支柱，如果没有选民，生我们养我们的祖国早已被世界上现存的无数独裁暴君中的某一个收入囊中了。秘书耸耸肩，问道，主任委员先生，我应当把右翼党代表先生的要求记录在案吗；我认为还不至于如此严重，现在的情况是，我们都在气头上，焦躁不安，甚至不能自持，众所周知，这种精神状态下容易说出实际上并不想说的话，我相信秘书先生不想冒犯任何人，他本人是个对自己的责任有着清醒认识的选民，证据是，像我们在座的所有人一样，他也是顶风冒雨到这里来履行应尽的义务的，我真心地赞赏这一点，不过，并不能因此而不请求秘书先生严格履行使命，不要发表任何可能伤及在座的各位或其政治情感的评论。右翼党代表做了个无可奈何的手势，却被主任委员一厢情愿地理解为对他的话表示赞同，于是，冲突没有继续恶化，当然，中间党代表也对此做出了重要贡献，他不失时机地重新谈起了秘书提出的建议。实际上，他接着说，我们就像大海上的一群遇难者，既没有船帆又没有罗盘，既没有桅杆也没有船桨，而且油箱里的柴油已经用尽。完全正确，主任委员说，我现在就给内政部打电话。他一边说一边朝远处那张放电话机的桌子走去，手里拿着几天前得到的一张会议指南，上面有内政部的电话号码等相关资料。

通话很简短，这里是第十四选区选民代表大会执行委员会主任委员，我现在非常担心，坦率地说，这里发生的事很怪异，开门已经一个多小时，但直到现在还没有选民前来投票，是的，先生，连个人影也没有，当然，没有办法让暴风雨停止，大雨、狂风、洪水，是的，先生，我们一定继续耐心坚定地应对，不用说，我们就是为此而来的。接下来，主任委员只有几次点头表示同意，几声勉强忍住的感叹，以及三四个已经开口却未能说下去的词语。他放下话筒，向执行委员会的委员同事们望一望，但实际上并没有看见他们，他眼前出现的似乎是许多空荡荡的会议室，一摞摞尚未启用的登记册，一个个翘首等待的主任委员及其秘书，还有各怀鬼胎的政党代表，他们正在相互观察，计算着在这场博弈中哪个能赢，何人会输。那边，一个精明强干的委员从门口回来，淋成了落汤鸡，他告诉大家，还是没有任何人前来投票。内政部是怎么回答的，中间党代表问道；他们也不知道人们怎么想的，当然有很多人是因为天气恶劣而留在家里，但是整个城市的情况和这里大致相同，对此他们无法解释；你为何用大致这个词呢，右翼党代表问道；其中几个选民大会，当然为数不多，已经有选民在投票，只是人数极少，少得可怜；全国其他地方呢，左翼党代表问，不只首都在下雨呀；这正是令人莫名其妙之处，有的地方和这里一样大雨滂沱，但人们仍然前去投票，当然天气好的地方投票的选民更多，说到天气，据气象部门预告，中午以后天气会转好；也可能越来越糟，记得有句谚语吧，中午以后要么雨更大要么天放晴，又一个委员提醒大家，此前他还没有说过一句话，这是他第一次开口。一阵寂静。这时秘书把手伸进外衣口袋，掏出手机，按了一个号码。在等待对方接听的时候，他说，借用大山与穆罕默德的故事里的一句话，既然我们不能向不认识的选民打听他们为什么不来投票，那么就问问家里人，家里人我们总该认识吧，喂，你好，是我，对，你还在那里呀，怎么还没有来投票呢，在下雨，这我知道，我的裤腿还湿着，对，是这样，对不起，我忘了你说过午饭以后再来，当然，我给你打电话是因为这里的事挺麻烦，要是我不告诉你，你都想象不到，到现在还没有人来投票，一个也没有，你也许不相信，好，我在这里等你，吻你。他关上手机，以嘲讽的口气说，至少一张选票有保证了，我老婆下午来。主任委员和其他委员交换了一下眼神，看样子非效仿秘书的做法不可了，但同样看得出来，他们谁都不愿意当出头鸟，因为那等于承认，在本次选民代表大会上，思维敏捷和当机立断的桂冠竟然落到了一个秘书的头上。而刚刚到门口去察看是否还在下雨的那位委员则轻而易举地悟出一个道理，他还需要多吃几年面包和盐，才能修炼到秘书那样炉火纯青的地步，像魔术师从爵士帽里抓出一只兔子似的，从手机里拽出一张选票来，如此举重若轻，挥洒自如，世所罕见。这位刚刚从门口回来的委员还看到，主任委员已经躲到一个角落，正在用手机与家里通话，其他人也开始做同样的事情，个个十分小心，低声细语，他也非常佩服同事们这种诚实的态度和廉洁奉公的精神，不使用摆在桌子上的座机，以节约国家的经费，因为座机原则上只用于公事。唯一的例外是左翼党代表，他没有手机，只得耐心等着听别人的消息，不过应当说明，这个可怜虫家在外地，独自一人在首都生活，没有可以打电话叫来的人。电话交谈陆续结束，用时最长的当数主任委员，看样子他要求电话另一端的人立刻赶来投票，双方争执不休，不论结果如何，当初首先打电话的本应是他，既然秘书已经抢在前面，就让他占这点儿便宜吧，我们已经看出来了，那家伙属于爱出风头的人，如果像我们一样尊重上下等级秩序，就该直接把想法告诉上司。主任委员发出一声已经憋在胸中很久的叹息，把手机装回口袋，问道，怎么样，都知道一些情况了吧。这不仅是明知故问，而且可以说有点儿言不由衷。首先，因为知道这个词是动词，就词义而言，人人都知道一些情况，即便只是一些毫无用处的情况；其次，提问者显然在利用其职务固有的权威逃避自身的责任，因为本应由他首先向下属提供一些信息。如果我们还没有忘记他那声叹息，没有忘记他在电话里提出要求时流露出来的躁郁，那么，我们自然而然会想到，假设电话另一端是家人，那番通话语气不够平和，也缺乏教养，与一位公民和主任委员的身份不符，遇到突发事件周章失措，不能泰然处之，而现在还逃避困难，要求下属首先发表意见，不过我们也知道，这是领导者的另一种行为方式，一种更现代的方式。左翼党代表没有得到任何消息，只能坐在那里倾听，除他之外的其他委员和政党代表，有的说家里人不愿意淋雨，盼望老天赶快放晴，便于人们前来投票，还有的像秘书的妻子那样，等下午再来。唯有刚从门口回来的那位委员与众不同，一副兴高采烈的模样，看得出来，他觉得有理由高兴，若是用语言表达，那就是，我家里没有人接听，这只能说明他们正在前来投票的路上。主任委员回到自己的座位，重新开始等待。

几乎一个小时以后，终于进来第一位选民。与大家的期望相反，更让刚刚去了门口的那位委员沮丧的是，来的是个陌生人。他身上的塑料雨衣和脚下的塑料雨靴上还满是闪光的水珠，他把滴水的雨伞放在办公室门口，朝执行委员会走去。主任委员嘴角带着微笑起身相迎，这位选民年事已高，但身体仍然硬朗，他的出现预示着正常状态将要恢复，像历届选举一样，尽责的公民排成长长的队伍慢慢向前挪动，没有人显出不耐烦的样子，正如右翼党代表所说，他们都意识到此次选举具有划时代的重要意义。陌生人把身份证和选民证递给主任委员，主任委员以激动甚至喜气洋洋的声音宣读选民证号码和持有人姓名，负责统计的委员们赶紧翻看登记册，找到该选民之后再把名字和号码大声重复一遍，标上记号，随后，身上还在滴水的选民拿着选票走进写票的小隔间，不一会儿就拿着叠成四折的选票走出来，交给主任委员，主任委员郑重其事地把选票放入票箱，选民领回自己的证件，拿起雨伞出去了。第二位选民出现是在十分钟以后，从他开始，虽然选票就像输液导管里一滴滴慢慢流出来的药水，又如同一片片缓缓飘离树枝的秋叶，但毕竟一张张地落进了票箱。无论主任委员和委员们怎样尽量放慢工作节奏，前来投票的选民仍然形不成等候的队伍，人数最多时有三四个，无论怎么说这三四个人也算不上名副其实的队伍。我说对了吧，中间党代表说，弃权的人会很多，多得可怕，更加可怕的是谁也弄不明白这是怎么回事，唯一的办法是重新选举；风雨也许能缓和下来，主任委员说，他看了看表，又像祈祷似的嘟囔了一句，已经快到中午了。这时候，我们称为门口委员的那个人猛地站起来说，如果主任委员先生允许，趁现在没有人来投票，我出去看看天气怎么样。他风风火火地出去，转眼间满面春风地回来了，并且带来一个喜讯，雨小了很多，几乎完全停下了，天上已经能看到一片片光亮。听到这个消息，执行委员会委员和政党代表们恨不得聚拢到一起拥抱一番，但欢乐的情绪没有持续多久。选民依然稀稀落落，像单调的滴答声，来了一位，过一会儿又来一位，门口委员的妻子，母亲和姨妈来了，右翼党代表的哥哥来了，主任委员的岳母来了，她显然对选举缺乏应有的尊重，告诉垂头丧气的女婿说她女儿傍晚才能来，还毫不留情地补充了一句，女儿说想去看场电影，副主任委员的父母来了，一些不属于这些家庭的选民来了，他们进来的时候表情冷漠，出去的时候无动于衷，直到右翼党的两位政治家到来和几分钟后中间党的一位政治家出现时，才稍微显得有点儿生气。这时候冒出来一位文字记者，像一台来自虚无世界拍了几个画面又返回虚无世界的神秘摄像机一样，要求提个问题，现在投票进行的情况如何；情况本来可以更好一些，主任委员回答说，不过，天气好像已经开始好转，我们相信前来投票的选民人数会增加；我们从本市其他地区选民代表大会得到的印象是，这次选举中弃权人数将非常之多，记者说；我倾向于以乐观主义的态度看待事物，以积极的目光看待天气对选举机制的运作产生的影响，只要今天下午不再下雨，我们就能弥补上午的暴风雨造成的损失。记者心满意足地走了，这句话说得够漂亮，至少可以拿来作为报道的副标题。已经到了满足胃部需要的时刻，委员和政党代表们自动分成了几伙，轮流就地吃饭，一只眼睛看着选民登记册，另一只看着三明治。

  雨停了，但没有任何迹象预示主任委员充满爱国情怀的希望能够通过这只票箱得到圆满实现，因为直到现在，选票尚未铺满箱底。在场的人都觉得，这场选举已经是个巨大的政治失败。时间一分一分过去。下午三点半，钟楼上的钟声响了，正在这时秘书的妻子进来投票。丈夫和妻子相视微微一笑，这微笑中暗藏着一种难以言明的默契，让主任委员内心感到一阵难以忍受的痉挛，也许是由于忌妒，由于知道自己不能成为这种会心微笑的一方而产生的痛苦。三十分钟之后他看了看手表，痉挛的部位仍然隐隐作痛，似乎精神上又增添了难以名状的恐惧，他问自己，妻子是不是真的去了电影院呢。她会来的，如果来的话，也只能在最后一个小时，最后一分钟了。祈求好运的方法多种多样，但几乎全都徒劳无益，而这一种，即强制自己去想最坏的结果，但同时又相信会实现最好的期望，是最为常见的方法之一，值得尝试一下，不过在这件事上不会奏效，因为我们从可靠的消息来源得知，主任委员的妻子确实去了电影院，至少此时此刻还没有决定是否前来投票。值得庆幸的是，我们曾多次提到的平衡定律永在，宇宙沿着时间轴运行，行星沿着轨道运行，这意味着只要一边减少一物，另一边必然替换一物，使两边在质量和体积上尽量等同，以免因为不平等对待而有过多积怨。若非如此就无法理解此前似乎对选举活动的公然藐视，心安理得待在家里的选民们，为什么在下午四点钟，既不提前一个小时，也不推迟一个小时，既不早，也不晚，全都离开家门来到街上，大部分人自己前往，另一些人则依靠消防队员或志愿者帮助，因为他们居住的地方被淹，积水尚未退去，无法通行，所有人，对，所有人，无论是健康的人还是病人，前者步行，后者坐在轮椅上，担架上或者救护车里，像江河只知道汇入大海的道路一样，纷纷拥向各自所属的选民代表大会投票站。而怀疑主义者，或者疑心重的人，这种人只肯相信那些能满足他们的希望，使他们得到某些好处的奇迹，这些人必定认为，将上述平衡定律应用于当前是对该定律的公然曲解，主任委员的妻子是否前来投票这件小事，从宇宙观点来看实在微不足道，完全有理由认为无须补偿，无须地球上众多城市之一的本市用如此方式补偿，数以千计的人，不论年龄大小和社会地位高低，不论政治观点和思想意识多么不同，全都出人意料地行动起来，不约而同地离开家门前去投票。以这种方式做出推断的人忘记了，宇宙有其自身的规律，这些规律与人类相互矛盾的梦想和愿望毫不相干，而在这些规律形成的过程中，我们并没有为其添一块砖加一片瓦，只不过随意用一些词语为它们命名，还有，古往今来的一切都告诉我们，宇宙利用这些规律想要达到的目的总是远远超出我们的理解能力。在目前的具体情况中，一边是票箱也许会失去的什么东西，现在暂时还只能说也许会失去，这里指的是主任委员那位可能令人反感的妻子手中的选票，另一边是前来投票的男男女女组成的滚滚洪流，根据最基本的公平分配原则，两者天差地远，我们对此难以接受，谨慎起见，我们暂时不做任何定论，而是满怀信心地去关注一些初露端倪的事件如何发展。报纸、电台和电视台的记者们正是这样做的，他们怀着对职业的热忱和对信息的渴望行动起来，东奔西跑，忙忙碌碌，把录音机和麦克风伸到人们嘴边，频频发问，是什么原因让你在四点钟走出家门来投票呢，所有的人都同时来到街上，你不觉得难以置信吗。而他们听到的回答往往是干巴巴的，甚至咄咄逼人的，例如：因为我决定这个时候出来；作为自由的公民，我们愿意什么时候出门就什么时候出门，愿意什么时候回家就什么时候回家，用不着向任何人解释；提出这种愚蠢的问题，人家付你多少钱；我什么时候出去或者不出去，谁管得着呢；哪一条法律规定我必须回答你的问题；只有我的律师在场我才说话。也有一些有教养的人不像我们刚刚提到的民众那样，回答中带着尖酸刻薄的呵斥，但就连这些人也不能满足记者们如饥似渴的好奇心，他们只是耸耸肩说，对于你的工作，我极为尊重，非常乐于帮助你发布一条喜讯，但我只能说，当时我看了看表，四点钟了，于是对家里人说，走吧，要么现在去，要么永远不去；要么现在去，要么永远不去，为什么这样说呢；是啊，这正是问题的症结所在，就这样，嘴里冒出了这句话；你开动脑筋，好好想想；算了，请你去问别人吧，也许他们知道；我已经问过五十个人了；结果如何；谁也回答不出来；看到了吧；但是，数以千计的人在同一个时间离开家门前来投票，你不认为是个离奇的巧合吗；巧合，肯定是巧合，但要说离奇，也许算不上；为什么；啊，那我就不知道了。各电视台的评论员都在密切地关注选举的进程，他们缺少评论所需的可靠资料，于是从鸟儿的飞翔和啼鸣中推测神灵的意愿，怨叹现在不再准许屠宰动物作为祭品，因而无法从其尚在蠕动的内脏中解开年代和劫数的奥秘，就在他们被极其昏暗的选举前景弄得晕头转向六神无主的时候，突然清醒过来，这一定是因为他们发现，围绕着是巧合或者不是巧合进行争论是浪费时间，与职业赋予他们的使命不符，于是他们像饿狼一样扑向首都人民的爱国主义热忱，确实，这是我国的民主历史上绝无仅有的弃权现象，这个幽灵不仅严重威胁着政权的巩固，更为重要的是严重威胁着制度的稳定，在这样的时刻，首都人民成群结队涌向投票站，给全国其他地区树立了光辉榜样。内政部发布的正式公告没有透露出如此程度的惊慌失措，但从字里行间可以清楚地看出，政府现在终于松了一口气。至于处于竞技场上的三个政党，右翼党、中间党和左翼党，他们在不失时机地计算了在这次出人意料的公民大运动中的输赢得失之后，分别发表了文字华丽但内容大同小异的声明，对民主的胜利表示祝贺。国家元首和政府首脑先后在总统府和总理府发表讲话，现场都以国旗为背景，内容雷同，区别或许仅限于多一个句号或少一个逗点。在各个选举站的门口，选民们形成三路纵队，队尾绕过社区向远处延伸，一眼望不到尽头。

像本市其他选区的主任委员一样，第十四选区选民代表大会的这位主任委员清楚地意识到，他正在经历一个绝无仅有的历史时刻。那天夜晚，内政部把投票时间延长了两小时，后来又增加了半小时，为建筑物内拥挤的选民行使选举权提供方便，投票结束时已是深夜，委员们和各政党代表筋疲力尽，饥肠辘辘，从两个票箱里倒出来的选票像小山一样堆在眼前，第二个票箱还是他们紧急向内政部申请来的，面前的任务如此沉重，他们激动得几乎颤抖起来，我们可以毫不夸张地称为史诗般的英雄激情，仿佛祖国的那些英勇亡灵重新复活，神奇地化身为一张张选票。其中一张选票属于主任委员的妻子。她是一时冲动离开电影院的，选民的队伍像蜗牛一样缓慢地向前蠕动，她等了几个小时，最后终于走到丈夫跟前，听到丈夫宣读她的姓名，她心里感受到一种东西，似乎是久违了的幸福的影子，仅仅是个影子而已，但即便如此她也觉得，仅凭这一点就不虚此行。计票工作直到午夜以后才告结束。真正的有效票不到百分之二十五，其中右翼党得票占百分之十三，中间党百分之九，左翼党百分之二点五。无效票极少，弃权票也极少，百分之七十以上的选民，投的是空白选票。

　　混乱、惊愕，还有嘲弄和讥讽，一时间横扫全国。众多地方城市，除一两处因为天气恶劣导致选举稍稍推迟之外，其他地区均进展顺利，没有出现事故，选举结果也与以往无异，很多人正常投票，也有不少死硬的弃权主义者，无效票和空白票都不多，不具特别意义。当年，中央至上主义大行其道，首都被吹捧为选举文明的典范，曾让各个地方城市饱受屈辱，现在不同了，他们可以回敬对方一记耳光，嘲笑某些先生的愚蠢与傲慢，说那些人仅仅因为偶然的机会生活在首都，就颐指气使，飞扬跋扈。那些先生，他们在说这几个字的时候，就算不是在说每个字母也是在说每个音节的时候，嘴唇的动作都流露着轻蔑和不屑，这几个字针对的不是在家里待到四点钟，像接到什么不可抗拒的命令一样突然走出大门，拥向大街前去投票的那些人，而是针对政府，因为政府过早地表现出喜气洋洋，志在必得的模样，针对的是各个政党，他们早在投票之前就开始施展各种手段，仿佛那些选票已经是成熟的葡萄，而他们是采摘者，这几个字还针对各家报纸和社会媒体，他们转眼之间便从欢呼胜利改为落井下石，转变得如此迅速，如此从容，好像从不曾为一场场灾难的诞生推波助澜。

地方城市的讥笑者们不无理由，但理由不像他们以为的那样充分。政治动荡如同已经点燃的导火索在整个首都蔓延，寻找要引爆的炸弹，可以察觉到，在这一切的背后隐藏着强烈的焦躁不安，不过，除了夫妻之间，密友之间，某一政党成员与该政党机关之间以及政府各部门之间，人们都尽量避免将这种不安高声表达出来。假如重新进行选举会怎么样呢，这是人人都在问的问题，但他们都顾虑重重，压低声音，窃窃私语，唯恐惊醒沉睡的恶龙。有人说，最好不要用矛去刺恶龙的肋骨，还是维持现状为好，右翼党继续执政，主宰政府，也主宰市政厅，就像任何事情都没有发生一样，比如，可以想象一下，政府宣布首都进入紧急状态，从而中止宪法保障，一段时间之后尘埃落定，这桩不祥事件已成为过眼云烟，到那时候，对，到那时候再准备重新选举，首先要精心组织竞选活动，包括举行宣誓和做出承诺，同时采取一切手段，防止出现因为微小或一般违法行为就恶语相向或者大发雷霆的现象，避免再次被某位德高望重的专家严厉地斥为畸形的社会政治状况。还有一些人发表不同意见，说法律神圣不可侵犯，既然写入法律，不论伤及谁，都必须履行规定，如果走歪门邪道，靠支应搪塞或者私下交易，我们必定会陷入混乱，导致良知丧失，总之，既然法律规定若出现自然灾害应在八天之后重新进行选举，那么，就在八天以后，也就是下一个星期日重新选举，不论上帝意欲如何，都必须如此。但是，人们注意到，各政党在表达观点的时候左右逢源，不愿意过分冒险，对这边点头称是，说那边也有道理。右翼党是执政党，并领导市议会，其领袖认为自己稳操胜券，相信人们会把桂冠拱手送到他们面前，所以他们施展的是带有外交色彩的镇定手腕，说政府承担着保证法律得到履行的责任，应当相信政府的看法，还说，在我国这样成熟的民主制度中，这是自然而然，天经地义的。中间党的领袖也主张遵守法律，但是他们向政府提出一些连他们自己都明白绝不可能得到满足的要求，即制定和实施严厉的措施保证选举活动绝对正常进行，尤其是保证选举结果的绝对正常，他们说，只有这样，本市刚刚落幕的丑剧才不至于在祖国和世界面前重演。至于左翼党，其最高领导机构专门为此举行会议，经过长时间的讨论之后发表了一份公报，表示他们始终不渝地希望，日益临近的选举在客观上将为一个广泛的社会进步与发展的新时代的到来创造必不可少的政治条件。他们没有宣誓要赢得这场选举以领导市议会，但其含义不言而喻。当晚，总理通过电视台向人民宣布，根据现行法律，本市将于接下来的星期日重新进行选举，因此，新的竞选活动期从周日二十四时开始，为期四天，到下星期五的零时结束。接着，总理的表情严肃起来，特意加强每一个字的语气，他说，最近的事件显示选民一贯明晰的判断能力遭到破坏和扭曲，这是始料未及的，其原因尚未完全查明，但调查程序已启动，政府相信，首都人民一定会响应重新投票的召唤，以严肃认真的态度保持以往的荣誉，履行公民义务，彻底终结这一令人遗憾的事件。国家元首的讲话留待星期五晚上竞选活动结束时发表，但讲话的结尾一定早已拟好，亲爱的同胞们，星期日必定天气晴朗，万里无云。

确实是天气晴朗，万里无云。借一位电视台记者颇具灵感的话说，一大早，金色的太阳从蓝色水晶般的基座上冉冉升起，灿烂的光辉照亮了我们的蓝天，选民们开始走出家门，前往各自的投票站，他们不像一个星期以前那样盲目地成群结伙，而是各行其是，但个个穿戴整齐，态度认真，投票站的门还没有打开，等待选举的公民已经排起长长的队伍。然而，不幸的是，平和的人群当中并非个个都纯洁无瑕，胸怀坦荡。遍布全市的四十多支长长的队伍中，每支队伍里都有至少一名特工，他们的任务无一例外是窃听和录下周围人们的议论，因为警察当局相信，选民们像候诊室里的患者一样，在长时间的等待过程中，迟早会张开紧闭的嘴巴，即便只说出半个字，也能使其煽动人们情绪的企图暴露无遗。大部分特工是情报机构的职业探员，但也有来自志愿者队伍的，这些业余从事情报工作的爱国者，出于服务精神报名参加，不要任何报酬，确实如此，这是真话，有他们签署的声明为证，也有人只是为了满足病态的告密欲而来，甚至为数不少。我们不做深层次的考虑而姑且称为人性的东西，其基因密码不能简单地归结到脱氧核糖核酸或称DNA上，还有更多有待我们去探索发现，用形象的方法说，人性就好比一个螺旋体，虽然为数众多的各流派心理学家和分析家为了打开人性大门的插销而无所不用其极，甚至把指甲都磨光了，但是，对这个螺旋体的探索我们还没有走出幼儿园阶段。这些科学研究不论多么重要，不论如何前途似锦，都不会使我们忘记今天刚刚领略到的令人不安的现实，不仅有装作若无其事的特工在窃听和偷录人们说些什么，还有汽车沿着选民队伍静静开过，像是在寻找停车的地方，里面却配备着人们看不到的高分辨率摄像机和最新一代的麦克风，如果一伙人正在喃喃低语，在车里人看来他们必定另有企图，这些设备能把他们每个人的情绪波动记录下来转化为形象图表，即录下他们所说的话，同时描绘他们的情绪波动。已经没有任何人的处境是安全的了。直到投票站开门，选民队伍开始挪动的时候，录音机只捕捉到几句无关痛痒的话，比如上午天气晴朗，气温适宜，或者狼吞虎咽吃了早餐之类家长里短的闲谈，还有关于母亲前来投票如何保证孩子安全之类内容重要的简短对话，孩子的父亲留在家里照顾他们，我们唯一的办法就是轮班，现在我来，过会儿他来，我们当然愿意一起来投票，但不可能，谁都知道，改变不了现实就要面对现实；我们最小的儿子跟他姐姐留在家里了，他姐姐还不到选举年龄，对了，这是我丈夫；很高兴认识你；我也很高兴认识你；今天上午天气太好了；甚至像是上天有意安排的；总有一天会这样。虽然那些白色汽车，蓝色汽车，绿色汽车，红色汽车，黑色汽车一次又一次经过，车顶上的天线在晨风中摇摇摆摆，虽然隐藏在车里的麦克风灵敏度极高，但仍未能从这些表情无辜的普通人头脑中发现任何明显的可疑现象，至少表面看来如此。不过，无须成为多疑学博士或猜忌学学士就能察觉到，那最后两句话有特别之处，这里指的是，上午天气好得像是上天有意安排的，总有一天会这样，这两句话，尤其是第二句，总有一天会这样，语义不清，模棱两可，也许不是有意的，可能是下意识的，但正因为如此才隐藏着更大的危险，应当对说出这些话的语调进行仔细分析，特别要分析所产生的一系列声波频率，我们这里指的是潜在的声音，如果相信最新理论的话，假如我们不考虑潜在的声音，对任何讲话的理解程度都将是有限的，不充分的，不完整的。关于遇到这类情况如何行动，现场的特工及其同事预先得到了非常明确的指示。不应当远离嫌疑人，在投票的队伍中站在他后面第三个或第四个人的位置，虽然隐蔽起来的录音机很灵敏，但作为双重保险，应当在主任委员高声宣读该选民的名字和编号时将其牢记在心，然后装作忘记了什么东西似的悄悄离开队伍到街上去，通过电话向情报中心报告发生的情况，最后返回狩猎场，再占一个位置。从最严格的意义上来说，不能把这种行动与射击运动相比，因为这里指望的是，厄运，命运，幸运或者其他随便什么东西，都会把目标放到枪手面前。

随着时间推移，情报像雨点一样落进情报中心，但是，没有任何一条能够清晰且无可辩驳地证明被偷听的选民前来投票别有用心，多数情况属于确实说过类似的话，即使那句最值得怀疑的话。总有一天会这样，如果还原到当时的语境之中，也会大大失去浮出表面的特别之处，只不过是两个男子在谈论他们当中一人最近离婚的事，从头到尾吞吞吐吐，以免引起身旁人的好奇，最后，离婚的男人带着几分气恼，几分无奈，胸中发出一声颤抖的叹息。如果说敏感是特工最重要的职业本能，那么他就应该明确地把这句话视为无可奈何的表现。如果那位特工没有把这当作一回事，如果录音机没有把那声叹息记录下来，那也是人为失误和技术差错。一位高明的法官，如果了解人的本性，知道机器的特点，就会考虑这种可能性，并给出非常公正的判决，即便第一眼看上去可能觉得被告言行无忌，即便卷宗里没有任何微小的迹象表明被告无罪。只要想想那个无辜的男子明天会被带去讯问，我们就不寒而栗。你是否承认曾经对和你在一起的那个人说过，总有一天会这样；是的，我说过；在回答之前你要好好想一想，那句话说的是什么；当时我们正在说我分居的事；是分居，还是离婚；离婚；那么，对于这个所谓离婚，你过去和现在感觉如何；我想，有点恼火，有点无奈；更多的是恼火，还是无奈；我想，大概更多的是无奈；既然如此，你不认为更自然的是发出一声叹息吗，尤其当时与你谈话的是位朋友；我不能发誓说我没有叹气，不记得了；可我们确信你没有叹气；你们没有在那里，怎么会知道呢；谁告诉你我们没有在那里呢；或许我那位朋友记得听到我叹气了，你们问问他就知道了；看来你与他的交情不太深；这话是什么意思，叫你的朋友来这里就是给他招惹麻烦；啊，我不想这样；很好，我可以走了吧；伙计，你真能胡思乱想，不要着急，首先还是要回答我们向你提出的问题；什么问题；对你的朋友说那些话的时候，你的真实想法是什么；我已经回答过了；那个回答不算数，给我们一个不同的回答；这是我能给你们的唯一回答，因为我说的是实话；这是你的理解；除非让我在这里胡编乱造；那你就编造吧，我们毫不介意，你只要有时间，有耐心，再适当运用某些技巧，最后一定能说出我们想听到的回答；既然这样，就告诉我你们想要什么样的回答，让我们结束这一切吧；啊，不行，那就太没意思了，亲爱的先生，你把我们当成什么人了，我们讲究科学态度，捍卫职业良知，对我们来说，最为重要的是能够向上司表明，我们无愧于他们支付的钞票，无愧于我们吃的面包；我都糊涂了；别着急。

街上和投票站里的选民冷静得出奇，而各部长办公室和各政党总部的气氛却大相径庭，他们最担心的是这次选举中的弃权者会有多少，一个星期以来国家陷入了社会和政治的双重困境，获救的出路似乎就隐藏在弃权者的数目之中。一个说得过去的弃权率，即使较高，甚至达到前几次选举中的最高值，只要不太过分，就意味着我们回到了正常状态，选民们恢复了原有的习惯，他们当中一些人从来不相信投票有什么用处，干脆拒不参加，另一些则愿意利用天气晴好，与家人一起到海滩或郊野消遣，还有的除不可克服的慵懒之外没有任何其他理由，只不过是对自己听之任之，留在家里。既然上次选举有那样密集的人流前去投票，那就不容置疑地表明，弃权率会非常低，低到近于零，那么，把各级官方机构弄得狼狈不堪甚至头昏脑涨的，是这样一个事实，除个别人之外，已经投票的选民都以一种难以捉摸的沉默来回答调查投票情况的人提出的问题。我们调查的目的仅限于统计，你无须表明身份，也不用说出姓名，他们一遍又一遍地重复，但仍然不能说服疑心重重的选民们。八天以前，记者曾经如愿以偿，得到了他们的回答，当然，他们有的显得不耐烦，有的语气满含奚落，还有的摆出不屑一顾的样子，这样的回答实际上更像另一种方式的沉默，不过，毕竟算是交谈了，一方发问，另一方回答，或装作在回答，完全不像现在这样，隔着一堵厚厚的沉默之墙，似乎所有人都誓死保守一个共有的秘密。一定有许多人觉得这件事神秘怪异，甚至认为不可能发生，数以千计的人行动完全一致，他们互不相识，思维方式各异，属于不同的阶级或阶层，总之，这些在政治立场上分属右翼，中间党或左派的人，没有任何互相约定的可能，大家在计票完成之前都一言不发，保守秘密，留待以后曝光。内政部长想显示其目光敏锐，抢先把这一情况告诉了总理，总理出于同样目的，在得知之后赶紧向国家元首报告，后者年事已高，见多识广，经验老到，只是懒洋洋地回答说，既然现在他们不想说话，那么你给我解释一下，为什么以后就会愿意说呢。国家元首这盆冷水之所以没有把总理和内政部长浇得失魂落魄，推入绝望的深渊，是因为他们从没有把他当作靠山，哪怕是暂时的靠山。但内政部长没有向上司说明，由于担心选举中可能出现违法行为，当然，事实本身否定了他的担忧，他已经命令向全市每个投票站派出两名便衣警察，他们必须来自不同部门，任务是监督选举的运作，但每一名还负责盯住其同伴，以防两人狼狈为奸，共同作案，不论他们的合谋是以军人之间特有的体面方式，还是像芸芸众生那样讨价还价。这样，既有军警，又有特工，既有录音机，又有摄像机，似乎一切都非常安全，万无一失，任何居心不良之徒都不能破坏选举的公正，现在一切都安排停当，只需双臂在胸前交叉，静待票箱的最后判决。我们非常高兴用了整整一章的篇幅关注第十四选区选民代表大会的运作情况，对其中几位选民生活中的某些隐秘问题有所提及，以此向这些善良的居民表达敬意。与此同时，在其他选民代表大会，从第一选区到第十三选区，从第十五选区到第四十四选区，各主任委员也都把选票倒在会议室用作桌子的长凳上，就在这个时候，一个传言像雪崩一样，以雷霆万钧之势压向这座城市。这预示着一场政治地震马上就要爆发。在各家各户，在咖啡馆、饭馆和酒吧，在一切有电视机或者收音机的公共场所，首都的居民都在静静等待选举的结果。谁都不肯向最亲近的人透露自己的投票，交情最深的朋友相互保持沉默，最能言善辩的人仿佛忘记了所有词语。晚上十点钟，总理终于在电视上露面了。由于整整一个星期睡眠不好，他脸色阴沉，眼窝深陷，虽然因为化妆增添了几分神采，但仍显苍白。他手里拿着一张讲稿，不过几乎没有照本宣科，只是为了保持演讲思路才偶尔瞟上一眼。尊敬的同胞们，他说，今天在我国首都举行了选举，结果如下，右翼党得票率百分之八，中间党百分之八，左翼党百分之一，弃权票为零，无效票为零，空白选票为百分之八十三。总理停顿了一下，拿起手边的水杯，喝了一口，接着说，政府承认，今天的选举证实了上星期日出现的异常动向，并且比上次更加严重，我们一致同意有必要对如此令人费解的选举结果产生的原因进行认真调查，弄清来龙去脉，在征询国家元首阁下的意见之后，本届政府继续行使职能的合法性并未受到质疑，这不仅因为刚刚结束的只是一次地方选举，而且还因为，政府有不可推卸和刻不容缓的义务查明异常事件的后果，在过去的一周里，我们不仅是这些事件茫然无知的见证人，而且是其草率的肇始者，我怀着最沉痛的心情这样说，这是因为，对我们个人和集体所处的正常的民主体制而言，那些空白选票是一个沉重的打击，空白选票不是从天上掉下来的，也不是从地下冒出来的，而是在每一百个选民中的八十三个人的口袋里，这些人用他们自己的手，并且是不爱国的手，把选票投进了票箱。他又喝了一口水，这次是因为突然感到口干舌燥，非喝不可，他接着说，现在纠正错误还来得及，但不是通过重新选举，在当前的形势下重新选举可能是最无用，最适得其反的方法，现在应当通过严格的自我反省来纠正错误，在这个公共讲台上，我号召首都所有居民进行自我反省，所有居民，无一例外。对一些人而言，这是为了更好地保护自己不受笼罩在头顶的可怕的威胁的伤害；对另一些人来说，不论他们过去是否有犯罪意图，这是为了纠正他们不知道受何人教唆而做出的卑劣行径，防止他们成为紧急状态所规定惩罚的直接目标。宣布紧急状态的文件将于明天交由议会专门为此召开的特别会议讨论，可望获得一致通过，随后政府将请求国家元首阁下签署。这时，他半张开双臂，把手举到齐肩高，用另一种腔调说，我国政府相信我们正在表达的是全国其他地区所有人民亲密团结的愿望，他们怀着爱国之情，正常地履行了选举义务，应当受到高度赞扬。政府在这里像慈父一样提醒首都的部分偏离正道的民众，要记住圣经中回头浪子的寓言所蕴含的谆谆教导，并且告诉他们，对人类的心灵而言，只要有真诚而彻底的悔悟，就没有不可原谅的过错。总理最后的一句话是，为祖国增光吧，祖国正在用鼓声和号角期待着你们。这句陈词滥调因为加上了一个听上去虚情假意的晚安而显得更加一文不值，正如人们常说的，朴实无华的话才中听，才不会骗人。

在所有地方，家庭，饭馆，咖啡馆，各种协会或政治组织所在地，只要有右翼党，中间党以及左翼党的选民在，就有人在对总理的演说评头论足，当然，评论的方式不同，观点各异。对总理的表演最为满意的不是正在讲这个故事的人，而是右翼党人，他们齐声叫好，个个一副行家里手的神色，互相交换眼色，赞颂政府首脑手段高明，这种策略被冠以一个奇怪的名称，叫作胡萝卜加大棒，古时候主要用来对付驴子，但现代更频繁地用于人类，而且效果更加显著。不过，他们当中有几位属于吹牛型和逞强型，认为总理本应在讲到即将宣布紧急状态时戛然而止，后面的话纯属画蛇添足，因为对付歹徒只能用棍棒，如果到这个节骨眼儿上还不温不火，我们非完蛋不可，另外还说了一些对敌人决不能手软之类的豪言壮语。但是，他们的伙伴却认为事情还没有发展到那般地步，政府首脑自有道理，不过，这些和平主义者总是天真幼稚，不知道强硬分子的过激反应是一种战术，目的是保持党员们的旺盛斗志。如口号所宣扬的，为可能发生的一切时刻准备着。而作为反对党的中间党党员们，虽然同意演说的主要内容，即必须尽快查清责任，对犯错者或阴谋分子加以惩处，但认为现在宣布紧急状态并不恰当，这种事一次次发生，不知道要非常到何年何月，况且，如果一个人没有犯别的罪行，只是因为他行使了一项权利就终止他的其他权利，那是完全站不住脚的。他们之中有人询问，如果某位公民心血来潮，到宪法法院提起诉讼，这件事该如何收场。真正聪明且爱国的办法是，他们接着说，立即成立一个由各政党代表参加的救国政府，这是因为，如果真的出现了全国性的紧急形势，即便宣布戒严也不能解决问题，右翼党已经失去了自制能力，像双脚脱离了马镫，用不了多久我们就会看到他们摔下马来。左翼党的党员则嘲讽地谈论他们的党参加联合政府的可能，当下他们最关心的是设法对选举结果做出解释，以掩饰该党得票数急剧下降的尴尬状况，因为在这之前的一次选举中他们的得票率曾经达到百分之五，在本次选举的第一轮投票中下降为百分之二点五，而现在只剩下可怜巴巴的百分之一，前景极为不妙。根据他们的分析所撰写的一份声明委婉地指出，没有客观理由认为人们投空白选票的行动旨在破坏国家安全和制度稳定，那么正确的推断应当是，以这种方式表达的变革愿望恰恰与左翼党纲领中提出的进步主张不谋而合。仅此而已。

也有些人在总理结束演说之后关掉了电视机，在上床之前谈谈生活中的大情小事，而另一些人则利用后半夜的时间撕毁或者焚烧文件。他们并不是阴谋分子，这么做只是出于害怕。

3

　　国防部长认为，宣布紧急状态还不够，作为一名从来没有当过兵的文官，他原本设想的是戒严状态，货真价实的戒严，亦即在严格的语义学含义中最严厉的，没有任何漏洞的紧急状态，它像一堵可移动的墙，足以把暴乱集团隔离开来，以便随即发动一场闪电反击。他警告说，应当在瘟疫和痈疽扩散到国家肌体的健康部位之前将其一举消灭。总理也承认事态极为严重，他说，国家代议制民主的根基遭到肆意破坏；我倒更愿意称为一颗旨在摧毁现行制度的深水炸弹，国防部长提出异议；确实如此，但我认为，并且国家元首也同意我的观点，要死死盯住当前局势的种种危险，随时对行动的手段和目标做必要的改变，为此，更为可取的办法是从一开始就谨慎行事，不事张扬，这比起派遣军队占领街道，关闭机场和在城市出入口筑起路障，或许更为有效；究竟采取些什么办法呢，国防部长问道，他毫不掩饰内心的反感；你能不能动一动脑子，我提醒一句，武装部队也有自己的谍报部门；我们称为反谍报部门；是一回事；说得对，我明白您想说什么；我早就知道你明白，总理一边说，一边示意内政部长说话。内政部长接过话茬儿说，行动的某些细节不在这里谈了，这一点不难理解，因为这属于保密内容，甚至可以说是最高机密，我的内政部制订了一项计划，其要点是组织一项广泛而系统的行动，派遣训练有素的探员渗透到民众之中，了解事件发生的原因，以便能够采取必要的措施，把祸害消灭在萌芽之中；萌芽，我可不这样认为，祸害已经在我们眼前，司法部长插嘴说；只不过是说法不同而已，内政部长稍显怒容，回敬了一句，接着说，现在我要向参加本次会议的诸位通报，原谅我要多说几句，请绝对保密，我所指挥的情报机构，更确切地说，我领导的内政部下属的情报机构，不排除这样一种可能性，事件的真正根源在国外，我们看到的只不过是一个旨在破坏稳定的巨大国际阴谋露出的冰山一角，或许是受到了无政府主义者的煽动，由于我们尚不知道的原因，他们选择我国作为活体解剖的第一只小白鼠；多么怪诞的想法，文化部长说，至少就我本人所知，即使在纯理论领域，无政府主义者也从来不曾打算发动这种性质和规模的行动；或许如此吧，国防部长以讥讽的口气回应说，因为这位亲爱的同僚所知的仍然是其祖父生活过的田园诗式的浪漫世界，不论你感到多么奇怪，从那时起，情况发生了巨大变化，其后还出现过一个虚无主义时代，虚无主义与前者相比，浪漫相差无几，血腥不相上下，但我们今天面对的是残暴的货真价实的恐怖主义，它也许会以不同的面目出现，但本质完全一样；请注意不要过分夸大和随意推断，司法部长插嘴说，我认为，把票箱里出现的区区几张空白选票类比为恐怖主义，甚至称为残暴的货真价实的恐怖主义，如果说不是妄用恶言的话，至少也是危言耸听；区区几张选票，区区几张选票，国防部长几乎惊呆了，结结巴巴地说，怎么能把每一百张选票中的八十三张称为区区几张，你们告诉我，我们什么时候才应当理解，才应当意识到那些选票中的每一张都是隐藏在吃水线下面的一颗鱼雷；也许我对无政府主义的认识已经过时，我不否认这一点，文化部长说，虽然我远不认为自己是位海战专家，但就我所知，鱼雷总是在水下瞄准的，并且我估计它们没有其他选择，鱼雷就是为了这样使用而制造的。内政部长像是被弹簧弹射出来一样猛地站起身，也许他是要驳斥对方可笑的说法，为国防部的同僚辩护，也许是要非难内阁会议明显缺乏政治认同的状况。但是，总理用手掌在桌子上用力一拍，要大家安静下来，然后说，文化部长和国防部长两位先生，你们可以到外边继续进行你们热衷的学术争论，不过请允许我提醒你们，我们所在的这个大厅是比议会更能代表国家的权威和民主权力的心脏，在这里开会是为了做出决定，以拯救我们的国家，使之免受数个世纪以来最严重的危机的荼毒，这是我们面对的挑战，因此我相信，面对如此巨大的挑战，你们应当住嘴，不着边际的东拉西扯和为了鸡毛蒜皮的小事争论不休，都与我们肩负的责任格格不入。他停顿了一会儿，见没有任何人敢插嘴，便接着说，然而，我要非常明确地告诉国防部长先生，在处理此次危机的第一阶段，本总理倾向于实施内政部有关部门制订的计划，这并不意味着而且永远不可能意味着彻底弃置宣布戒严的措施，一切取决于未来事态的发展，取决于首都民众的反应，取决于国内其他地区的形势，取决于各反对党永远难以揣测的动向，在这方面尤其要注意的是左翼党，他们手中已经没有多少筹码可丧失，可能会孤注一掷，把仅有的一点儿资本押在一场高风险的赌博之中；我相信我们不用为一个得票率不过百分之一的政党担心，内政部长耸耸肩，表示不屑一顾；你读过他们的声明吗，总理问道；当然读过，阅读政治文件是我工作的一部分，属于我的义务，不过，花钱请顾问把咀嚼好的食物放进自己餐盘的也确有其人，但我属于古典派，只相信自己的头脑，即使做错了也是如此；你忘了，归根结底，各部部长都是政府首脑的顾问；我为此感到荣幸，总理先生，其差异，其巨大的差异在于，我们带给您的是已经消化过的食物；好了，我们不再谈什么美食学和消化过程中的化学问题，回到左翼党的声明上来，谈谈你的意见，你认为那份声明写得如何；古老的观念告诉人们，如果不能战胜敌人，就加入他，那份声明就是这种观点粗糙而幼稚的翻版；具体到当前的情况呢；具体到当前的情况就是，总理先生，如果选票不是你的，就设法使它看来像是你的；即便如此，我们也要保持警惕，他们的伎俩可能在部分左倾民众中产生某些效果；问题是此刻我们尚不清楚究竟会产生怎样的效果，司法部长说，我发现，我们不愿意理直气壮地大声承认，那百分之八十三的选民中大多数属于我们党和中间党，我们应当做的是反躬自问，他们为什么投空白选票，局势的严重性就在这里，而不在左翼党精明或者幼稚的论点；确实，如果我们仔细看一看就会发现，总理回答道，我们使用的战术与左翼党差别不大，就是说，既然那些选票中大部分不是你的，就设想它们也不属于你的对手；换句话说，坐在桌角边的交通运输部长开口了，我们大家的想法全都一样；这样确定我们所处的形势或许太过仓促，请注意，这是从纯政治角度而言，但也并非毫无理性，总理说完，宣布讨论结束。

迅速实施紧急状态像是上天做出的一个所罗门王式的判决，一下子砍断了一个难解之结，而各种社会媒体，特别是报纸，一直都试图以或大或小的本领和程度不同的精明将其解开，不过，从第一次选举得出不幸的结果开始，特别是自富有戏剧性的第二次选举以来，他们总是小心从事，以免过分显露意图。一方面，这是他们非常明显且基本的职责，在社论和特约民意稿件中，以爱国热情和愤怒强烈谴责选民出人意料的不负责任的做法，说他们患了奇怪的变态症，瞎了眼睛，看不到祖国的最高利益，使国家的政治生活陷入史无前例的困境，将其推入黑暗得连最亮的火光也照不到出口的死胡同；另一方面，他们对所写的每一个字都斟酌再三，考虑事情的敏感性，就像常说的那样，进两步，退一步，以免读者手里拿着报纸前来兴师问罪，说他们是叛徒或浑蛋，而这些人多少年来一直是他们的忠实读者，与他们相处得极为融洽。紧急状态意味着允许政府接管相关权力，停止一切宪法保障，这会减轻报社社长和管理人员头上沉重的负担，减少威胁的阴影。言论和通信自由受到限制，新闻检查人员站在编辑背后监视他们的一举一动，这是最好的开脱借口，最完美的辩解理由，他们可以说，尊敬的读者，我们非常希望你们能读到未受无理干涉与过多限制的新闻和观点，尤其在我们正经历的这个如此微妙的时刻，这也是你们的权利，但是，形势成了这个样子，不比从前，只有一直靠新闻记者这个荣耀的职业为生的人才知道，几乎一天二十四小时都在被监视的情况下工作是何等痛苦，除此之外，在这里，我们觉得，对正在发生的事情负有大部分责任的是首都的选民，而不是别人，不是其他省份的选民，而且，不幸的是，虽然我们多次恳求，政府仍不允许我们的报纸出两种版本，一种面向首都的检查版，另一种是向全国其他地区发行的普通版，就在昨天，内政部一位高级官员还对我们说，按照正确的理解，新闻检查像太阳一样，每天为所有人升起，普照大地，我们认为这算不得什么新鲜事，我们早已知道世界就是这样，总是由无辜者代有罪者受过。尽管报纸在形式和内容上都采取了种种应对措施，但人们的阅读兴趣很快开始下降，这一点已经非常明显。在不难理解的焦急情绪驱使下，一些报纸想尽办法，四面出击，有的插进一个个称为娱乐花园的小专栏，专门刊登裸体照片，既有靓女，也有帅男，有的是单人，有的成双成对，有静态照也有动态照，指望以此扭转买报人数每况愈下的状况，但是，这些照片不仅太小而且色彩欠佳，刺激性有限，读者没有耐心看下去，其实这类把戏很久以前就被视为通过性欲牟利的营生，俗不可耐，导致读者疏离冷漠甚至厌恶，订户和零售份数也就越来越少。这对于报社的盈亏自然不会产生任何正面影响，于是他们开始搜罗各种丑闻逸事不雅隐私加以宣扬，像节日的转盘游戏一样，在喧闹声中把个人陋习捧为公共美德，不错，这类应用已久的办法曾经不乏热心观众和偶尔光顾的看客，但现在却如退潮之水，大势已去，不可挽回了。确实，首都的大部分居民似乎已经决定改变他们的生活，喜好和行事风格。他们很快会看得更加清楚，他们巨大的失误在于投了空白选票。既然他们都喜欢干净，就让他们如愿以偿吧。

这是政府的决心，尤其是内政部的坚定决心。挑选探员的工作进行得迅速而有效，一部分探员来自情报部门，另一部分来自各公共机构，都将以虚假的身份潜入民众之中。为表明自己具有优秀公民的品质，他们首先宣誓并申明在选举中自愿填写了选票，把选票投给了某个政党，此后还要再次宣誓并签署一份文件，表示最强烈地反对可能毒化很大一部分民众的道德瘟疫。探员的第一个活动，说明一下，他们当中有男有女，因此请注意，不要按照习惯说一切坏事都是男人干的，每四十人编为一个班，由教官授课，教官都受过专门训练，例如甄别、侦查，以及录像和录音等电子设备的使用，我们刚才说到，探员的第一个活动，是整理在第二次选举过程中收集到的大量资料，既包括情报人员混入选民队伍听到的，也有安装在汽车里的摄像机和麦克风在车子沿着选民队伍缓缓行驶时录下来的。行动之所以从清理情报开始，是为了培养探员的满腔热情和猎狗一样的灵敏嗅觉，在开始实际工作，冲向战场之前，让他们打下关在密室内进行调查研究的基础，至于其内容，在前面几页已经做了简短的举例说明，比如下面这些简单而普通的句子：平时我没有参加投票的习惯，但今天心血来潮，到这里来了；来看看这能不能有点儿用处，是不是值得来；瓦罐常常去泉眼取水，它的双耳迟早会掉下来，留在泉水旁边；那天我也去投票了，但直到四点钟才走出家门；这就像轮盘赌，几乎总是停在空白位；尽管如此，还要坚持；希望就像盐巴一样，没有营养，但它给面包增添了味道。一个小时又一个小时过去了，他们对着这些话以及数以千计同样无害、同样无辜、同样中性的句子，一个音节一个音节地详加分析，从正面和反面一遍一遍地研究，把它们放到研钵里，再用一连串的问题作为杵臼将其捣成粉末。你给我解释一下，你说的那个瓦罐是什么样子的；为什么瓦罐的双耳掉在了泉水旁边，而没有掉在路上或者家里；既然你平时没有参加投票的习惯，为什么这次去投票了；既然希望像盐巴，你认为怎样做才能使盐巴像希望；希望是绿色的，盐巴是白色的，你如何消除这两种颜色之间的差别；你真的以为选票等同于轮盘赌的筹码吗；你在说空白这个词的时候，心里想说的究竟是什么。这时候又回到原来的问题上，你说的那个瓦罐是什么样子的；你到泉水那边去，是因为口渴了，还是为了去和某个人见面呢；瓦罐的耳象征着什么东西；你在往食物上面撒盐的时候，是在想撒下什么希望；你为什么穿着一件白色的汗衫；归根结底，你所说的那个瓦罐是什么样子，是个真实的瓦罐，还是个隐喻的瓦罐；制作它的陶土是什么颜色的，是黑的，还是红的呢；瓦罐是单色的，还是绘有花纹；上面是否有石英镶饰；你知道什么是石英吗；你曾经在轮盘赌里中过奖吗；在第一次选举中，你为什么直到四点才走出家门呢，而那场雨在两个小时之前已经停止了；这个画面上，你旁边的女人是谁；当时你们笑得那样开心，在笑什么；难道你不认为在选举这样重要的行为中任何一个有责任感的选民都应当表情严肃庄重吗，或者你觉得民主让你发笑；或者，也许你觉得它让你想痛哭；究竟该笑还是该哭，你有什么看法；你再谈一谈瓦罐的事，告诉我，既然有专门用来粘陶器的胶水，你为什么没有考虑把罐耳粘上呢；既然罐耳相当于鸟儿的翅膀，那么，这是否意味着你本人也想有一双翅膀；什么；你喜欢现在生活的时代，还是更喜欢另外一个时代；我们回过头来再谈谈盐和希望的问题，在你想得到的东西里放多少希望，才不至于使其难以下咽；是不是累了；想回家了吧；不要着急，急躁最易误事，如果一个人不好好思考将要做出的回答，由此导致的后果将不堪设想；没有，你没有完蛋，不要胡思乱想，看来你还不了解，这里边的人都不会完蛋，都很好；请镇静，我们没有威胁你，只想让你不要着急，仅此而已。

进行到这一步，猎物被逼到墙角，已经走投无路，提出致命问题的时候到了。现在你告诉我，你是怎样投票的，就是说，你把票投给了哪个党。当下，从选民队伍中猎获的五百个嫌疑人被传讯，我们每个人都可能身在其中，而提出的控诉千篇一律，空洞无物，全都是定向麦克风和录音机捕捉到的只言片语，对此，我们已经在前面举出了令人信服的例证。被指控的人数相当可观，讯问中得到的回答明显与上面所说的得票比例大致相符，当然，误差难以避免，但微乎其微，也就是说，四十个人自豪地声明把票投给了右翼党，即现在的执政党；同样数目的人用略带挑衅的口吻回答说，把票投给了唯一名副其实的反对党，即中间党；五个人，只有可怜巴巴的五个人，似乎处于四面楚歌的境地，他们说，我投给了左翼党，口气倒也显得坚定，但从其腔调能听得出来，他们似乎在为自己无法改变的固执态度请求宽恕。至于其余的人，四百一十五人，这是个巨大的数目，根据调查模态逻辑推断，他们本应会说，我投的是空白票。这样回答直截了当，不因为胡思乱想或谨慎小心而表现得模棱两可，很像是计算机或计算器所为，是信息技术和机械技术以其诚实和不可改变的特性所能做出的唯一回答，而我们这里正在谈论的是人，而普天之下都视人为唯一会说谎的动物，可以肯定，人之所以撒谎，有时是出于害怕，有时是出于利益考虑，也有时是因为及时发现了这是捍卫真理所能采取的唯一办法。所以，从表象判断，内政部的计划已经失败，在最初时刻，顾问们确实一片混乱，丑态百出，似乎不可能找到任何办法逾越这个突然出现的障碍，除非下令对所有这些人施以酷刑，而众所周知，在民主法治国家，这种做法不被看好，应当有足够的智慧，在不采取如此低级的中世纪手段的情况下达到同样的目的。正是在这种复杂的局面中，内政部长表现出了非凡的政治才能与杰出的战略战术灵活性，谁知道呢，这也许预示着他将步步高升。他当即做出了两项决定，每项都很重要。第一项后来被指责为狡诈的政治权术，即内政部通过国家通讯社向大众传媒发布一则正式公告，以政府的名义对五百位模范公民表示深切感谢，感谢他们近几天来向当局伸出援手，感谢他们为针对最近两次选举中出现的不正常因素所做调查的正常进行提供了真诚支持和全面合作。以这种方式表达感谢的同时，内政部抢在有人提出问题之前通知相关家庭，请他们不要因为得不到失踪亲人的消息而惊恐或者不安，这是因为，此次行动极为微妙，保密级别已提升至最高级，即红红级，在这个节骨眼儿上保持沉默正是能够保障他们人身安全的钥匙。第二个决定由部门内部掌握实施，内容与先前制订的计划截然相反，关于后者，我们肯定还记得，首要措施是派遣大量探员潜入民众当中进行调查，以揭开秘密，发现谜底，解开疑团，或者像人们所说的，破解空白选票之谜。从现在开始，探员们分为人数不等的大小两组展开工作，小组进行室外作业，老实说，并不指望这一组取得多大的成果，大组继续讯问被拘留的五百人，是被拘留，而不是被拘捕，请注意，大组会在必要的时间，以必要的方式和程度进一步增加对他们的肉体和心理施与的压力。正如一句流传了几个世纪的古老谚语所说，手中的五百只鸟胜过天上飞的五百零一只。此言不虚，很快便得到确认。在室外亦即在城内活动的探员用尽种种手腕，经过一次又一次拐弯抹角的试探之后，终于找到提出第一个问题的机会，请问，你能不能告诉我，你把选票投给谁了；对方的回答像是背得滚瓜烂熟的口诀，一字一句地念出了以下法律条文，不得以任何借口强迫任何人透露其选票取向，任何当局亦不得向其问及此事。后来，探员以对此事漠不关心的口气提出第二个问题，请原谅我的好奇，莫非你投的是空白选票；他听到的回答巧妙地把问题限定在了简单的学术范围之内，没有，先生，我没有投空白选票，可是，即使那样做了，也是依照法律行事，投空白选票，就像投给候选人名单上的任何人，或者像在选票上画一幅讽刺总统的漫画使其成为无效票，提问的先生，这是不受任何限制的权利，法律没有别的办法，只能承认选民的这项权利，法律一笔一画写得清清楚楚，任何人不得因为投空白选票而受到迫害，无论如何，为了让先生安心，我再次告诉您，我不在投空白选票的人之列，这些话只是说说而已，一个学术性假设，没有任何其他意思。在正常情况下，这种回答听上两三次倒也不会有太大关系，只能说明这个世界上有那么一些人，他们懂得法律，生活在法律之中，并且千方百计让其他人也了解法律，可是，如果不得不冷静地，连眉头都不皱一皱，像听背熟的祈祷文似的连续听上一百遍，一千遍，那就远远超出人的忍耐力了，即使事先受过此类特殊训练者也难以坚持到底。因此，毫不奇怪，在选民中接连碰壁使得一些探员精神失控，开始辱骂和动手攻击对方，但他们并不总是能全身而退，这是由于为了不惊动猎物，他们往往单独行动，于是出现了不少这样的情况，其他一些选民，尤其是所谓名声不佳地区的选民，会前去救援受害人，由此产生的后果不难想象。探员们发往行动中心的报告内容贫乏，令人沮丧，没有一个人承认投了空白选票，没有一个，一些人装疯卖傻，说改天再慢慢谈吧，现在有急事，要在商店关门以前赶到，但最糟糕的是那些老年人，快快让魔鬼把他们带走吧，好像暴发了一场聋哑瘟疫，把他们通通关进了隔音舱，探员出于窘迫，别出心裁地把问题写在纸上给他们看，这些不要脸的老家伙，要么说眼镜摔碎了，要么说看不清手写的字，还有人干脆说大字不识。而另一些探员较为精明，想出了一个主意，全身心地渗入民众之中，在酒吧露面，买饮料，借钱给没有赌资又想玩扑克的人，还频频去观看体育比赛，特别是足球和篮球比赛，这些比赛的观众最爱更换座位，于是探员们设法与邻座的人搭讪，如果足球场上双方踢成平局，零比零，他便说，噢，太狡猾啦，从口气听得出来，他暗指结果是空白，其喻义不问自明，只等有所收获。结果是徒劳无功。但是，或迟或早，提问题的时刻总会来到，请问，能否告诉我你把选票投给了哪个党；请原谅我的好奇，莫非你没有投空白选票。这时候，我们熟知的回答又开始重复了，有的是独唱，有的是合唱，我投空白选票，这怎么可能；说我们投空白选票，你太想入非非了，随后就开始阐述法律依据，整条整款地引述法律条文，娴熟程度惊人，好像本市所有达到选举年龄的公民无一例外，都参加过本国和外国选举法的强化课程。

　　日子一天天过去，人们最初难以察觉，后来才开始注意到，白色这个词渐渐变得淫秽和刺耳，人们不再使用，而改用婉转或拐弯抹角的方式表达。例如一张白纸，就说没有颜色的纸，用了一辈子的白色的毛巾，改称牛奶色的毛巾，把雪比作白色斗篷的说法由来已久，现在却采用了近二十年来才出现的极浅灰色一词，学生们不再说交白卷，而是直截了当地承认对所学科目一窍不通，最有趣的情况是，世世代代以来，父母、祖父母、叔叔、伯伯乃至邻居等，都借一个谜语启发儿童的智力和推断力，白球球，母鸡生，打一种食品，现在这个谜语突然间消失了，这样的怪事之所以发生，是因为人们拒绝再说出那个词，但又发现问题实在荒唐，所有的母鸡，不论属哪类品种，不论多么努力，都生不出别的东西，只会生鸡蛋。因此，内政部长升官晋爵的政治美梦似乎被扼杀在摇篮之中，其命运从几乎能触摸到太阳的顶峰渐渐转向，沉入达达尼尔海峡的万丈深渊，但是，另一个主意突然涌上心头，像闪电忽地照亮夜空，使他重新振作起来。并非一切都完蛋了。于是他命令室外作业组的探员们撤回基地，无情地辞退短期聘用的人员，大刀阔斧地裁减在编特工，然后投入工作。

显而易见，整个城市成了撒谎者的蚁穴，在他手中的五百人也是一样，满口胡说八道，不过两者之间有不同之处，前者自由出入家门，并且桀骜不驯，像鳗鱼一样油滑，出没无常，难以捉摸，而对付后者则是世界上再容易不过的事，只要把他们关进内政部地下室就可以了，不是说五百人都关在那里，容纳不下，大部分人被分别送到其他调查机构，接受持续观察的约有五十人，这些人作为第一批实验品，已经绰绰有余。虽然机器的可信度早已遭到坚持怀疑论的专家们的质疑，有些法院也拒绝将测试结果作为证据，但内政部长仍然希望使用这种设备，至少能擦出一个小小的火花，帮助他的调查工作走出四处碰壁的黑洞。你一定已经发现，这里说的是让一种著名的机器返回竞技场，这种机器称为测谎仪，以科学语言说，就是多道生理心理描记器，或者可以更加详细地描述为一种记录生理心理现象的工具，其波线变化通过电子仪器打印在碘化钾与淀粉溶液浸过的纸上。用一束导线以及臂箍和吸盘把被测试人与机器相连，测试过程中人并不感到痛苦，只是必须说实话，只讲实话，句句属实，现在他本人就不再相信自古以来振聋发聩的警世箴言，即所谓意志无所不能，我们不必想得太远，眼前的例子就足以将其当场戳穿，请看看你惊人的意志吧，不论你多么相信它，不论它至今表现得多么坚强，都不能控制你的肌肉痉挛，不能止住你大汗淋漓，不能让你停止眨眼，不能让你控制喘息。最后他们会对你说，你撒谎了，你会加以否认，发誓你说的是实话，全都是实话，只讲实话，句句真实，也许你说得对，没有撒谎，但你实际上是个神经质的人，你意志坚强，不错，但像一株东倒西歪的芦苇，只要有微风吹过就颤抖不停。于是他们重新把你连接到机器上，这次情况要糟糕得多，他们会问你是否活着，你会回答说，活着，当然活着，但你的身体会表示反对，戳穿你的谎言，你颤抖的下巴会说你没有活着，已经死了，或许它说得有理，或许身体在你之前已经知道他们将要杀死你。这种事一般不会在内政部地下室里发生，那些人唯一的罪过就是投了空白选票，如果是出于习惯这样做的，那倒也无关紧要，很多人，太多的人，几乎所有人，都主张这是你不可剥夺的权利，但他们对你说，这个权利你应当按照顺势疗法的剂量，一点一滴地慢慢使用，不能背着满满一瓦罐的空白选票到这里来，所以你那瓦罐的耳朵掉了，我们觉得这耳朵中有什么极为可疑的东西，如果一个人能得到很多东西，而得到很少就心满意足，这说明他很谦虚，值得受到高度赞扬，而你呢，你是因为贪婪才遭受损失的，一心想飞升到太阳上去，结果却掉进了达达尼尔海峡的深渊，大概还记得我们对内政部长说过这句同样的话吧，但他属于另一种人，是强人，猛人，霸气冲天的人，不肯低头的人，他现在正看着你如何从猎取谎言者的手中挣脱出来，正看着你在碘化钾与淀

043

粉溶液浸过的纸条上留下波线,这些线条显示出你身上大大小小的弱点,你看,你把自己当成了另一种东西,人类崇高的尊严可以被挤压成这样微不足道的东西,挤压成一张经过浸泡的纸条。

不过,测谎仪不具备能进能退,反复比对并做出判断的功能,不能根据具体情况得出结论,告诉我们,此人说谎了,此人没有说谎,否则的话,判处有罪或无罪一目了然,就没有比法官更轻而易举的职业了,警察局也就可以被实用心理学研究所取代,律师们失去了客户,律师事务所只好关门大吉,法院门可罗雀,不知道以后能派上什么别的用场。由此可见,没有人的帮助,测谎仪将一事无成,它旁边必须有合格的技术人员解读纸上的线条,但这并不是说该技术员了解真相,他只知道他眼前的东西,知道向受测者提出的问题产生了我们可以创造性地称为变态反应的图像,或者用更具文学气息但也不乏想象力的术语,叫作谎言画。不过至少也有所收获。起码可以进行初步筛选,小麦放在一边,毒麦放在另一边,让那些被问及是否投了空白选票时回答说没有,并且没有遭到机器驳斥的人得以解脱,恢复自由,返回家庭,同时也减轻了拘留所的压力。其余的人,那些因为选举中的违法行为而倍感压力的人,无论是耶稣教的内心克制还是禅宗唯灵论的自省,都无法减轻他们的负罪感,测谎仪铁面无情,会当即揭穿他们自称没有投空白选票或者把选票投给了某某党之类的谎言。某个谎言在有利的条件下可能蒙混过关,但不会有第二个。不过,为了以防万一,内政部长已经下达命令,现在,不管测试的结果如何,一个都不准释放。他说,先不要理睬他们,谁也不知道人类能狡诈到什么地步。这个魔鬼般的家伙说得不无道理。涂满乱七八糟的线条的纸已经长达几十米,上面记录着被测试者们心灵的颤抖，同样的提问和回答重复了几百遍，内容完全一样，毫无差别。情报机关有一位探员是个年轻小伙子，涉世尚浅，没有经历过多少诱惑，像刚出生的羊羔一样天真，因为受到一个年轻貌美的女子挑逗而栽了跟头。该女子刚刚经过测谎，被认定虚伪和不诚实。这个人见人爱的女子说，这台机器不知道自己做了什么事；不知道自己做的事，为什么，探员问道，此时他忘记了上述对话不在其工作范围之内；因为所有人都受到了怀疑，在这种情况下只要说出一个词，空白，不必多说一句话，甚至不必了解被测者是不是投了票，就能使他产生负面反应，惊恐，痛苦，即使他是清白无辜最完美最纯洁的化身也一样；我不相信，不同意，探员充满自信地反驳说，一个问心无愧的人说的话百分之百是真的，因此能顺利通过测谎仪测试，不会出任何问题；探员先生，我们既不是机器人，也不是会说话的石头，女子说，人类所有的真实情感当中总是掺杂着某些痛苦和焦虑，我们是，我指的不仅仅是生命的脆弱，我们是一个摇曳着的小火苗，随时有熄灭的危险，我们会害怕，我们都会害怕；你错了，我就不会害怕，我受过训练，在任何情况下都能控制恐惧，不仅如此，我天生就不是个胆小的人，从小就这样，探员又反驳说；既然这样，我们为什么不做个小实验呢，女子提出建议，把你连接在机器上，由我向你提问；你疯了，我是当局的探员，嫌疑人是你，而不是我；你害怕，你肯定是害怕了；我已经对你说过，我不害怕；那么就把你连接到机器上，让我看到你是个男子汉，一个真正的男子汉；探员看了看笑容满面的女子，又看了看勉强忍住笑的技术员，说道，好吧，只此一次，下不为例，我同意接受测试。技术员接上连线，裹紧臂箍，调整好小吸盘，然后说，已经准备好了，你们随时可以开始。女子深深吸了一口气，在肺里憋了三秒钟，突然爆出一个字，白。这算不上一句问话，只不过是个叹词，但机器上的指针已经划动起来，在纸上留下一道道线条。在随后的停顿时间里，测谎仪的指针还不能完全停住，仍然在动，画出一道道小小的线条，像是一块石头扔进水里激起的涟漪。女子看着水中的波纹，然后转过身，两眼盯着连接在机器上的男子，用轻柔甚至近乎亲切的声音问道，请告诉我，你投了空白选票吗；没有，没有投空白选票，我一生都没有投过，将来也永远不会投空白选票，男子慷慨激昂地回答说。指针又重新开始划动起来，这一次速度更快并且急促有力。然后它再次停了下来。怎么样，探员问道。技术员迟疑了一下，没有回答。探员紧追不舍，怎么样，机器怎么说；机器说先生你撒了谎，技术员局促不安地说；这不可能，探员吼叫起来，我说的是实话，我没有投空白选票，我是情报机关的人，是保护国家利益的爱国者，大概是机器出了故障；不要烦躁，也不要辩解，女子说，我相信你说的是实话，没有投空白选票，将来也不会投，但我提醒你，这不是问题的所在，我只想向你表明并且已经表明，我们不能过分相信自己的身体；全是你的过错，让我变得神经质了；当然，当然是我的过错，是引诱男人的夏娃犯的过错，但是，在把我们捆到这个圣人遗骸盒子上的时候，谁也不曾问过我们是不是感到精神紧张；你们精神紧张是因为有过错；也许是，那么你去对你的长官说，你清白无辜，没有做过跟我们相同的卑劣行径，而你却表现得像个有罪的人，这是为什么；我什么也不去对长官说，这里发生的事就像从来没有发生一样，探员回答道。然后，他转身对技术员说，把那些纸条给我，你知道的，绝对保持沉默，否则你会后悔来到这个世界；是，先生，请放心，我不会开口；我也什么都不说，女子补充说，但至少你要向部长解释一下，告诉他，狡诈毫无用处，从今往后，我们将像他和你一样，说实话的时候继续撒谎，撒谎的时候继续说实话，现在请你想象一下，假如当时我问你，你想跟我上床吗，你会怎样回答，机器又会怎么说。

4

重要的是说服全市居民，更准确地说，是说服那些投空白选票的堕落分子、不法分子和颠覆分子，让他们承认过错，恳求宽恕，恳求重新举行选举以补赎他们因为丧失理智而犯下的罪孽，并且发誓永不再犯，内政部长的计划虽然也取得了些许成果，但对整个局势没有什么进展方面的益处，已经显露出无能为力的状态，不能达成上述根本目标，因此，国防部长最喜爱的那句话，一颗旨在摧毁现行制度的深水炸弹，一时间气势大增，引起人们的注意，应当说明，国防部长说出这句话，一部分是受到了一次难忘经历的启发，当时他在平静的浅海进行了一次历史性的为时半小时的潜航。除司法部长和文化部长心存怀疑之外，政府官员都很明白，人们寄予厚望的紧急状态没有产生预期效果，现在急需把螺丝拧得更紧，因为本国公民没有要求正常行使宪法赋予的权利的良好习惯，自然就不会发觉该等权利已被中止。这样，必须实施戒严，不是摆摆样子骗人的戒严，而是实行宵禁，关闭所有演艺场所，加强武装部队在各个街道巡逻，禁止五人以上集会，绝对禁止任何人出入本市，与此同时解除国家其余地区正在实行的限制性措施，较之首都，此等地区的措施本来就宽松得多，这样做的目的是凸显两者的差别，让首都遭受的凌辱更加沉重，更加一目了然。我们想告诉他们的是，国防部长说，他们不值得信任，因此必须受到应有的惩罚，不知道他们能不能明白。内政部长则竭力掩饰其情报机关的失败，说他也看好立即实施戒严，而且，为了表明手中仍然有牌可打，他并没有撤离博弈场，而是告诉内阁会议，经过艰苦的调查并得到国际刑警组织合作，终于得出结论，如果说国际无政府主义运动确实存在，他们除在墙上胡乱涂鸦之外，他停顿片刻，等待同僚们脸上露出会心的微笑，然后带着对同僚满意对自己也满意的神情结束了他的话，除在墙上胡乱涂鸦之外，该运动与那些有损国家利益的抵制选举的活动并无任何关系，因此这是个单纯的国家内部事务。请原谅我稍有异议，外交部长说，我觉得单纯这个形容词用得不够确切，我确实应当提醒本内阁会议，已经有不少国家向我表示，他们担心这里正在发生的事情会穿越边界，像当代的黑死病一样扩散开来；白色，这里是白色瘟疫，政府首脑面带息事宁人的微笑纠正说；这就对了，外交部长最后说，这样我们就可以说，是旨在摧毁民主制度稳定的深水炸弹，这种说法要确切得多，不应当简单地单纯地指一个国家或者这个国家，而是指整个地球。内政部长感到，最近的事态发展曾经使他成为主要人物，而现在这个角色正在离他而去，为了避免处于两只脚在水中踩不到底的尴尬境地，他以不偏不倚的洒脱态度感谢外交部长所做的公正评论，还想表明他本人在语义学方面也造诣极高，他说，有趣的是，文字的含义不断变化，而我们毫无察觉，现在我们往往用某些词表达与其原意正好相反的意思，在某种意义上说这如同正在消失，但仍然在回响的回声；这就是语义学演变过程的后果之一，文化部长从最里边的座位那里说了一句；这与空白选票有什么关系吗，外交部长问；与空白选票毫无关系，但与戒严息息相关，内政部长得意扬扬地补充说；我不明白，国防部长说；这非常简单；你要想这么说，一切都可以简单，但我不明白；我们来看一看，看一看，戒严这个词的含义是什么，我已经知道，这个问题本身就是空洞的高谈阔论，无须回答，我们大家都了解戒严的意思是圈住，是包围，是围困，不是吗；到这里为止，事情就像二加二等于四，清楚明白；好，我们宣布进入戒严状态，就如同说我们的首都处于被敌人圈住，包围和围困的状态，而事实是，这个敌人，请允许我这样称呼他们，这个敌人不在外边，而在里边。各部部长你看看我，我看看你，政府首脑开始摆弄眼前的文件，满脸大惑不解的样子。但国防部长就要在这场语义学战争中大获全胜了，他说，对这些事情还有另一种理解方式；什么方式；首都居民发动了叛乱，我认为把现在发生的事情称为叛乱并非夸大其词，他们是因为发动叛乱而被戒严，或者说被圈住，被包围，被围困，你喜欢其中的哪个词，悉听尊便，对我来说完全无关紧要；请允许我提醒我们这位亲爱的同僚和本内阁会议，司法部长说，决定投空白选票的公民只不过是行使了法律明确赋予他们的权利，因此，在这种情况下说什么叛乱，我想，不仅是一个严重的语义学错误，希望你们原谅我正在进入我无资格置喙的领域，而且从法律观点来看也完全言不及义；权利不是抽象的东西，国防部长生硬地回答道，权利实至名归也好，徒有虚名也罢，反正他们都不配谈什么权利，其他都是胡扯；说得完全正确，文化部长说，确实，权利不是虚无缥缈的东西，即使得不到尊重也依然存在；好啊，谈起哲学来了；国防部长先生，你反对哲学吗；我唯一感兴趣的哲学是军事哲学，并且还附有条件，必须是引导我们走向胜利的军事哲学，亲爱的先生们，我是军营里的实用主义者，我的语言，不管你们喜欢不喜欢，一是一，二是二，直言不讳，但是现在，为了让你们不把我视为智力低下之辈，我乐于看到你们给我解释清楚，既然不能表明一个圆形可以变成面积相等的正方形，怎么能说得不到尊重的权利依然存在呢；国防部长先生，这非常简单，权利潜在地存在于尊重和行使该权利的义务之中；用爱国主义说教和诸如此类的蛊惑和煽动，我这样说并无冒犯任何人的意思，我们将一事无成，让他们处于戒严状态之下，我们马上就能看到他们难受不难受；说不定会害人反害己，司法部长说；我看不出怎么会如此；我暂时也看不出来，但这只是时间问题，任何人都不曾大胆设想过，在世界的某一个地方会出现我国正在发生的状况，看看我们眼前的事情，真是一个解不开的死结，我们围着这张桌子开会，是为了做出决定，然而，作为解决眼前危机的灵丹妙药所提出来的一切建议，直到现在都没有取得任何效果，那么，让我们等着瞧，过不了多久我们就会领教人们对戒严的反应；听到这番话，内政部长立刻火冒三丈，我无法再沉默下去了，我们采取的措施都是内阁会议一致通过的，至少就我本人记忆所及，在座的各位当中没有任何人提出过其他更好的建议供大家讨论，这场沉重的灾难，对，我称为沉重的灾难，虽然有几位部长先生认为是我危言耸听，露出自鸣得意和讽刺挖苦的神情，但我仍然称为沉重的灾难，这场沉重的灾难，我还是这样说，我们一直在承担，根据权限，首先是国家元首阁下和总理先生承担，然后是我们，国防部长和我本人承担与职务相关的责任，至于其他人，我特别指司法部长先生和文化部长先生，如果说他们在某些时刻曾经怀着善意，以其智慧的光辉照亮我们，但我没有从中发现任何见解值得我们花费更长的时间倾听它们来加以考虑；如果我曾有机会怀着善意，以你所说的智慧的光辉照亮本内阁会议，那不是我的智慧，而是法律的智慧，只能是法律的智慧，司法部长回敬道；关于鄙人，关于你慷慨大方地给予鄙人这份揪着耳朵的训斥，文化部长说，由于给我的预算少得可怜，你不能要求我做得更多了；现在我更加理解，为什么你有无政府主义倾向，内政部长怒气冲冲地说，你总是想方设法卖弄几句俏皮话挖苦别人。

　　总理翻完了手中的文件，用圆珠笔轻轻敲一敲水杯，要大家注意，请安静，他说，我本不想打断你们兴致勃勃的辩论，虽然你们的辩论可能让我分神，但我感到我从中学到了不少东西，这是因为，根据经验我们应当知道，没有什么比激烈的辩论更能释放积累起来的紧张情绪了，尤其是在当前的特殊情况下，我们懂得必须做点儿什么却又不清楚要做什么的时候。说到这里他停下来，装作看看笔记本的样子，接着说，那么，你们现在已经平静下来，放松下来，情绪不再激动，我们总算可以通过国防部长先生的建议了，这里指的是宣布进入不定期的戒严状态，从公布的时刻开始立即生效。全场一片表示赞同的低语声，只有个别声调不同，虽然国防部长用目光飞快地对会场做了全景扫描，试图发现任何表示异议或情绪低落者，但最终未能确定声音是从哪里发出来的。总理继续说，不幸的是，经验也告诉我们，即使最完美无缺最成熟的主意也可能在付诸实施的时候遭遇失败，或许由于在最后一刻犹豫不决，或许由于希望得到的与实际得到的不符，或许由于在关键时刻对局势失去控制，也许由于这里无须逐个详细罗列或没有时间多加分析的千万个其他原因，总之，鉴于这一切可能，必须准备好替代或补充前一个主意的预案，以防出现意外，比如在当前情况下，防止出现权力真空，或者用一个更让人毛骨悚然的说法，防止出现街头权力，这二者都会导致灾难性后果。部长们已经习惯于总理口若悬河花言巧语的说话方式，进三步退两步，或者用更加通俗的说法，既让你走，又让你停，现在，他们正耐心地等待总理的最后一句话，或者说是结束语，这句话往往能解释前面所说的一切。但这一次总理打破了惯例。他润了一下嘴唇，从上衣里面的口袋掏出白色手绢，擦了擦嘴，似乎要看一下笔记本，但在最后一刻又把笔记本推到一边，接着说，如果发现戒严达不到我们预期的结果，就是说，如果不能引导公民走上正常的民主轨道，不能慎重而又明智地使用选举法，而由于立法者的疏忽大意，选举法可能为那些颠倒黑白的做法敞开大门，这将被合理地归类于滥用法律的行为，本内阁会议从现在起应明白，如果出现上述情况，作为总理，我将实施另一项措施，该措施不仅将在心理层面加强此前采取的措施，我指的显然是宣布戒严，而且我相信，它能够让我国被搅得纷乱不堪的政治天平自行恢复平衡，并一举结束我们身陷的噩梦。总理又停顿片刻，润一下嘴唇，再次用手绢擦擦嘴，接着说，人们会问，既然如此，为什么我们不直接实施这项预案，却浪费时间预备戒严呢，何况事前我们就已经知道，戒严会严重影响首都民众生活的方方面面，无论是有罪者还是无辜者都不能幸免，这个问题当然有其合理之处，但也存在着我们不得不考虑的重要因素，一些是属于纯逻辑方面的因素，另一些则不然，是其主要后果，即突然采取这一极端措施导致的后果，我们将其称为创伤性后果并非夸大其词，因此我想我们应当采用逐步升级行动的方法，戒严是其中的第一步。政府首脑又翻翻文件，但这次没有敲水杯。虽然我完全理解你们的好奇心，他接着说，但是，关于这个问题我绝不会提前走漏风声，只能告诉你们，今天上午我受到共和国总统阁下接见，我向阁下陈述了我的意见，得到了他无条件的全力支持。至于其余的，到时候你们会知道。现在，在本次成果丰富的会议结束之前，我恳请各位部长先生，尤其是肩负执行和落实戒严这一复杂行动重任的国防部长和内政部长两位先生，恳请你们尽最大努力，倾尽全部智慧，完成这一紧迫的任务。军队和警察部队，不论是在特定权限范围内活动，还是参与联合行动，都要严格遵守相互尊重的原则，避免因争先恐后而发生冲突，这类冲突只能有损于我们的既定目标，请允许我使用深深扎根于我们的天主教传统，受到我们的先人推崇的说法，你们的爱国使命是把迷途的羊群重新领回羊圈。你们要牢牢记住，尽一切努力，使那些暂时还只是我们对手的人不要变成祖国的敌人。愿上帝与你们同在，引导你们完成神圣的使命，让和谐的阳光重新照亮人们的心灵，让和平把失去的融洽重新带回同胞的共同生活之中。

总理在电视上出现了，他宣布进入戒严状态，因为一些有组织的颠覆集团一而再再而三地阻止人民在选举中表达意见，导致当前的政治和社会动荡，国家安全遭受威胁。与此同时，陆军部队和武装警察在坦克和其他战车的支援下占领了火车站，在出入首都的各路口设置拦截岗。主要机场位于首都以北约二十五公里处，在陆军控制的特定权限区域之外，因此仍然继续运营，不受黄色警报规定的种种限制，这就是说，载着旅客的飞机可以正常降落和起飞，而当地人的旅行虽然没有被完全禁止，但除了作为个案审查的特殊情况，均受到坚决劝阻。军事行动的画面，用记者们的话说，像拳击中的直拳以不可阻挡的气势打进了惊慌失措的首都居民的家中。军官正下达命令，上士正高声指挥士兵行动，工兵正架设路障，还有救护车和通信部队，探照灯把高速公路第一个弯道之前的路面照得如同白昼，全副武装的士兵像潮水一样跳下卡车，占领阵地，其装备既可以打一场速决的硬仗，也能打一场持久的消耗战。面对大规模的军事行动，有成员在首都工作或学习的郊区家庭束手无策，只能摇头叹息，嘟嘟囔囔地说，他们都疯了，而其他家庭，那些每天早晨送父亲或者儿子去设在城郊工业区的工厂，晚上等待他们回来的家庭，则互相询问，既不允许出去，也不允许进来，从今往后的日子可怎么过，靠什么生活下去呀。也许会给在城市周边地区工作的人发放通行证，一位退伍多年的老翁这样说，他用的还是普法战争或其他古老战争时代老兵们的语言。聪明的老人说得不无道理，果然，就在第二天，各企业协会紧急向政府陈述理由，反映心中的不安，他们说，我们虽然怀着无可置疑的爱国热情，毫无保留地支持政府采取的有力措施，认为这是拯救祖国的行动，旨在打击赤裸裸的颠覆等有害活动，但是，请允许我们怀着最大的敬意，要求各级权力机关紧急向我们的职员和工人发放通行证，如果不紧急采取上述措施，我们从事的工业和商业活动必将遭受不可挽回的严重损失，从而不可避免地对整个国民经济造成破坏。在当天下午发表的联合公报中，国防部长、内政部长和财政部长指出，政府过去和现在都理解和同情雇主们的合理忧虑，但又指出，绝对不能完全按照各企业希望的范围发放通行证，因为，如果政府慷慨地答应雇主们的要求，警戒首都周围新边界的军事部署的牢固性和效力将不可避免地被置于危险境地。但是，为了表示开放和积极的态度，防止出现最糟糕的局面，政府答应可以给那些维持各企业正常运作不可或缺的管理人员和技术人员发放证件，不过，各企业要对其挑选的享受该等优待的人在城内外的一切行为承担全部责任，包括刑事责任在内。如果这一计划获得批准，该类人员在任何情况下都必须于每个工作日的早晨在指定地点集合，然后乘坐由警察押送的大客车到城市的各个出口，再由另外的大客车把他们运到工作的工厂或服务场所，到傍晚时再从原路返回。这些行动的一切开支，从租赁大客车的费用到警察押送的酬劳，全部由企业支付，当然从税收中扣除也很可以，不过这有待财政部对其可行性进行研究之后在适当时间做出决定。可以想象，抗议的声音不会到此为止。从基本的经验得知，人们不吃不喝无法存活，这样，考虑到肉类是从外面来的，鱼类是从外面来的，蔬菜也是从外面来的，总之，一切都是从外面运来的，而本市自身生产的或可能储藏的物品不足以维持居民一个星期的生活，所以必须启动供应系统，大致像为企业提供技术人员和管理人员的通行证一样，有所不同的是，由于某些产品具有不可保存的特点，运作起来要复杂得多。更不用提医院和药店了，数以公里计的绷带，小山似的药棉，多少吨的药片，几百升的针剂，无数个十二只盒装的避孕套。还要考虑到汽油和柴油，需要将其运到各加油站，除非政府里某个人头脑里冒出了一个马基雅弗利式的奸诈主意，要双倍惩罚首都居民，强迫他们步行。短短几天之后政府已经明白，关于戒严他们还有许多事一窍不通，特别是，现在与遥远古代的惯常做法不同，真正的意图并非把被围困的人饿死，所以戒严不能是心血来潮的即兴行为，必须非常清楚戒严的目标和手段，权衡各种后果，评估各方反应，考虑困难和弊端，估量得失，只是避免工作无限度地增加了也好。仅仅一天的时间，不计其数的抗议书，申诉书和要求澄清的信件潮水般涌进政府各部，而各部门几乎都不知道该如何对每个个案给予最正确的答复，因为来自上面的指示只是笼统规定戒严状态的一般原则，一小撮官僚完全没有顾及执行中的细节，混乱现象层出不穷就在所难免了。在这样的形势下出现了一个有趣的现象，因为首都居民生性诙谐，富于讽刺的兴致和嘲弄的传统，他们不会放过这样的情节，一个在事实上和法律上均名正言顺的政府实施了戒严，却因此成了被围困的政府，这不仅因为其会议厅和接待室，办公室和走廊，各部门办公处和档案室以及所有资料和印章均在城市中心，在一定意义上构成了政府的组织系统，并且因为其成员中的一些人，至少三位部长，几位秘书和助理秘书以及好几位司局长，他们都住在郊区，这还不包括那些普通公务人员，如果没有自己的交通工具，或者不愿意忍受城市交通的种种困难，那么他们必须每天上午和下午分别乘坐方向相反的火车，地铁或公共汽车。私下口口相传的不仅有五花八门的笑话，还利用尽人皆知的典故，比如猎人被猎杀，剪羊毛者被剪得毛发精光等，但居民们还不满足于这些天真烂漫的情节和美好的幼儿园时代的幽默，又创作出无穷无尽的故事变种，其中不乏可笑的淫秽之作，从最基本的良好品位的角度来看，属于应当受到谴责的垃圾作品。不幸的是，这进一步表明，揶揄，讽刺，嘲笑，挖苦，戏弄和笑话之类的东西结构脆弱，作用范围狭小，用来打击一个政府，既不能解除戒严状态，也无助于解决供应问题。

几天过去了，困难像雨后的蘑菇一样纷纷在脚下冒出来，越冒越多，越长越大，但民众的坚强斗志似乎没有显出低落的迹象，他们似乎不肯放弃自己认为正确并在选票上表达的东西，不肯放弃对任何既定意见都不随波逐流的权利。有一些观察家，其中大多是外国媒体记者，正如职业俚语所说，匆匆忙忙被派往出事地点采访的记者，因为对当地人的特质不甚了解，在评论中以诧异的口气说，这里绝对没有发生人与人之间的冲突。当然，出现了个别警员挑衅的事件，但很快得到证实，他们在试图制造局势不稳的状况，目的是在所谓国际社会面前为到目前为止尚未实现的突变提供依据，这里所说的突变是指从戒严状态突变到战争状态。一位评论家把标新立异的渴望发挥到极致，竟然将这里出现的现象称为独一无二，历史上前所未有的意识形态一统事件，假如果真如此，那就是把首都民众变成了极为有趣的政治怪物，非常值得研究。从各个角度来看，上述说法都是不折不扣的胡言乱语，与现实风马牛不相及，不论是在这里还是在地球的任何其他地方，人们都各不相同，想法也因人而异，既不都是富翁，也不都是穷汉，至于中产阶级，有的更接近前者，有的更接近后者。唯有一点是所有人全都同意的，无须先行讨论，既然我们已经了解，因此没有必要再浪费笔墨。尽管如此，人们还是理所当然想了解一个问题，这个问题也一再被记者提出，既有外国记者，也有本国记者，是由于什么特殊原因，投了空白选票的人与其他人之间直到现在也没有发生意外事件，争吵、骚乱、斗殴或其他更糟糕的事情呢。这个问题充分表明，算术基础知识对于从事记者职业是何等重要，他们只消想到以下事实就会明白，投空白选票者占首都民众的百分之八十三，其余所有人加在一起不超过百分之十七，另外还不要忘记左翼党那个备受争议的论点，即空白选票与该党的关系，他们打比喻说，是血与肉的关系，如果说左翼党的选民中很多人投了空白选票，这个结论已经是我们的创作了，并不意味着他们全都投了空白选票，原因很简单，该党没有提出明确的口号命令选民这么做，尽管在第二轮投票中显然很多选民投了空白选票。假如我们说十七能与八十三抗衡，不会有任何人相信，靠上帝的帮助打赢战争的时代一去不复返了。一个理所当然会引起人们好奇的问题是，被内政部特工从选民队伍中抓走的那五百人的境遇如何，他们是否遭到拷问，不得不忍受被测谎仪窥视其内心秘密的痛苦，另一个令人好奇的问题是，情报机关的专业探员及其下级助手都在干些什么。关于第一点，除保留疑问之外别无选择，没有任何真相大白的可能。有人会说，根据警方惯用的说法，那五百个囚徒仍然在与当局合作，以查明事实，有人说他们已经被释放，只是每次释放很少几个，以免过于显眼，但是，怀疑主义者却认可另一种说法，即他们全都被送到了城外，下落不明，对他们的审问虽然至今毫无结果，但仍在进行。谁能知道哪种说法更有道理呢。至于第二点，即特务机关的探员们都在干些什么，我们倒是很有把握。作为体面而又受尊敬的工作人员，他们天天早晨都离开家到全城各个角落转悠，寻找线索，一旦发现鱼儿准备咬钩，立即试验一种新的战术，一改以往拐弯抹角的做法，单刀直入，突然向对方发问，我们作为朋友坦率地谈一谈，我投了空白选票，你呢。一开始，被问者的回答是老调重弹，说任何人均不得被迫透露其投票的情况，任何当局均不得问及此事。如果他们当中有人突发奇想，要求唐突的好奇者表明身份，要他当场说明是凭借什么权力和以什么当局的名义提出问题的，这时候就有好戏可看了，只见探员手忙脚乱，不知所措，赶紧夹着尾巴逃跑，这显然是因为，谁也不会敢于打开皮包，亮出贴着照片，盖有钢印，带国旗颜色纹饰的任职证。可是，正如我们上面说过的，这是一开始时发生的事情。从某个时候起，人们开始口口相传，说如果遇到这种情况，最好的态度是不理会提问的人，马上转身走开，或者，如果对方死皮赖脸地纠缠，就大声喊叫，声音越大越好，别骚扰我。如果不喜欢这一种，还有一种更为简单有效的解决办法，浑蛋，你去吃屎吧。当然，在向上级呈交的任务报告中，探员们掩饰了这些不光彩的遭遇，像魔术师一样巧妙地把受到的种种挫折隐藏起来，只是反复强调，部分可疑民众以行动表明他们继续顽固不化地坚持不合作精神。你也许以为，事情到了这般地步，如同两个势均力敌的拳击手在场上竞技，一个从这边推，另一个从那边推，如果他们的脚既不肯从原地向后挪动半步，也不能前进一指的距离，那么只能等他们其中的一个最后精疲力竭，把胜利拱手交给对方。按照情报机关主要负责人的看法，只有其中一个拳击手得到别的拳击手的帮助，僵局才能迅速破解，在当前的具体形势下，要想破解僵局必须放弃已经使用但被证明无效的劝导方法，毫无保留地采取威慑手段，且不排除使用暴力。虽然首都因为犯下一连串的过错而处于戒严状态，虽然武装力量有权执行纪律并在社会秩序出现严重骚乱的情况下投入行动，虽然各司令部以其荣誉保证一旦做出决定立即负起责任，绝不犹豫，而各情报机构将负责在一些地点制造适当规模的骚乱，为严厉镇压事先提供依据，但是，政府说要避免这样做，应当表现出宽宏大量，力图通过各种手段和平解决，重复一遍，这里指的是劝导手段。这样的话，那些造反者就不能抱怨，因为他们已经如愿以偿了。内政部长带着自己的想法赶到了新近成立的临时内阁，或者称为危机内阁，总理提醒他说还有一种解决冲突的武器，只有在那种极不可能发生的武器失灵的情况下，才考虑实施预案，也会考虑届时提出的其他计划。内政部长说，我们正在失去时间，如果他用了这八个字简单明了地对总理的意见表示异议，那么国防部长则多费了一些口舌，说武装力量保证一如既往地履行自己的义务，像在我国漫长历史进程中所做的那样，不顾任何牺牲。于是这个微妙的问题暂时成为悬案，果实似乎尚未成熟。就在这时，另一位拳击手等得不耐烦了，冒险向前迈进了一步。一天上午，人们拥上了首都各个街道，胸前的不干胶标贴上的黑底红字是，我投了空白选票，从窗台垂下的巨大条幅上红底黑字赫然写着，我们投了空白选票，最令人惊叹的是，示威人群头顶上飘动的无数面白色旗帜形成了一条前不见头后不见尾的长河，有个记者一下子蒙了，不知如何是好，于是赶紧朝电话亭跑，去告诉他的报社，说这座城市投降了。警方的高音喇叭声嘶力竭地喊叫，说不允许五个人以上的集会，但是游行的人数是五十个，五百个，五千个，五万个，在这样的情况下，谁会一五一十地去计算呢。警察局想知道是否使用催泪瓦斯和水炮，指挥北方步兵师的将军询问是否授权他出动车辆，南方的空降师师长想了解是否具备投放伞兵的条件，如果不具备，是否因为有落在屋顶的危险而不宜行动。由此看来，战争一触即发。

就在这个时候，总理在国家元首主持的内阁全体会议上披露了他的计划,他说,打断抵抗运动脊梁的时刻到了,我们要放弃心理战,放弃间谍活动,不再使用测谎仪和其他技术手段,这是因为,虽然内政部长先生付出了努力,成绩卓著,但事实表明这些办法不能解决问题,关于这方面要补充说明一下,我认为武装力量直接介入也是不适当的,它极有可能导致大量伤亡,而我们有义务不惜一切代价避免这种事情发生,与这一切相反,我带来的是一个不折不扣的多重撤退的建议,也许会被有些人视为一次荒唐的行动,但我相信它将把我们带向完全的胜利,恢复正常的民主生活,具体来说就是,以重要性大小为序,政府各机关立即撤退到另一座城市,让那里成为国家的新首都,这里驻守的各兵种部队全部撤离,警察部队也全部撤出,随着上述根本行动的实施,这座叛城市将由它自己管理,它会拥有所需要的一切时间考虑明白,脱离神圣的统一国家要付出多么大的代价,等到它再也忍受不了孤立,凌辱和蔑视,等到里面的生活陷入一片混乱,那些犯有过错的居民就会低着头来找我们,恳求我们原谅。总理环视四周后,接着说,这就是我的计划,交由诸位讨论和审查,但是,当然,我希望能够得到一致通过,重症需下猛药,如果说我的建议是一剂苦药,那么侵害我们的病症则是致命的。

5

　　总理使用的是知识水平较低的阶层也能听得懂的语言，但这些人并非完全没有意识到种种严重的噩兆正在威胁着他们已经非常艰难的生活，他提出的建议恰恰旨在避开侵袭首都大部分居民的病毒，既然最坏的情况总是藏在门后等待时机，那么它也许最后可能传染本市其余的居民，有谁说得清呢，甚至全国都不能幸免。他本人和政府并不担心被这个颠覆性的昆虫叮咬而受到感染，我们目前看到的不过是一些个人之间的冲突和非常微小的意见分歧，不管怎样，所涉及的主要是方法而不是目的，直至现在，负责管理国家的政治家之间仍保持着不可动摇的团结，只是一场灾难没有任何预兆便降临到这个国家头上，这是一场在各国人民那漫长而又总是充满艰辛的历史上极为罕见的灾难。与某些居心不良之徒大肆传播的消息相反，这不是懦弱的逃窜，而是在打一张杰出的战略牌，一张无与伦比的战略牌，展望前景，胜利的成果触手可及，就像可以随手摘下树上的果实一样。这项任务圆满成功所需要的只是与坚定的决心相匹配的实施力度。首先要决定谁离开城市，谁留下来。当然，离开的有国家元首阁下和政府助理秘书以上官员，以及他们最重要的顾问，国会议员也应当在离开的人员当中，以免立法工作中断，此外还有军队各兵种和包括交通警察在内的警察部队，但市政委员会全体成员都要留下来，包括主席在内，消防队要留下，以防有人不慎或蓄意破坏而发生火灾时，不至于全城变为一片火海，为了防止传染病肆虐，城市环卫部门也要留下，当然还要保证水和电这类基本生活必需品的供应。至于食品，已经成立了一个饮食专家小组，也称为营养专家小组，负责制定一个最低限度的食谱，使民众不致挨饿，但也要让他们感到，承受戒严状态导致的后果与在海滩度假不完全相同。并且政府深信，事情不会发展到那般地步。过不了几天，停火谈判代表们将到城市入口的军事哨所报到，按照习俗打着白旗，无条件投降的白旗，不是反叛的白旗，两者颜色相同确实是一个值得注意的巧合，关于这一点我们现在不做仔细考虑，以后就会看到我们是否有充足的理由回过头来重新审视。

　　对于上一章后半部分谈到的内阁全体会议，我们认为已经做了充分介绍，临时内阁，亦即危机内阁，讨论并做出了一系列决定，这些决定将在适当时机公布，但先决条件是没有出现像我们前面警告过的那种情况，事态发展致使该等决定被废除或者由另外的决定取代，应当牢记，谋事在人，成事在天，人与天意见一致共同谋事的情况必定极为罕见，即使有的话，也几乎全都出现在不祥的事件之中。讨论最热烈的问题之一是政府撤退事宜，何时撤退，怎样进行，是否要保守秘密，是否由电视台播放图像，是否要有乐队演奏，汽车上要不要有花环等装饰物，要不要在汽车前头的小旗杆上挂国旗，等等。为了这些没完没了的细枝末节，他们不得不一次又一次地查阅国家典礼条例，如此烦琐复杂的情况从国家建立以来还不曾遇到过。撤退计划终于制订完成，这个战术杰作的基本要点是，经过仔细研究制定的分散撤退路线将最大限度地给示威者大规模集会制造困难，对于首都被抛弃，他们也许会表达痛恨，不满或愤怒，动员起来阻挡撤退的进行。有一条国家元首的专用路线，总理以及各部部长也都有各自的专用路线，一共是二十七条，每条都有军队和警察保护，各个十字路口都布置车辆把守，各车队队尾是救护车，以备不时之需。在一个巨大的演示板上，本市地图被照得通亮，为此军队和警察方面的有关专家在这里工作了整整四十八小时，地图上有一颗星星，星星分二十七个枝杈，其中十四个伸向北半部，十三个伸向南半部，另外有一个类似赤道的线条横贯全市。官方的黑色轿车车队将沿着这些枝杈行进，周围的贴身保镖配备警用对讲机，这种老掉牙的设备目前仍在我国使用，但对其进行现代化改造的预算已获通过。所有参加行动的人，不论参加哪一阶段，也不论参加的程度如何，都必须宣誓绝对保密，首先把右手放在福音书上宣誓，然后放在蓝色羊皮封面的宪法上宣誓，两次都以早年民间传统的毒誓结束，如果有违誓言，让惩罚落到我的头上，落到我家四代子孙头上。如此这般把秘密封锁得严严实实。撤退定于两天后开始，同时进行，也就是说，所有人同时出发，凌晨三点钟，那个时辰只有严重的失眠症患者还在床上辗转反侧，向睡眠之神许愿，向夜晚之子和黑暗的孪生兄弟许愿，请求他们帮助他脱离痛苦，把令人困倦的凤仙花香轻轻洒在他沉重的眼皮上。距离出发还有几个小时，大批探员回到活动场所，他们只干一件事，走遍全市东西南北，巡视各个广场和大街小巷，装作若无其事的样子偷听民众的脉搏跳动，探寻他们隐秘的企图，收集这里或那里听来的只言片语，以发现内阁会议做出的决定是否有什么内容泄露出来，尤其是与政府撤出首都有关的内容。一个真正名副其实的特工，必须像信奉神圣的准则、黄金法则和法律条文一样遵守这样一条规定，即绝不相信誓言，不论它来自何处，即使是亲生母亲发出的誓言亦然，发了不止一次而是两次的誓言更不可信，发了三次的就越发不可信了。然而，在当前的情况下，他们虽然有点儿职业挫败感，但不得不承认官方的秘密保守得滴水不漏，根据经验得出的这一看法与内政部中央计算机显示的结论不谋而合，该系统对截获的成千上万条谈话片段进行了多次筛选、整理和比对，没有发现一个疑点，没有发现任何异常迹象，哪怕是一个能拉出另一端什么不祥之物的小线头都没有。情报机关发给内政部的消息信心满满，让他们尽可放心，但不只这些，还有干练的军事情报部门，他们背着其文职竞争者独自进行调查，聚集在国防部的上校们收到的信息和心理报告与内政部的同行们掌握的材料完全吻合，双方都可以用一句因文学名著而成为经典语言的话加以表述，西线无战事，只有一位士兵刚刚死亡。从国家元首到最末一名顾问，无一不大大松了一口气。感谢上帝，撤退将平静地进行，不会给民众造成过分的精神创伤，他们当中部分人也许已经后悔，悔不该做出完全无法解释的反叛行为，尽管如此，他们的文明举止值得高度赞扬，也预示着日后雨过天晴，一切会变好，因为在这个痛苦但又必不可少的分别时刻，他们似乎无意以行动或语言伤害合法统治者及其代表。从所有的报告中都得出这样的结论，发生的事情也确实如此。

凌晨两点三十分，所有人都准备停当，将他们捆在总统府，总理府和各部大楼的绳索马上就要解开。油光锃亮的黑色轿车排列整齐，武装到牙齿的保安人员保护着运载档案的卡车，警察先头部队的士兵整装待发，令人难以置信的是，他们随时可以投出有毒的箭，救护车也各就各位，以备不时之需，而在里面，在各个办公室里，那些即将逃跑的统治者，或称为开小差的统治者，我们可以用高一点儿的格调，称为流浪漂泊的统治者，他们还在打开又关上最后一个橱柜或抽屉，满怀惆怅地收起最后几件纪念品，一张合影，另一张上还有题词，一个发卡，一尊幸运女神的小雕像，一个学生时代的卷笔刀，一张被退还的支票，一封匿名信，一条绣花的小手绢，一把神秘的钥匙，一支刻有名字的老式钢笔，一份涉及他本人的卷宗，还有一份，但后者针对的是另一个部门的同僚。不少人几乎掉下眼泪，这些男男女女难以控制内心的激动，暗自询问是否有一天还能回到这块见证了他们职场升迁的宝地，而那些没有受到命运眷顾的人，虽然幻想破灭，对遭遇的不公耿耿于怀，但仍然梦想着在与现在不同的世界，能有新的晋升机会，最后拥有个称心的职位。三点差十五分钟，军事部队和警察部队已经沿二十七条路线做了战略部署，不要忘了，车队已经控制了主要交通路口，这时下达了首都全市降低公共照明强度的命令，以掩护撤退，尽管使用撤退如此残酷的字眼令我们感到极为痛心。在轿车和卡车将要经过的街道上，看不到一个穿便服的生灵，一个也没有。至于城市的其他地方，不断收到的情报表明平安无事，没有任何人群聚集，没有任何可疑的运动，那些离开或返回家中的夜游者不像是可怕的人，他们肩上没有扛着旗帜，身上没有藏着用破布塞着瓶口的汽油瓶，手里没有抡着大棒或自行车链条，如果凑巧有某个人没有走正道，也不能因此说他在政治方面走上了邪路，而只能怪他多喝了几杯酒精饮料，情有可原。差三分三点，组成各个车队的汽车启动。三点整，根据预先的安排，撤退开始。

就在这时候，意外发生了，惊恐出现了，前所未见的怪异现象来到眼前，人们先是晕头转向，不知所措，随后是惶惶不安，心惊肉跳，如同被人用指甲掐住了喉咙，包括国家元首和政府首脑，各部部长，秘书和助理秘书，议员，卡车里的保安人员，警察先头部队，甚至包括救护人员，不过后者出于职业原因，已经习惯于最糟糕的情况，所受的惊吓程度较小。随着汽车沿各条街道向前开进，临街的一座座楼房从上到下陆续亮起了灯光，电灯，油灯，聚光灯，手电筒，还有枝形吊灯，甚至有几盏马口铁三头灯，这种燃橄榄油的古老灯具今天已经极为罕见，现在，所有的窗户都打开了，各种灯光涌流出来，形成一条泛滥的光亮之河，又像一片白光组成的水晶海洋，照亮了街道，照亮了逃兵们流窜的道路，让他们不致迷失方向，误入歧途。各车队负责安全的人员做出的第一个反应是，下命令将油门一踩到底，速度增加一倍，把谨慎小心扔到脑后，这正中官方司机的下怀，他们个个心中暗喜，立即加速前进，众所周知，官方司机最讨厌的就是开着两百马力的汽车像老牛一样慢慢腾腾地挪动。飞驰没有持续多久。如同出于恐惧所做的决定产生的结果一样，匆忙草率的命令造成的后果是，在几乎所有线路上，有的靠前一点儿，有的靠后一点儿，都发生了一些小的碰撞，一般是后面的顶上了前面的，幸运的是没有给乘客造成严重伤害，他们只不过是受点儿惊吓，稍厉害一点儿的是额头上有点儿血肿，脸上有道划痕，脖子伤到一点儿，都不足以构成明天颁发负伤证章，战争十字勋，红心勋章或其他类似奖赏的依据。救护车赶到前面，医护人员立即行动，跑过去救助伤者，整个场面混乱不堪，车队停了下来，有人打电话要求提供其他路线发生事故的情况，有人高声吼叫，要对方评估局势的严重程度，更加糟糕的是，灯光照耀下，建筑物前立面的层层砖石就像圣诞树一样，只缺燃放烟火和玩小马转圈游戏了，幸亏没有人从窗户里探出头来，免费观看街上为他们演出的精彩节目，同时用手指着下边撞在一起的汽车取笑。几乎所有鼠目寸光的下级官员，都只关心眼前，他们肯定会这样想，可能还有某些仕途黯淡的助理秘书和顾问也会这样想，但身为总理的人绝对不会，更不要说这位高瞻远瞩的总理了。医生一边在他下巴上涂消毒药水一边暗自思忖，给他注射一支破伤风针剂是否算是过度治疗，而这时，这位政府首脑还在因为头几座楼房亮起的灯光造成的冲击而心神不定。毫无疑问，这种事会让最沉着冷静的政治家手足无措，毫无疑问，使人忧虑，使人惴惴不安，但很糟糕，非常糟糕的是，从那些窗户里看不见任何人，仿佛政府的车队正在可笑地逃离虚无世界，仿佛军队和警察包括坦克和水炮卡车，全都不被敌人放在眼里，而且没有任何人可以打击。此时总理下巴上贴了一块胶布，他坚持拒绝注射破伤风针，只是还有点儿后怕，他突然想起来，早应该给国家元首打个电话，这是首要义务，询问总统情况如何，身体可好，必须不失时机，现在就打，不让他施展狡猾的政治伎俩，抢先打过来，想到这里，总理嘟囔了一句，免得他撞见我未提上裤子的难堪，并没有想一想这句话的字面意思。他叫秘书拨通电话，另一端的秘书接了电话，这一端的秘书说总理先生想和总统先生说话，另一端的秘书说请等一等，这一端的秘书把电话递给总理，现在该总理等一等了；你那边的情况怎么样，总统问道；有几起汽车碰撞造成凹瘪的事故，都算不上什么大事，总理回答说；我这边什么事都没有发生；没有碰撞吗；只有几起剐蹭之类的小事故；我希望都不严重；对，不严重，我这辆汽车的钢板是防炸弹的；很遗憾，我不得不提醒您，总统先生，没有任何汽车的装甲钢板能防炸弹；这用不着你对我讲，总是有对付护胸甲的长矛，也总是有对付装甲车的炸弹；您受伤了吗；连点儿皮都没有擦伤。一位警官把脸凑到汽车车窗前，做了个可以继续前进的手势；我们又开始走了，总理报告说；我这边几乎没有停过，国家元首回答说；总统先生，我有句话要说；讲；不能对您隐瞒，我感到非常担心，现在比第一次选举那天更加担心；为什么；因为在我们经过的路上亮起的灯光，余下的路上也很可能陆续亮起来，一直亮到我们离开这座城市，城里空无一人，请注意，窗户里和街道上看不到一个人影，这事很奇怪，太奇怪了，我开始想，我应该承认直至现在一直不承认的事情，就是说，这后面隐藏着一种企图，一个意念，一个经过深思熟虑的目标，公众在形势的发展中似乎都服从于一个计划，仿佛有个协调中心；我不相信，亲爱的总理先生，你比我更清楚地知道，关于无政府主义阴谋的理论，找不到任何线索和依据，而另一个理论，即某个邪恶的国外势力正在致力于破坏我国稳定，也不比前者可信；我们原来以为完全控制着局势，以为我们是局势的主宰，结果呢，在我们经过的路上突然冒出令人吃惊的场面，一个难以想象的场面，堪称一场戏剧式政变，我不得不承认这一点；你认为该怎么办；现在来说，继续执行我们制订的计划，如果未来的发展态势需要对其做某些修改，也必须在对新的情况进行详尽审查之后，不过，无论如何，就计划的基本点而言，我看不到有任何变更的必要；依你看，基本点是什么；总统先生，我们已经讨论过并达成了一致，我们的目的是把首都民众孤立起来，如同把他们放在文火上面烘烤，或迟或早，他们不可避免地要产生矛盾，利益冲突会相继爆发，生活将变得越来越艰难，用不了多久垃圾就会堆满街道，请想一想，总统先生，如果下起雨来，那里的一切该是个什么样子，如同肯定我是总理一样，那里肯定要出现食品供应和分配问题，我们也会负责在适当时机制造出这些问题；这么说，你相信这座城市坚持不了多久；是这样，此外还有一个重要因素，也许是诸多因素中最重要的一个；什么因素；不论过去还是现在如何努力尝试，都永远不可能让所有人以同样的方式思考；这次甚至可以说可能了；总统先生，想得过分完美的就不会是真实的；假如这里真的存在，至少不久前已经承认这是一种可能，真的存在一个秘密组织，一个黑社会，一个黑手党，一个中央情报局或者一个克格勃；中情局不是秘密组织，总统先生，克格勃也已经不复存在；差别也不会太大，但让我们想象一下，创造出一个这样的东西，或者如果可能的话，更坏的东西，比我们现在编造的更加狡诈的东西，达成一个近乎完全一致的看法，至于围绕什么问题达到近乎一致，想让我告诉你吗，其实我也不大清楚围绕什么问题；空白选票，总统先生，围绕投空白选票的问题；到这一步我还能明白，我感兴趣的是还不明白的事；我不怀疑这一点，总统先生；请接着说下去；虽然我不得不在理论上承认，只在理论上承认，有可能存在一个破坏国家安全和民主制度合法性的地下组织，但干这类事情都离不开秘密接头，开会，基层组织，宣传鼓动和文件，对，离不开文件，总统先生清楚地知道，在当今世界上，没有文件的话，做任何事情都完全不可能，而我们不仅没有一份关于我刚刚提到的任何活动的情报，而且连一张写着下面词句的纸张都没有找到，前进，祖国的儿郎，那光荣的时刻已来临；我不明白为什么非用法文不可；总统先生，因为它代表革命传统；我们这个国家太特别了，这里发生的事情在地球任何其他地方都从来不曾发生过；我无须提醒您，总统先生，这不是第一件；我亲爱的总理，我指的正是这个；显然两件事情之间不存在任何关联；显然不存在，唯一的共同之处是颜色；到今天为止还没有为第一件事找到解释；也还没有为这一件找到；我们会找到的，总统先生，会找到的；如果在此之前不碰得头破血流的话；我们要有信心，总统先生，信心是根本；你告诉我，对什么有信心，对谁有信心；对民主制度；我亲爱的伙伴，把这篇演说留着到电视上去用吧，这里只有秘书在，我们可以明明白白地说。总理改变了话题，总统先生，我们已经在出城了；这边也是；请您往后看，总统先生，往后看；看什么呀；看灯光；灯光怎么了；继续亮着，没有人关掉；你想让我从这灯光里得出什么结论呢；我也不大清楚，总统先生，正常的情况应当是，随着我们往前走，后面的灯光渐渐熄灭，但并不如此，现在还亮着，据我想象，如果从空中俯瞰，会看到一颗巨大的星星伸出了二十七个枝权；看样子我有位诗人总理；我不是诗人，但一颗星就是一颗星，一颗星，总统先生，谁也不能否认；那么，现在我们该怎么办呢；政府不会袖手旁观，我们的弹药还没有用完，我们的箭筒里还有箭；我希望瞄准的时候不要出错；只要敌人在我的射程之内；但这正是问题所在，我们不知道敌人在哪里，甚至不知道敌人是谁；敌人一定会出现，总统先生，只是时间问题，他们不能一直隐藏着，永远不出来；这样的话，但愿时间还来得及；我们一定会找到解决办法；就要到边界了，去我办公室接着谈，早点儿去，下午六点左右；好，总统先生，我准时到。

在城市的边界线上，各个出口完全相同，一个笨重的活动路障，两辆坦克，两边各一辆，几顶帐篷，还有手持武器，身穿野战服，脸上涂着伪装油彩的士兵。强力聚光灯把现场照得通亮。总统下了车，指挥部军官向他敬了一个无可挑剔的标准军礼，他随便打了个平民的手势还礼，问道，这里的情况怎么样；平安无事，总统先生，绝对平静；有人试图闯关吗；没有，总统先生；我想你指的是机动车辆，自行车和马车等；是的，总统先生，我指的是机动车辆；步行的人呢；连一个也没有；你当然已经想到了，逃走的人可以不走大路；是的，总统先生，无论如何他们都过不去，除了有常规巡逻队负责守卫相邻的两个出口之间各一半的距离，我们还安装了电子监视器，如果将它们调整到可探测小体积物体的模式，就是一只老鼠通过也会发出信号；很好，你知道在这种情况下说什么，祖国期待着你们；是的，总统先生，我们意识到使命的重要性；我想你们已经接到指示，遇到群体企图出城的情况如何应对；是的，总统先生；都是些什么指示；第一，高声命令他们站住；显然是这样；是的，总统先生；如果他们不肯站住呢；如果他们不站住，我们就朝空中开枪；如果他们不顾一切，仍然往前跑呢；这时候，调拨给我们的一个防暴警察分队就要介入了；他们怎样行动呢；视当时的情况而定，总统先生，要么施放催泪瓦斯，要么使用高压水炮阻拦，这些行动不在军队的权限之内；我似乎从你的话里听出了一点儿批评的口气；依我的看法，总统先生，这不是进行一场战争的方法；这个意见很有趣，那么，如果人们不肯后退呢；他们不可能不后退，总统先生，面对催泪瓦斯和高压水炮，没有谁能受得了；可是，你想象一下，如果遇到这类假设的情况，你会发出怎样的应对指示；朝腿部射击；为什么朝腿部；我们不愿意射杀同胞；但总有可能发生；是的，总统先生，总有可能发生；你的家在城内吗；是的，总统先生；你设想一下，如果看到一群人正在前进，你的妻子和孩子走在他们前面；军人的家属知道在各种情况下应当如何做；就算这样，你再想象一下，努力想象一下；命令是要执行的，总统先生；所有的命令；到今天为止，我担保我执行了给我下达的所有命令；以及明天；以及明天，我希望没有对您说那句话的必要，总统先生；但愿如此。总统朝汽车方向走了两步，突然回过头来问道，你肯定你的妻子没有投空白选票吗；我愿意拿脑袋做担保，总统先生；真的拿脑袋做担保吗；这只是一种说法，我的意思是，我肯定她履行了一个选民的义务；指她投了票；是的；只是投票，那么你还没有回答我的问题；是的，总统先生；那就回答吧；我不能回答，总统先生；为什么；因为法律不允许我回答；啊。总统久久望着这位军官，最后说，再见，上尉，是上尉，对吧；是的，总统先生；晚安，上尉，也许我们还会见面；晚安，总统先生；你是否注意到，我没有问你本人是不是投了空白选票；是的，我注意到了，总统先生。汽车高速启动。上尉用双手捂住脸，汗水正从前额往下流淌。

6

军队的最后一辆卡车和警察的最后一辆小型货车离开城市的时候,灯光开始熄灭。那颗星的二十七个枝杈像在告别一样,一个接一个消失,最后只剩下街灯微弱的光亮为空寂的街道勾画出模糊的轮廓,没有谁想到使其恢复到往常夜里的正常亮度。当天上浓重的黑暗开始消散时,视力好的人可以看到深蓝色的浪潮缓缓从地平线升起,我们会知道这座城市在多大程度上还活着,这时候才会看到住在这些楼宇各个楼层的男男女女是否离开家门,出去上班,最早的乘客是否搭上了头几辆公共汽车,地铁是否轰隆轰隆地穿过隧道,商店是否开门并且撤下了玻璃橱窗的护板,报纸是否送到了报刊亭。在这个早晨,人们像往常一样刷牙,洗脸,穿衣服,喝牛奶咖啡的时候,听到电台急如星火地报告,说总统,政府和议会于今天凌晨离开了本市,现在城里已经没有警察,军队也已经撤离,于是人们打开电视,电视以同样的语调播放着同样的新闻,两者,电台和电视台,每隔很短的时间播送一次预告,说在七点整将播送国家元首致全国的重要公告，显然，这份公告特别针对的是首都的顽固居民。报刊亭此时还没有开门，到街上去买报纸也会无功而返，一些更为现代的人尝试通过互联网了解可以预见的总统一行的窘态，结果也是一无所获。当然，官方的保密工作偶尔会受到泄密瘟疫的侵袭，比如，就在短短几个小时以前，各个建筑物协调一致地亮起灯光就表明了这一点，不过，涉及高级当局，保密工作势必高度严格，因为众所周知，当局动辄要求出差错者迅速做出全面解释，偶尔还因此发生被杀头的事件。差十分钟七点，这时候，还懒洋洋地待在家里的人当中，有许多本应该走在街上，前去上班，但今天是个特殊的日子，仿佛是给公务人员下达了例外假日的命令，至于那些私营企业，更可能的是大部分都全天关门，等着看看有什么事发生。小心和鸡汤绝不会有害人们的身体健康。世界上发生的无数次骚乱告诉我们，公共秩序发生特殊变化也好，仅仅有这种变化的威胁也罢，谨小慎微的最佳典范一般都是那些大门朝向街道的商业和工业企业，他们如惊弓之鸟的心态值得我们敬重，因为凡是出现破坏活动，不论是砸碎玻璃橱窗还是暴力抢劫，这类店铺都首当其冲，无一例外地遭受损失，而且损失最大。差两分七点，各电视台和电台的播音员终于宣布，国家元首即将向全国发表讲话，在这种情况下，他们会像读讣告一样，表情庄重，声音低沉。电视上随后出现的片头画面是一面国旗，飘动得疲惫不堪，心灰意懒，仿佛随时都有从旗杆上滑下来的危险。这个画面是在风平浪静的日子拍摄的，某个住户中某人评论说。这个象征性标志随着国歌的头几个音节响起开始复活了，轻轻吹拂的微风突然让位于狂风，后者只能来自辽阔的海洋，来自战斗胜利的场景，吹吧，吹得更猛烈些吧，吹吧，吹得更有力些吧，也许我们将看到瓦格纳的女武神率领其英勇的骑兵飞奔而来。随后画面渐渐远去，国歌带走了国旗，或者国旗带走了国歌，两者的前后次序无关紧要。这时候，国家元首出现在人民面前，他端坐在写字台后面，用严厉的目光死死盯着摄像机镜头。他右侧竖着一面国旗，不是先前那一面，而是用于室内的，规规矩矩打了几个褶。总统两手十指交叉以掩饰不由自主的痉挛；他很紧张，那个说风平浪静的人又评论说，我们倒要看看他有什么脸面解释无耻的出逃，他们刚才还在蒙骗我们。等待国家元首紧急演说表演的人们不可能想象，绝不可能想象到，为了准备马上开始的这场表演，共和国总统府的文字顾问们费了多少力气，困难之处不在于演讲内容本身，只消拨动写作技巧诗琴的琴弦，这个问题便可迎刃而解，而在于演说开头的称呼上，根据常规，一般用程式化的语言，由此引出慷慨激昂的长篇演说。实际上，考虑到演讲的内容十分敏感，使用以下称呼能减少一些咄咄逼人的意味，亲爱的同胞们，尊敬的乡亲们，或者，用更为简单并且更为高雅的词句，在爱国的口头禅里带上适当的颤音，葡萄牙的男女公民们，这里我们要赶紧澄清一下，使用这几个字只是出于一个毫无理由的假定，没有任何客观依据，也就是说，假定我们一直在详细讲述的极为严重的事件发生的舞台，是所谓属于葡萄牙男女公民的国家。其实这只不过是拿来作为例子加以说明而已，别无他意，尽管如此，我们也要提前请求原谅，特别是考虑到这里的人民向来以值得称道的奉公守法和宗教虔诚履行自己的选举义务，并以此闻名于世。

好了，现在回到我们当作观察点的那个家庭，应当说，与人们正常的估计相反，没有任何收听电台或收看电视的人发现总统嘴里没有说出惯用的称呼，没有用这个，没有用那个，也没有用另外的称呼，也许是因为总统讲话的头几个字太具刺激性和戏剧性，一开始便说，我现在诚心实意地同你们说话，也许国家元首的文字顾问们认为，这句话之前加上几个陈词滥调的称呼作为开头，既多此一举，又不合时宜。确实，必须承认，如果开始就亲切地说，尊敬的乡亲们，亲爱的同胞们，会显得太不协调，如同有个人首先宣布汽油从明天起降价百分之五十，随后却把血淋淋油乎乎并且还在颤动的动物内脏朝惊呆了的听众眼前扔过去一样。大家已经知道，总统将要通告的是再见，再见，改日再见，但不难理解，所有的人都好奇，想看看他如何脱身。正因为如此，我们在这里把他的演说全文照发，只是由于抄录文字有个不可逾越的障碍，无法表现出他颤抖的声音，无法表现出他痛心的手势和偶尔出现的难以控制的一小滴泪水。我现在诚心实意地同你们说话，为难以理解的离去而痛心疾首，肝肠寸断，面对我们大家庭的尊严与和谐被打破等一系列异常事件，我就像一个被可爱的儿女抛弃的父亲一样，感到与他们同样的失落和彷徨。你们不要以为是我们，是我本人，是我国政府以及当选的议员们，不要说是我们离开了人民。不错，我们于今天凌晨撤离到了另一座城市，从现在开始它将成为我国的新首都，不错，我们对这座曾经是但现在已经不是首都的城市下达了严厉的戒严令，这必将严重影响这座极其重要并且在地理空间和社会资源方面都颇具规模的城市的正常运作，不错，你们被包围，被围困，被限制在城市的范围之内，不得出城，如果试图那样做，后果将是立即遭到武装部队开枪射击，但是，你们永远不能说是我们这些人的过错，这是由于，是人民的意愿，是他们在一次又一次和平而又诚实的民主选举当中自由表达出的意愿,把国家的命运交到了我们手中,让我们保护国家不受任何内忧外患的危害。你们,对,是你们,你们是罪人,你们,是你们,是你们无耻地脱离了国家的和谐生活,走上了颠覆和反叛的歧途,向合法权利发起了邪恶和阴险的挑战。不要埋怨我们,而应当埋怨你们自己,也不要埋怨通过我的声音说话的这些人,我所说的这些人是指政府,他们一次又一次地请求你们,我要说,一次又一次地恳求和乞求你们改变顽固坚持的恶劣态度,虽然国家当局做出了不懈的努力,但不幸的是,你们直至今天仍然不为所动。多少个世纪以来,你们曾是国家的头脑,民族的骄傲,多少个世纪以来,在国家危机和民族苦难的时刻,我们的人民都习惯于把目光投向这座古老的城市,投向这些山丘,知道这里有获救的良方,有抚慰的话语,有走向未来的正确道路。而你们背弃了先人的遗训,这个残酷的事实将永生永世折磨你们的良知,先人们一砖一石建起了祖国的圣坛,你们却决定把它毁坏,我为你们感到羞耻。我愿意全心相信你们的疯狂是一时冲动,不会持久,我愿意认为明天,我向上天祈求的这个明天不会让人等得太久,我愿意认为,明天,懊恼就会温柔地进入你们的心扉,你们将重新与国家这个大家庭言归于好,作为回头浪子合法地回到父母亲家中,因为国家是根本中的根本。现在你们处在一座没有法律的城市。将不会有政府要求你们要做什么和不要做什么,应当怎样做和不应当怎样做,街道是你们的,属于你们所有,随心所欲地去使用吧,没有任何当局去阻止你们的脚步,也不会给予你们善意的劝告,但是,你们也要注意听我说,也没有任何当局去保护你们不遭受盗贼,强奸犯和杀人犯的侵害,这就是你们的自由,去享受吧。也许你们心存幻想，醉心于自由意志，醉心于异想天开的为所欲为，自认为有能力，有比我们此前使用的古老方法和古老法律更有效的手段，可以更好地组织和保护你们的生活。多么可怕的胡思乱想。很快，过不了多久，你们就不得不找出一些头目统治你们，或者那些野蛮的家伙从你们难以避免的混乱中冒出来，把他们的法律强加给你们。届时你们才会发现，你们酿成的错误是个多么惨痛的悲剧。也许你们会像在可恶的威权统治时代和独裁时代那样起来造反，但是，不要再抱有幻想了，你们会遭到同样的暴力镇压，而不会被召唤去投票，因为那时候不再会有选举，或者，也许有选举，但不会像被你们弃如敝屣的选举那样公正，自由和清廉。我同武装部队以及国家的政府决定离开你们，任凭你们自己选择命运，从此以后你们的悲惨处境会持续下去，直到有一天我们返回这里，把你们从你们自己造出的妖魔手中解救出来。你们遭受的一切痛苦将毫无用处，你们的固执己见都是枉然，届时你们会明白，虽然已经为时太晚，你们会明白法律完全是字面上的东西，用文字颁布法律，写在一张纸上加以确认，无论是宪法，其他法律或者行政法规，莫不如此，你们会明白，但愿你们也能相信，过度和不假思索地使用法律会搅乱根基最牢固的社会，最后，你们会明白，简单的常识告诉我们，应当把法律当作一种在可能情况下的单纯的象征，而绝不能当作切实而且可能的现实。投空白选票是一项不可褫夺的权利，任何人都不否认，但是，就像我们禁止儿童玩火一样，我们也警告人民摆弄炸药会危及安全。我的讲话就要结束了。你们要认真对待我的告诫，不要将其视为威胁，而应当看作一种烧灼疗法，旨在治疗自你们身上生起正在折磨你们的脓疮。你们会在值得宽恕的那一天再次见到我，再次听到我的声音，无论如何，我们愿意宽恕你们，这里说的我们，是指我本人，你们的总统，是指你们在风气良好的日子里选出的政府，还有我们的人民当中那部分健康纯洁的人，而此刻你们还不具备属于这部分人的资格。到那一天再见，再见了，愿上帝保佑你们。国家元首庄重而又痛楚的形象渐渐消失，随后重新出现的是旗杆上那面在风中摇摆的国旗，它像个傻瓜一样，从这边摆到那边，又从那边摆到这边，与此同时国歌又响起来，重复着军乐进行曲的节拍，这是爱国激情澎湃时代的作品，现在听起来却像是什么东西的爆裂声。对，那个人说得好，家里最年长的人说，必须承认那个人说的话全都在理，小孩子就是不该玩火，谁都知道，玩了火以后，晚上肯定尿床。

直到这时候街上还冷冷清清，几乎不见人影，商店差不多全都关门停业，来往的公共汽车里也几乎空无一人，但是，突然之间情况大变，短短的几分钟时间里街上人头攒动，拥挤不堪。留在家里的人伏在窗台上观看比赛，使用比赛这个词并非表示人们朝着同一个方向奔跑，而是像两条人流，一条朝上走，另一条往下行，一方和另一方互相招手致意，仿佛全市正在欢度什么节日，或者本市的假日，与逃走的总统那居心不良的预言相反，这里看不到窃贼，看不到强奸犯和杀人犯。在一些楼房的部分楼层，不时可以看到关着的窗户，其中有几扇百叶窗紧紧地垂下来，仿佛住在里面的人正沉浸在举殡的凄苦之中。他们没有和别的家庭那样在凌晨时分亮灯示警，充其量躲在百叶窗后面向外窥视，心头阵阵发紧。这些人有坚定的政治理念，不论在第一次还是在第二次选举中都把票投给了一生不变的至爱，即右翼党和中间党，现在他们没有任何理由庆贺，恰恰相反，他们害怕在街上又唱又叫的愚昧群众对他们发起攻击，砸开神圣不可侵犯的家门，玷污祖祖辈辈珍藏的家族纪念品，抢走黄金白银。唱吧，唱吧，很快就会哭的，他们互相鼓励说。至于把选票投给左翼党的人们，他们没有在窗户里欢呼，因他们早已来到街上，这点不难发现，我们看到，他们的旗帜不时在人头形成的汹涌洪流中冒出来，像是在测量人群跳动的脉搏。没有人上班。报刊亭里的报纸全部售罄，各报均在头版刊登了总统的陈词滥调，还附有总统宣读演讲稿的照片，从其脸部的痛苦表情来看，大概是在念到诚心实意地说话的那个瞬间拍摄的。很少有人浪费时间去阅读已经知道的东西，几乎所有人最感兴趣的是了解报社社长，社论撰稿人和评论家们在想些什么，还有报纸采访到的第一手新闻。头版的特大号字的标题吸引着好奇者的注意，其他各版的题目使用正常字号，但它们似乎无一例外地出自标题专家善于概括的天才头脑，让读者不必阅读正文也无须后悔。其中有感伤型，例如，**首都早晨醒来成了孤儿**；讥讽型，例如，**栗子在挑衅者的嘴里爆裂了**，或者，**他们的白选票成了黑选票**；教育型，例如，**国家给反叛的首都一个教训**；复仇型，例如，**算账的时刻到了**；预言型，例如，**从现在起一切将不同**，或者，**从现在起将无一事相同**；警报型，例如，**无政府混乱迫在眉睫**，或者，**边界有可疑动作**；花言巧语型，例如，**历史时刻的历史性演说**；阿谀奉承型，例如，**尊贵的总统蔑视无责任感的首都**；军事型，例如，**军队包围本市**；客观型，例如，**权力机关顺利撤退**；激进型，例如，**市政厅应掌握起一切权力**；老谋深算型，例如，**解决办法在于城市自治传统**。而对于那颗巨大的星星及其二十七个光亮的枝杈，则很少有报纸提及，即使有只言片语，也都凌乱地散落在众多新闻之中，那些新闻连标题都枯燥无味，就连讥讽类或嘲弄类的标题都没有，例如，**还抱怨电费太贵吗**。有些社论赞同政府的态度，比如其中一篇说，干得好极了，同时还敢于对强行禁止居民出城的所谓合理性提出某些质疑，其中写道，又一次，同往常一样，正直的人为罪人还债，诚实的人为歹徒买单，我们这里面临的情况正是如此，有尊严的男女公民一直以高度的道德感履行其选民义务，把选票投给任何依法组成的政党，这些政党构成了政治和意识形态选择的框架，标志着社会的存在，这是人们的共识，而现在，他们的活动自由受到限制，这全怪捣乱分子们构成的怪异多数，有人说这些人的唯一特点是不知道想做什么，但我以为，他们知道得非常清楚，那就是准备在最后夺取政权。另一些社论更甚，要求干脆废除不记名投票的规定，建议在将来，在局势恢复正常的那一天，无论是靠想出什么办法或者通过使用武力，那一天必定来到，建议在那一天建立起选民手册制度，在投票之前，由选民代表大会主席核查每个选民写好的选票，然后在选民手册上注明，持本手册的选民把票投给了某某政党，我以自己的名誉签字担保，上述文字经查证属实，具有一切法律效力。假如这种手册已经存在，假如一位立法者因为意识到可能会有人胡乱使用选票而大胆迈出这一步，制定一条内容和形式均完全透明的民主运作法律，那么，把票投给了右翼党和中间党的人现在应该全都在收拾行装，准备启程前往他们真正的祖国，那里永远张开双臂欢迎他们，欢迎这些容易驯服的人。由轿车，公共汽车，小卡车和搬家公司的大卡车组成的搬家车队很快就会以政府为目的地，朝边界上的军事哨所开去，车上的人们打着右翼党和中间党的旗帜，汽车喇叭用党的名称打着节拍,右翼,右翼,右翼,或者,中间,中间,中间,坐在车里的青年男女把头伸出车窗,神气活现地朝步行的造反者们高声喊叫,卑鄙的叛徒们,小心你们的脑袋;臭土匪们,等我们回来揍你们吧;狗娘养的东西们,或者用民主术语词汇中最高级的辱骂大声吼叫,非法居住者,非法居住者,非法居住者,但这不是事实,因为被咒骂的那些人也都有选民证,有的放在家里,有的就装在口袋里,但他们的选民证上仿佛写着,我投了空白选票,活像牲口身上打着耻辱的烙印。社论撰稿人像赐福天使似的说,只有猛药才治重病。

热闹的节日庆贺没有持续多久。当然,没有一个人决定去上班,但很快人们就意识到问题的严重性,游行的欢乐气氛开始降温,甚至有人思考,欢乐,为什么欢乐呢,既然被他们隔离在这里,像鼠疫病患者度检疫期一样,军队子弹上膛,随时准备向试图离开城市的人开枪射击,请你们告诉我,欢乐的理由何在。另一些人说,我们必须组织起来,但不知道这种事该怎么做,也不知道与谁组织起来,为什么组织起来。一些人建议,由一个小组去和市政委员会主席谈谈,表示愿意真诚合作,解释清楚投空白票的人并没有推翻现行制度和夺取政权的意图,再说他们也不知道拿政权来干什么,之所以那样投票,是因为感到幻想破灭,一时找不到其他途径,看不清失望的尽头在哪里,或许可以进行一场革命,但那样肯定会死好多人,这是他们不愿意看到的,他们一辈子都耐心地把选票投进票箱,而结果明摆在那里。市政委员会主席先生,这不是民主,什么也不是。有人主张,应当更认真地考虑当前的现实,最好把提出建议的责任留给市政委员会,如果我们率先出头,到那里去把所有这些解释和想法全盘端出来，他们会想，这一切的后面一定有一个政治组织在操纵，而只有我们才知道这不是真的，请注意，他们的处境也不容易，既然政府交给他们一个烫手的山芋，我们就不应该再给山芋加热；一家报纸写道，市政委员会应当掌管起全部权力，但有什么权力，用什么办法掌管，警察走了，连指挥交通的人都没有了，我们肯定不能指望市政委员会的委员们到街上来，干那些原本听他们发号施令的人干的差事，已经有人在说，市政部门负责收集垃圾的员工们将发动罢工，如果此话当真，要是这种事情真的发生，我们不应当感到吃惊，这显然是挑衅，不是市政委员会鼓动的，就是政府指使的，后者可能性更大，他们会千方百计让我们的日子过得不痛快，我们必须准备应付一切情况，包括，或者说最主要的是，应付我们现在还认为不可能的事情，毕竟牌在他们手里，藏在他们的袖子里。还有一些人，属于悲观主义者一类，他们忧心忡忡，觉得现在的局面已无路可走，注定要失败，会像往常一样，每个人只顾自己，其他事情听天由命，我们不知道说过多少遍，人类的道德缺陷不是今天才有，也不是昨天才出现，而是历史性的，来自挪亚方舟时代，现在我们好像互相同情，但明天又将开始争论，下一步就是不和，对抗，甚至开战，而这时他们在外面坐山观虎斗，打赌我们能够坚持抵抗多久，是的，在抵抗持续的时间里，一切都很美好，是的，朋友们，不过我们注定要失败，确实如此，还是理智一些吧，有谁会相信这样的行动能成功，有谁会相信在没有任何人指使的情况下大量选民会投下空白选票，只有疯子相信，政府暂时还没有脱离混乱状态，正在设法喘过气来，振作精神，但他们的首次胜利已经在望，他们已经转过身去，不再理睬我们，把我们视为粪土，在他们眼里我们是名副其实的粪土，另外，还要考虑到国际压力，我敢打赌，全世界所有政府和政党此时此刻都没有考虑任何别的事情，他们不是傻瓜，非常清楚地看出这里可能成为火药桶的导火索，这里点火，那里爆炸，不管怎样，既然他们认为我们是粪土，我们就做粪土，做到底，肩并肩地做到底，我们这些粪土总会溅到他们身上。

第二天，传言得到证实，市政清洁车没有上街，收集垃圾的工人宣布大罢工，并发表声明要求增加工资，市政委员会发言人立即出面表示完全不能接受，他说，更何况在这样的时刻，我们的城市处于史无前例的危机之中，前景不妙。有一家报纸也加入了制造恐慌的行动，从创刊以来，无论执政党属于什么颜色，中间党，右翼党还是介于两者之间的色调，该报都专门对政府的战略战术进行放大式分析，它刊登的一篇由社长署名的社论说，如果不出所料，首都造反的居民拒不放弃其顽固立场，结果极可能是血流成河。社论说，谁也不能否认，政府的忍耐已经达到了难以想象的极限，不能再要求它做得更多，否则就会失去权力与服从构成的和谐二项式，或者说永远失去，而人类所有最幸福的社会莫不是按照这个公式滋衍起来的，历史充分表明，没有这一公式任何社会都无法运行。除供读者阅读之外，这篇社论的主要段落还在电台反复广播，电视台采访了社长，正在这时候，不早不晚，正是中午，妇女们从家里走出来，手里拿着扫帚和铁锹，提着水桶，一言不发就开始清扫她们所居住的楼房的路段，从门口扫到街道中间，在这里与另一些妇女会合，后者是从街道另一侧的楼房里下来的，手里拿着同样的工具，怀着同样的目的。据字典解释，所谓路段是指楼房前面那部分马路或街道，说得再正确不过了，人们也说，至少一些人说，清扫其路段的含意是把某个责任或某个过错扫走。心不在焉的语言学家和词汇学家先生们，你们大错特错了，清扫路段最初的含意正是首都这些女人现在正在做的这件事，过去，在乡村，她们的母亲和祖母也是这样做的，老人们和这些妇女一样，不是为了推卸责任，而是为了负起责任。第三天，或许出于同样的理由，清洁工回到街上来了，没有穿工作服，穿的是普通衣服。他们说，工作服罢工了，他们没有。

7

对于罢工这个主意的始作俑者内政部长来说，收集垃圾的员工自愿返回工作岗位绝对不是什么好事，作为部长，他认为，他们这种态度更像是对那些以清扫其街道为荣的妇女表示声援，任何公正的观察家都会毫不犹豫地承认，这一事实几乎可以被视为共同犯罪。内政部长刚刚听到这个坏消息就打电话给市政委员会主席，要他命令违反指示的责任人立即执行命令，说得明白一些，就是迫使他们恢复罢工，如果他们拒不服从，将按照简易纪律程序处理，一切后果由他们承担，包括法律和规章规定的一切处分，从中止薪酬和职务到毫不留情地坚决辞退。市政委员会主席回答说，站在远处看，事情都不难解决，但如果身在其中，则必须去啃硬骨头，在做出决定之前听取他们的意见，比如说，部长先生，请您设想一下，我向那些人下达这个命令；我不设想，我是要你去做；是的，部长先生，我同意，但是请允许我自己来设想一下，是这样，我设想，我向那些人下达恢复罢工的命令，他们会说，别来烦我们，一边待着去，要是部长处在这种情况下该怎么办呢，要是您处在我的位置，怎样强制他们执行命令呢；首先，没有任何人会对我说，别来烦我们，一边待着去，其次，我没有也永远不会处在你的位置，我是部长，不是市政委员会主席，不过，既然摊上这件事，我就要告诉你，我不仅希望得到你这位市政委员会主席根据法律和制度必须给予我的配合，而且也希望得到你根据党的精神理所应当提供的合作，在当前形势下，我认为，后者虽然没有明文规定，但实际上更为重要；关于法律和制度意义上的配合，部长先生永远可以相信我能提供，我知道，这是我的义务，但是，至于党的精神，最好就不要提了，我们将会看到，此次危机过后这种精神还能残留多少；市政委员会主席先生，你在回避这个问题；没有，部长先生，我没有回避，我需要的只是您告诉我应当怎样做，怎样强制工人恢复罢工；这是你的事，不是我的事；在党内，您是我尊敬的同事，却想回避这个问题；在我的整个政治生涯中从来不曾回避过任何问题；您正在回避这个问题，正在回避这个明显的问题，就是我不拥有任何手段让他们执行您的命令，除非您想让我叫警察来解决，如果是这样，容我提醒，警察已经不在这里了，与军队一起离开了，都是由政府带走的，此外，我们应当承认，动用警察让工人恢复罢工，无论是以斯文的方式劝说还是用暴力强制，显而易见都是不正当的行为，使用强制的方式更是如此，况且，是让工人罢工，而警察一向都是用来通过渗透或其他不太秘密的手段去破坏罢工的；我很吃惊，一个右翼党党员是不会这样说话的；部长先生，从现在起几个小时以后就是黑夜，我必须说那是黑夜，如果有人说是白天，他不是傻子就是瞎子；这与罢工的事有什么关系；不论我们是否愿意，部长先生,是黑夜,伸手不见五指的黑夜,我们发现,正在发生的事情远在我们的理解力之上,超出了我们少得可怜的经验,但我们的做法好像是在沿用多年以来习惯使用的炉子和面粉烤制同样的面包,不是这样吗;我必须非常认真地考虑一下是否要你提出辞职;如果您这样做,就是卸下了我身上的重担,您将得到我对您深深的感谢。内政部长没有马上回答,等了几秒钟,平静下来以后问道,那么,你认为我们应当怎样做呢;什么也不做;请听我说,我亲爱的同事,不能要求政府在这种情况下一点儿事情都不做;请允许我对您说,在当前这种情况下,政府没有真正进行管理,只是像在管理;我不能同意你的说法,自从事件开始以来,我们是做了一些事情的;说得对,我们就像一条上了钩的鱼,拼命挣扎,摇动渔线,用力猛拽,但弄不明白为什么短短一根弯曲的金属丝就能把我们逮住,让我们无法跑掉,也许我们最终能够挣脱,我不是说不可能,但要冒着胃部被钓钩紧紧钩住的风险;我真的感到困惑了;只有一件事可做;什么事,刚才你还说无论做什么事情都徒劳无功呢;为总理制订的战术产生效果而祈祷;什么战术;把他们放在文火上烤,这是总理说的,但即使如此,我也非常担心我们将反受其害;为什么;因为火候是由他们掌握的;那么,我们就只有袖手旁观了;让我们严肃地谈谈吧,部长先生,请告诉我,政府是否打算如此结束这场戒严闹剧,派陆军和空军过来,以武力夺取这座城市,杀伤一两万人以儆效尤,然后把三四千人投入监狱,在明明知道不存在任何犯罪的情况下,以莫须有的罪名对他们提起诉讼;我们没有处在内战之中,我们想做的很简单,就是召唤人们回归理性,向他们表明他们陷入了错误之中或者有人使他们陷入了错误之中,对这一点尚需研究，要使他们明白，不受约束地投空白选票将导致民主制度无法运作；到现在为止，好像成果并不辉煌；需要时间，不过人们最终会看到光明；部长先生，我不知道您还有这样的神秘主义倾向；我亲爱的同事，如果局势更加复杂，到了令人绝望的地步，我们就会利用一切方法，我甚至相信，如果有点儿用处的话，我们政府中的几位同僚会毫不犹豫地手持蜡烛去进香，到教堂去许愿；既然谈到进香，这里有一座另类的庙堂，我愿意劝内政部长先生去献上一支蜡烛；请讲清楚；请您告诉各家报纸和电视台及电台的人，不要再火上浇油了，如果我们欠缺聪明和智慧，就要冒一切都会暴露无遗的风险，您大概已经知道，政府报纸的社长今天干了一件蠢事，承认这一切可能以血流成河结束；那家报纸不是政府的；部长先生，既然允许我做了上述评论，我更想听听您的高见；那小个子做得不妥，他越界了，往往有这样的事，受托帮忙，但帮过了头；部长先生；说；说到底，我究竟怎样处理市政委员会清洁部门的职工呢；让他们工作吧，这样市政委员会在民众眼里的形象会好一些，将来可能对我们有用处，此外，必须承认，罢工只是诸多战略因素中的一个，肯定不是最重要的；无论现在还是将来，把市政委员会当作对市民开战的武器使用，对本市来说不是件好事；在当前这样的形势下，市政委员会不能置身事外，市政委员会是我国的一部分，不属于别的国家；我要求的不是置身事外，而是政府不要给我行使本身职能设置障碍，在任何情况下都不要给公众造成这样的印象，市政委员会只不过是政府镇压政策的工具，请原谅我使用了这个词，首先，因为这不是事实，其次，委员会永远不会成为工具；我恐怕还不了解你，或者过分了解你了；部长先生，有一天，虽然我不知道具体是什么时候，本市将重新成为我国的首都；可能，但我不肯定，这取决于他们造反的程度；无论如何，不论是我还是其他任何人担任主席，本市的市政委员会绝不可被视为一场血腥镇压的从犯或共犯，即使仅仅间接被视为也不可，下达镇压命令的政府别无他法，必须承受后果，而市政委员会，本市的市政委员会，是属于本市的市政委员会，而不是本市属于市政委员会，部长先生，我希望我说得够清楚了；太清楚了，清楚到我不得不向你提一个问题；请问，部长先生，你投了空白选票吗；请再说一遍，我没有听清；我问你是不是投了空白选票，问你投到票箱里的选票是不是空白的；人们不会知道，部长先生，永远不会；等这一切结束以后，我希望你来与我进行一次长谈；遵命，部长先生，再见；再见，我真想拧你的耳朵；我已经不是那个年龄的人了，部长先生；如果有一天你当上了内政部长就会知道，拧耳朵和其他体罚从来没有年龄限制；但愿魔鬼没有听到您的话，部长先生；魔鬼的听力极好，对他说什么都不用提高嗓门儿；那么，愿上帝保佑我们；算了吧，上帝天生是个聋子。

  内政部长与市政委员会主席之间这番刺耳的谈话结束了，如果读者原先以为对话双方都属于右翼党，那么在听了他们唇枪舌剑的辩论以及不同观点，不同论据和不同意见的激烈交锋之后，很可能会感到迷惑不解，怀疑起这个事实来，作为执政党，右翼党一直实行肮脏的镇压政策，就首都而言，本国政府宣布戒严状态让全市蒙受屈辱，就个人而言，一些人遭到粗暴的审讯，测谎，威胁，谁知道还有没有更残酷的拷打，当然，是否真的使用了这些手段，当时我们并不在现场，不能做证，但仔细一想，这也说明不了什么，正如步行穿过红海连脚都没有湿的故事，我们都不在现场，谁都不曾亲眼看见，但所有人都发誓说确曾发生。关于内政部长，你大概早已注意到，在与国防部长进行的暗斗中，这位身披铠甲的不屈战士想方设法揭露对方的短处，像人们常说的那样，把一个纤细的裂纹说成鸿沟。若非如此，我们就不会看到他的计划一个又一个接连失败，就没有机会看到他的宝剑迅速失去锋芒，正如刚刚结束的这场对话表明的，他进来的时候像头雄狮，出去的时候像头老驴，还有更难听的话就不必说了，只要看到他指名道姓地说上帝天生是个聋子，就知道此人多么缺乏教养。关于市政委员会主席，借用内政部长的话说，我们高兴地发现他看到了光明，倒不是内政部长想让首都投票人看到的光明，而是投空白选票的选民希望有人开始看到的光明。在我们跌跌撞撞盲目前行的这个世界，这个时代，最为常见的是，当我们拐过第一个街角，就碰到一群生活幸福且事业有成的男女，多年前十八岁的他们不仅像是美好的春天一样绽放着笑容，而且，或许尤其重要的是，那时的他们还是精力充沛的革命者，决心摧毁父辈的制度，以博爱的天堂代之，而现在，经过名目繁多的温和保守主义的熏陶，热身和锻炼之后，他们的肌肉变软了，信念和实践都融入了极端顽固，极端反动的个人主义浊流。不客气地说，这帮狗屎一样的男女每天都对着生活的镜子骂自己当年狗屎不如。一位右翼党的政治家，一直衣食无忧，在证券交易所有空调送去凉爽，在市场有柔风吹拂，到了四五十岁却揭示或者径直承认在他负责管理的城市发生的温和造反具有深刻的意义，这是一件值得载入史册并且应该受到所有人感谢的事，只是现如今我们已经不习惯这种奇特的现象了。

对于特别苛求的读者或听众来说，他们不会忽视，如果说本故事的讲述人不是不关注的话，至少也很少关注所描述的行动发生的环境，即使行动进行得相当缓慢。第一章是个例外，那一章中还能看到与选民代表大会相关的寥寥几笔，而且也仅限于大门，枝形灯和桌子，以及测谎仪，或者叫捕捉说谎者的机器，而在篇幅不算短的其余部分，故事中的人物仿佛居住在非物质的世界，对所在地方的舒适与否都无动于衷，只是忙于说话。政府不止一次在会议室开会，偶尔有国家元首出席，讨论面临的形势，采取稳定居民情绪和恢复街头平静的必要措施，会议室必然有一张大桌子，部长们坐在桌子四周舒适的沙发椅上，桌子上不可能没有瓶装矿泉水和杯子，以及铅笔和各色圆珠笔，书签，报告文本，法律汇编，记事本，麦克风，电话和这种地方常有的其他用具，还会有悬挂式枝形吊灯和壁灯，加厚的门和带窗帘的窗户，地板上铺有大地毯，墙上挂着油画和古典或现代挂毯，还有必不可少的国家元首肖像，共和国缔造者的半身塑像和国旗。这些东西都没有说到，将来也不会再说到。就谈谈这里吧，这里是市政委员会主席的办公室，虽然足够宽敞，但相当简朴，露台朝着广场，墙上有一幅巨大的本市鸟瞰图，即使这里也不乏一些必备的东西，来个大致的描写也要占去本书一两页的篇幅，还是利用这点儿时间休息片刻，深深呼吸一下，准备应付即将到来的灾难。我们觉得，观察一下市政委员会主席的前额因为忧虑而刻上的皱纹要重要得多，他也许在想，是不是话说得太多了，让内政部长留下印象甚至形成看法，认为他已经投奔到敌人那一伙旗下，这次言语不慎也许无可挽回地影响到他在党内外的政治生涯。另一种可能性遥远得不可想象，就是他提出的那些理由能够促使内政部长走向正确道路，重新全盘考虑政府解决叛乱的战略战术。我们看见他摇了摇头，这是个可靠的信号，说明他在迅速审视之后立即放弃了后一个设想，认为这个想法天真得近乎愚蠢，不现实得近乎危险。他和内政部长谈话之后一直坐在椅子上，到现在才站起身来，走到窗前，没有打开窗户，只是把窗帘拉开一条缝，朝外面看了看。广场一如往常，不时有人走过，三个人坐在树荫下的长凳上，咖啡馆的露台有几位顾客，目光回到广场，有几个卖花女，一个女人后面跟着一只狗，还有报刊亭，公共汽车，轿车，与往常没有两样。出去转一转，他做出了决定。现在他回到办公桌前，拨通了办公室主任的电话，我要出去走一走，他说，只有本楼里的市政委员会委员问起的时候，才告诉他们说我出去看一看，其他的事都交给你处理了；我会告诉您的司机，让他把车开到门口；谢谢你，现在就办，告诉他今天不需要他开车，我自己开；今天还回不回市政厅呢；我想会回来的，否则我通知你；很好；城里情况如何；没有非常严重的事情发生，市政委员会没有接到比往常更糟的消息，有几起交通事故，一两处交通拥堵，一起小火灾，但没有造成损失，一宗抢劫银行支行的未遂案；现在我们没有警察，是怎样处理的；抢劫犯是个可怜虫，生手，手枪倒是真的，但没有装子弹；把他带到什么地方去了；一些人解除了他的武装，把他交到了消防队；为什么，那里并没有关押被拘捕者的设施；总得给他找个地方吧；后来怎么样；他们告诉我，消防队员们苦口婆心劝了他整整一个小时，后来就把他放了；没有别的办法；是啊，主席先生，确实没有别的办法；告诉我的秘书，车子到了门口告诉我一声；是，先生。市政委员会主席靠在椅子上，等着，额上的皱纹又出现了。与厄运论者们的预言相反，这些天来出现的偷盗，强奸和杀人案件都不比以前多。看来城市安全并不一定需要警察，民众自发或者多少有点儿组织地把警戒的任务担当起来了。银行出的这件事就是例证。他又想，银行这起案件毫无意义，那家伙是个新手，精神紧张，心里发毛，而银行的职员们察觉到不会有什么危险，但明天可能就不会这样了，我这里指的是明天，今天，甚至现在，最近这几天本市出现的犯罪显然不会受到惩罚，既然我们没有警察，没有人逮捕罪犯，没有人进行调查，没有人提起诉讼，法官们回家了，法院不再运作，那么，犯罪率的上升不可避免，似乎所有的人都指望市政委员会承担起城市的警务，提出请求，提出要求，说没有安全将失去安宁，那么我就得想怎么办，征集志愿者，建立城市民兵，总不能让我们像喜剧里的宪兵一样，穿着从剧团服装道具组租来的制服到街上去，还有，武器呢，哪里有武器，还要会使用武器，拔出手枪，射击，有人想象过吗，看见我本人，还有市政委员会委员和公务员们，深更半夜在屋顶上追捕杀人犯，追捕强奸犯，或者走进上层社会的沙龙里搜捕装扮成绅士的窃贼。电话铃响了，是女秘书打来的，主席先生，汽车在门口等您；谢谢，他说，我现在就去，还不知道今天会不会回来，如果出现什么问题，请拨打我的手机；愿您一切顺利，主席先生；为什么对我说这样的话呢；在这种时候，这是相互间最起码的祝愿；我可以问你一个问题吗；当然可以，只要我能够回答；如果不愿意，就不要回答；我在等着听您的问题；您把选票投给了谁；没有投给任何人，主席先生；这就是说，你弃权了；我想说的是投了空白选票；投了空白选票；是的，主席先生，是空白选票；你就这样直截了当地告诉我吗；您也是这样直截了当问我的；好像这使你有了充分的信心回答；差不多，主席先生，只是差不多；如果我没有误解你的话，你想过这样做可能有风险；我希望不会有风险；正如你看到的，你有理由相信这一点；这就是说不会有人要我递交辞职书了；放心，你可以安心睡觉了；如果不需要靠睡觉就能安心那就更好了，主席先生；说得好；任何人都会这样说，主席先生，我不会因为这句话获得任何文学奖；不过你一定会因为得到我的称赞而高兴；我把这视为对我更高的报偿；就这样吧，一旦有需要就拨打我的手机；是，主席先生；明天见，如果不是回头见的话；回头见，或者明天见，女秘书回答说。

市政委员会主席草草收拾一下办公桌上散乱的文件，其中大部分好像与别的什么国家或者另一个世纪有关，而与这座处于戒严状态的首都风马牛不相及，这座城市已经被自己国家的政府抛弃，被自己国家的军队包围。如果把这些文件撕毁，如果把它们烧掉或者扔进废纸篓，谁也不会为此事来找他算账，现在人们有许多重要得多的事情需要考虑，这座城市，请注意，这座城市已经不是我们熟悉的世界的一部分，它变成了一口装满腐烂食品和蛆虫的大锅，一个被推到外海的孤岛，一个危险的病源地，被检疫隔离，以防万一，直到瘟疫失去毒性，或者无人可杀而使它们自我吞食的时候。他请杂役把风雨衣送来，拿起一个准备回家去看的文件夹，然后下了楼。司机看见他，赶紧把车门打开，他说您不需要我，主席先生；是这样，你可以回家了；那么，明天见，主席先生；明天见。有趣的是，在生活中我们天天告别，日复一日地说或听别人说明天见，但对某个人来说注定有那么一天是最后一次，或者，我们对其说再见的那个人已经不在，或者，说再见的我们已经不在。如果今天的这个明天，即我们通常说的第二天，市政委员会主席和他的私人司机再次见面了，我们将会看到，他们是否能理解他们说过的明天见是多么不同寻常，是多么近乎奇迹，竟然看到他们真的履行了一个可能性十分可疑的承诺。市政委员会主席钻进汽车，要在城里转一转，看看不慌不忙走过的人们，不时停下车，步行一会儿，听听人们在说些什么，总之，感受一下城市的脉搏，估量一下潜伏中的瘟疫的力量。他记得曾在儿童读物里读到过，东方有一个国王，国王或者皇帝，他不确定，很可能是那个时代的哈里发，有时候乔装打扮走出宫殿，混杂到广场和街道的庶民百姓当中，听他们在坦率的闲谈中如何议论他。实际上他们的谈话不会太坦率，因为在那个时代，和任何时代一样，也不乏密探记下人们的评论、抱怨和批评，甚至某个尚在萌芽中的阴谋计划。掌权者有个一成不变的规则，对于脑袋，最好在它会思考之前砍掉，在开始思考之后可能就太晚了。市政委员会主席不是这座被围困城市的国王，而所谓的内政大臣呢，已经流亡到边界另一边去了，此时肯定正在与其合作者们开会，究竟是哪些人，为什么开会，我们慢慢会知道。因此，这位市政委员会主席无须用假胡须和假唇髭伪装，在戒严状态下，他的脸仍然是往常那张脸，只是比原来显得多一点儿忧心忡忡，这从他额头上的皱纹可以看出来。有些人认出来是他，但很少有人跟他打招呼。不过，请不要以为那些对他冷漠和仇视的人只是当初投了空白选票，把他视为对手的人，还有不少把票投给了他本人所在的党或中间党的人，也向他投去异样的目光，如果不说是公开反感的话，至少是不加掩饰的怀疑目光，这家伙跑到这里来干什么呢，他们会这样想，为什么混到这群社会渣滓白票人当中呢，大概收了人家的钱在为人家干事吧，鉴于现在另一方成了多数，也说不定他是来捞取选票的。如果有谁持这样的想法，那就大错特错了，因为不会这么早就举行选举，如果我是政府，就清楚地知道该怎么办，解散这个市政委员会，任命一个政治上绝对可靠而且正派的管理委员会取而代之。在继续讲述之前应当解释一下，前面刚刚用过白票人这个词，这既非出于意外，也不是因为电脑键盘上的点击错误，更不是作者追逐新潮，标新立异，以生造词填补空缺。这个词存在，确实存在，在任何现代字典上都能查到，问题在于，如果这是问题的话，在于这样一个事实，人们相信自己知道白这个字及其派生词的含义，于是不肯浪费时间去查明来源，或者犯了智力懒惰综合征，因此在离美好的发现只有一步之遥的地方停止了脚步。在本市，不知道谁是这个词意外的发现者和好奇的调查者，但可以肯定，这个词迅速传播开来，并且只要读到它就立刻赋予其贬义。虽然此前我们没有提到过这个从各个方面看都可悲的事实，但社会媒体本身，尤其是国家电视台，使用这个词的时候仿佛是指最难以启齿的什么淫秽之物。当它出现在纸上，我们只是读到了，还不至于有如此强烈的感觉，要是听到别人说出来就不同了，说的时候像被恶心到似的紧闭着嘴唇，发出鄙视的叽叽声，人们必须身着骑士的道德盔甲，才不至于立即起身便跑，穿上忏悔者的长袍，把绳索套在脖子上，一边捶胸顿足，一边喊叫着要摈弃一切陈旧的原则和观念，我曾经是白票人，将来再也不是了，请祖国饶恕我，请国王饶恕我。市政委员会主席没有什么人可饶恕，因为他既不是国王也永远不会当国王，甚至不会是下次选举的候选人。现在他不再观察过往行人，倒是想看看有什么玩忽职守或者环境恶化等现象，至少第一眼看上去没有发现。商店和大商场生意似乎并不红火，但都开门营业，公共汽车运转通畅，只有个别拥堵现象，但都不算严重，银行门前不像从前出现危机时那样，有焦急的顾客排起长长的队伍，一切都显得正常，没有一件明火执仗的抢劫案发生，更没有弄枪舞棒的打斗，只有这个阳光明媚的下午，既不冷，也不热，好像这个下午来到世界就是为了满足人们所有的愿望，抚平一切焦虑，但不包括市政委员会主席的担心，或者用文雅一点儿的话说，不包括他内心的忐忑不安。他所感觉到的，也许在所有人当中只有他一个人感觉到的，是在空气中飘浮着的威胁，对这种威胁，生性敏感的人能够察觉，当满天乌云剧烈翻滚，等待雷声炸响的时候能够察觉，当黑暗中的门吱扭一声打开，一阵冰凉的风吹到脸上的时候能够察觉，当凶兆打开我们绝望之门的时候能够察觉，当魔鬼的狂笑撕破我们灵魂薄薄的面纱的时候能够察觉。这种威胁没有任何具体的东西，绝不能从原因与目的的角度加以讨论，但有一点实实在在，即市政委员会主席必须做出巨大的努力才能控制自己，不至于去拦住第一个迎面走来的人，对那个人说，你要小心，不要问我为什么要小心，小心什么，只是请你要小心，我预感到有件不祥的事情即将发生；先生，您是市政委员会主席，是肩负责任的官员，如果您都不知道，我怎么能知道，人们会这样问您的；这不重要，重要的是要小心；是不是什么瘟疫；我想不是；地震；我们这里不属于地震多发地带，从来没有发生过地震；河水泛滥成灾；河水已经有很多年没有涨到河岸了；那么；我不知道该怎样对你说；您原谅我下面向您提的问题吗；在你提出问题之前已经得到原谅了；我无意对您不恭,市政委员会主席先生,莫非您多喝了一杯,正如您应当知道的,最后一杯是最厉害的;我只在吃饭的时候喝酒,并且总是很有节制,不是酒鬼;这样的话,我就不明白了;事情发生以后你就会明白;什么事情发生以后呢;就是即将发生的事。对话者一脸茫然,环顾四周。你莫不是在找一个警察把我带走,市政委员会主席说,别操心了,所有警察都走光了;我没有找警察,那人显然在撒谎,我在这里等一个朋友,对,他在那边,好吧,改天见,主席先生,祝您平安,我,坦率地说,如果我处在您的位置,现在就回家上床躺下,人睡着了就把一切都忘记了;我从来不在这个时间睡觉;躺下睡觉,任何时间都好,我家的猫会对您这样说;我也可以向你提个问题吗;哪里的话,主席先生,您随便提;你投了空白选票吗;您在做调查吧;没有,只是出于好奇,如果你不愿意,就不要回答。那人犹豫了一秒钟,然后严肃地说,是的,先生,我投了空白选票,就我所知,这不是被禁止的;倒也不是禁止,可是你要看看结果。那人似乎忘记了刚才想象中的朋友,主席先生,我本人一点儿都不反对您,甚至承认您在市政委员会工作得很好,不过您刚才说的所谓结果不是我的过错,我按我的喜好投了票,符合法律,现在你们装出一副正人君子的样子,如果觉得山芋烫手了,那你们就去吹一吹吧;不要发火,我只是愿意告诫你;我还在等着您告诫什么事呢;即使我愿意,也不知该如何解释;那么我是在浪费时间;请原谅,你的朋友还在等你;并没有什么朋友等我,我只是想走开;那么,感谢你又在这里多待了一会儿;主席先生;请说,说吧,不要客气;如果说我的头脑弄懂了一点儿什么的话,那就是先生您的良心感到内疚;为没有做的事而内疚;有人说这是所有内疚当中最糟糕的一种,可以称为自寻烦恼;也许你说得有理,让我想一想,无论如何你要小心;我会小心的,主席先生,谢谢您的告诫;虽然你仍然不知道告诫的是什么事;有些人值得我们信赖;你是今天第二个对我这样说的人;这样,您可以说这一天已经有所收获了;谢谢;再见,主席先生;再见。

市政委员会主席转过身,朝停放汽车的地方走去,他很满意,至少告诫了一个人,如果他把那些话传出去,在短短几个小时之内,整座城市都将警觉起来,随时准备应对可能发生和到来的事件。大概我精神不完全正常,他想,显然,那个人什么也不会去说,他不像我这样愚蠢,好了,这不是愚蠢不愚蠢的问题,我感觉到一个不能解释无法确定的威胁,这是我的事,不是他的事,我最好听从他的劝告,回到家里,这一天绝对没有白白度过,起码得到了一个善意的劝告。他钻进汽车,告诉办公室主任他今天不再回市政厅。他住在市中心的一条街上,离轻轨铁路站不远,这条铁路是城市东区最重要的交通基础设施。他的妻子是外科医生,今天在医院值夜班,不会在家,至于两个孩子,小伙子在军队,此时可能正在哨所里,脖子上挂着防毒面具,抱着一挺重机枪,和众多的士兵一起保卫边界,姑娘在国外,在一家国际机构担任秘书兼翻译,当然是那种在重要城市里设有地标性豪华总部的机构,这里说的重要是指政治上重要,对女儿来说,政府是个付出和收取好处,给予和得到利益的官方体系,有一个在这个体系身居高位的父亲,对她自然不无帮助。正如人们所说,即使最好的劝告,在最好的情况下也只会听从一半,市政委员会主席没有上床睡觉。他看了看带回来的文件,对其中几份做出了决定,另外几份留待以后再说。临近晚饭的时候，他走到厨房，打开冰箱，没有找到任何引起食欲的东西。妻子早已想到了，不会让他挨饿，但今天，摆放餐具，加热食品，然后还要洗盘子，这对他来说似乎是非人力所能及的。于是他离开家，到了一家餐馆，在一张桌子边坐下来，利用等待的时间给妻子打了个电话，你工作忙吗，他问道；没有太多问题，你呢，怎么样；还好，只是有点儿心神不安；面对这种情况，我不用问你为什么；更厉害一些，是一种内心的颤抖，一个阴影，好像是凶兆；我从来没有发现你还迷信；时候到了，什么事都会来；我听到那边人声嘈杂，你在哪儿；在餐馆，吃完饭再回家，也许先去看看你，当市政委员会主席的人有许多地方可走；我可能要做手术，耽误一些时间；好，我已经想到了，吻你；也吻你；用力吻你；大力吻你。侍者把饭放在桌上，请用，主席先生，祝你好胃口。就在他把餐叉送到嘴边的时候，忽然一声地动山摇的爆炸，震得他所在的建筑物从上到下颤动，里里外外的玻璃顿时裂成碎片，桌子和椅子掀翻在地，有些人大声喊叫，有些人不停地呻吟，有些人受了伤，有些人惊慌失措，有些人吓得浑身颤抖。市政委员会主席的脸被飞来的玻璃片划开一道口子，鲜血直流。显然是爆炸的冲击波所致。大概在地铁站，一个女人挣扎着站起来，抽噎着说。市政委员会主席用餐巾纸捂住伤口，朝街上跑去。脚下发出玻璃的碎裂声，前面有一股浓浓的黑色烟柱缓缓上升，他仿佛真的看到了大火的亮光，真的发生了，在车站，他想。用手按住脸他觉得不便，干脆把餐巾纸扔到一边，鲜血自由地顺着脸和脖子流下来，濡湿了衬衫领子。他问自己，市政机关是否还在运作呢，于是他停住脚步，拨通了应急部门的电话，对方的声音紧张，这表明那里已经得到消息。我是市政委员会主席，本市东部地铁地面部分主要车站发生爆炸，把能派的都派来，消防队，民防队，如果还有童子军的话，把童子军也派来，还有护士，急救车，初步抢救所需的物品，把我们能够找到的一切都动员起来，啊，还有一件事，有没有办法查到退休警察的居住地点，叫他们也来帮忙；消防队已经在路上了，主席先生，我们正在尽一切努力。他不等对方说完就挂断了电话，又开始奔跑。有人在他旁边跑，一些速度快的超过了他，赶到前面去了，他的两条腿沉得厉害，像灌了铅，肺部似乎不肯呼吸这难闻的气味，疼痛，疼痛迅速固定在气管部位，并且越来越厉害。离车站只有五十来米了，在大火辉映下，褐色和灰色的浓烟像一个个线团疯狂地向上滚动。有多少人烧死了，是谁放的炸弹，市政委员会主席问自己。不远的地方已经传来消防车警报器的声音，酷似焦急的吼叫，越来越尖厉，不像是前来救命的呼喊，更像是请求救命的哀号，这些车似乎随时会从最近的路口横冲直撞冒出来。第一辆消防车出现了，市政委员会主席设法从围观火灾的人群中开出一条通道，我是主席，他说，我是市政委员会主席，请让我过去，请让我过去，这句话重复了一遍又一遍，他感到既痛苦又可笑，因为他清楚地意识到，担任市政委员会主席的事实并不能为他打开所有的大门，不需要走得更远，就在那边，眼下就有一些人的生命之门永远关闭了。短短几分钟以后，粗粗的水柱射进以前是门或者是窗户的洞口里，或者射向空中，淋湿房屋顶部的结构，减少火势蔓延的危险。市政委员会主席走到消防队队长身边，队长，你看情况怎么样；这是我见到过的最糟糕的一次，我甚至闻到了一股硫黄味；不要这样说，不可能；这是我的印象，但愿是我错了。这时候一辆电视台的采访车出现了，随后是另外几辆，是报纸和电台的车，现在，市政委员会主席被摄像机和话筒团团围住，正在接受提问，您估计会有多少人死亡；已经掌握了什么线索吗；有多少人受伤；多少人被烧死；您认为车站什么时候可以恢复运营；已经怀疑肇事者是什么人了吗；爆炸之前是否曾收到过什么警告，如果收到过，是谁收到的，为及时从车站疏散人员采取了哪些措施；您认为这是不是与当前城市颠覆活动有关的某个团体实施的恐怖袭击；您估计还会出现更多这类犯罪行为吗；作为市政委员会主席和本市唯一的首长，您拥有进行必要的调查所需的哪些手段。面对雨点般的提问，市政委员会主席做出了在那种情况下唯一可能的回答，有些问题超出了我的权限，因此不能回答诸位，但是我想，政府应当很快就会发表一个正式声明，至于其他问题，我只能说，我们正在尽一切努力救助受难者，但愿能够及时到达，至少救助一些人；但是，究竟死了多少人，一个记者穷追不舍；我们能进入那个地狱里的时候才能知道，在那个时刻以前，请你不要再向我提这种愚蠢问题。记者们抗议说，这不是对待社会媒体的正确态度，他们到这里来是为了履行广而告之的义务，因此有权受到尊重，但市政委员会主席立刻打断了对方代表记者团体的谈话，他说，今天有一份报纸竟敢要求血洗本市，指的还不是这一次，这一次烧死的人都成了油渣，无血可流了，好吧，请让开，让我过去，我没有任何话可说了，一旦有具体消息再请你们来。众人一片不满的议论声，后面冒出一句轻蔑的话，他以为他是谁，但市政委员会主席根本没有理会如此不礼貌的话是从哪里发出的，但在最后的几个小时里他一直在问自己，我以为我是谁。

两个小时以后，有人宣布大火得到了控制，又用了两个小时扑灭余火，但还不知道多少人死亡。三四十人不同程度受伤，当时他们正在门厅的一角，离爆炸地点较远，躲过了致命的伤害，现在已经送往医院救治。市政委员会主席继续留在那里，直到最后浇灭余火，消防队队长过来对他说，去休息吧，主席先生，余下的事留给我们，去处理一下您脸上的伤口吧，我不明白，怎么这里谁都没有发现您受伤了；没关系，他们都忙着更重要的事情，随后他问，现在怎么办；现在，现在搜寻尸体，把尸体运出来，有些人可能被炸得肢体破碎，大部分可能被烧得面目全非；不知道我能不能受得了这场面；我看，根据您现在的状态，您承受不住了；我是个懦夫；这与懦弱无关，主席先生，头一次我也几乎昏过去；谢谢，你尽力而为吧；只剩下最后一块木炭上的余火，真的什么事也没有了；至少有你在这里。他带着一身烟垢，脸上满是凝固的黑色的血迹，开始艰难地朝家里的方向走去。由于奔跑，由于精神紧张，由于站立的时间太长，他浑身疼痛。给妻子打电话也无济于事，那边接电话的人肯定会说，很遗憾，主席先生，夫人正在进行手术，不能来接电话。街道两边都有人从窗户里探出头来，但没有任何人认出他是谁。一位真正的市政委员会主席有官方的汽车接送，有秘书拎公文包，有三个贴身保镖开道，而走在街上的那个人是个又脏又臭的流浪汉，是个可怜得让人掉眼泪的人，是个谁也不肯施舍一桶水让他洗洗裹尸布的幽灵。电梯的镜子里映出了他的脸，若是炸弹爆炸的时候他在车站前厅的话，此刻这张脸就该烧焦了，恐怖，太恐怖了，市政委员会主席嘟嘟囔囔地说。他用颤抖的手打开家门，走到盥洗间，从橱柜里拿出急救箱，卫生棉，过氧化氢，碘酒和大块纱布。他想，最好是缝几针。血迹从衬衫一直延伸到裤腰，他忍不住喃喃自语，血流得比想象的要多。他脱掉外衣，艰难地解开黏黏糊糊的领带结，脱下衬衫。贴身背心也染上了血污。现在应该做的是洗个澡，钻到淋浴喷头下面，不，不能这样，简直是胡闹，水会冲掉伤口结下的痂皮，会再次流血，他低声说，应该，对，应该，应该什么。什么，这个词如同一个死去的躯体横卧在路上，必须弄明白这个词究竟意味着什么，做什么，对，抬尸体。消防队员和民防组织的助手们正进入车站。带着担架，用手套保护双手，他们当中大部分人从来没有碰过烧焦了的人体，现在即将知道这是多么艰难。应该做什么呢。他走出盥洗间，来到书房，坐在写字台前，拿起电话，按了一个事先储存下的号码。几乎凌晨三点。一个声音回答说，这里是内政部办公室，你是哪一位；我是市政委员会主席，想和部长先生通话，非常紧急，如果他在家，请帮我接通；请稍等。一个稍等就等了足足两分钟。请讲；部长先生，几个小时以前在东区地铁地面站发生了一起炸弹爆炸事件，尚不知道造成多少人死亡，但一切证据表明死亡人数很多，伤者达三四十人；这我已经知道了；到现在才打电话给您，是因为我一直在现场；你做得很对。市政委员会主席深深呼出了一口气，问道，部长先生，没有任何话对我说吗；你指的什么；关于什么人放的炸弹，您是否有什么想法呢；这好像相当清楚，你那些投空白选票的朋友决心直接投入行动了；我不相信；相信也好，不相信也罢，但这是真相；是真相还是可能是真相呢；随你怎样理解；部长先生，这里发生的是一起可怕的犯罪；我想你说得有道理，人们习惯于这样称呼他们这种行为；部长先生，是谁放的炸弹呢；你好像精神错乱了，我劝你去休息一下，白天再给我打电话，但绝不要在上午十点钟以前；部长

107

先生，是谁放的炸弹呢；你这是想影射什么；只是提个问题，不是影射，如果我对您说的正是我们两个人此刻都在想的事情，那才叫影射；我的想法没有必要与一个市政委员会主席想的东西吻合；这次吻合了；小心，你现在走得太远了；我不是走得太远，是已经到了；这是什么意思；我在与对这一罪行负直接责任的人说话；你疯了；我倒是情愿疯；你竟敢怀疑一个政府成员，这是前所未有的；部长先生，从此刻起我不再是这座被围困的城市的市政委员会主席；我们明天再谈，无论如何，你要记住，我不接受你的辞职；您必须接受我放弃职务，权当我死了；在这种情况下我必须以政府的名义告诉你，如果对此事不保持绝对沉默，你会痛苦地后悔，或者连后悔都来不及，我想这对你来说算不了什么，因为你对我说你已经死了；我从来没有想到会这样。另一端挂断了电话。这个曾经是市政委员会主席的人站起身，走进盥洗间，脱光衣服，钻到淋浴喷头下面。热水很快冲掉了伤口上形成的痂皮，血又开始流出来。消防队员刚刚找到第一具烧焦的尸体。

8

内政部长先生，已经计入死亡者名单的有二十三人，我们尚不知道还会从瓦砾中发现多少，至少有二十三人死亡，总理一面重复死亡人数，一面用右手手掌拍打着摊在桌子上的报纸；总理先生，社会媒体的看法基本一致，把罪行归咎于某个与白票人动乱有关的恐怖团体；首先，当着我的面，请你绝对不要再说白票人这个词，这只属个人喜好问题，没有别的意思，其次，给我解释一下你所说的基本一致的含义；意思是说只有两个例外，这两家小报不接受正在流行的说法，要求进行深入调查；有意思；总理先生，请看这家报纸提出的问题。总理念出声来，我们要求知道是谁的命令；还有这一家，不像前者那样直接，但矛头指向相同，我们需要真相，无论它会伤害谁。内政部长接着说，还不到令人惊恐的地步，我想我们不必担心，出现这类疑问甚至有益，这样他们反而不能再说什么这里尽是清一色的主子的声音；那么，你是说你不为二十三人或更多人的死亡担心；总理先生，这是已经估计到的风险；当初做的评估与眼下发生的事情相比差别太大了；这我承认，也可以这样认为；我们当初设想的是一个威力不太大，最多能造成一些恐慌的装置；很不幸，传达命令的链条出了点儿故障；我倒愿意相信这是唯一的原因；总理先生，请相信我的话，我可以向您保证，命令下达得完全正确；内政部长先生，你的话；我以名誉保证；好，以名誉保证；无论如何，我们应该知道会造成死亡；但是，不是二十三个；假如我们当初想到的是三人，死亡的人也不会比现在少，问题不在于数字；问题也在于数字；想要达到目的，必定要采取手段，请允许我提醒您这一点；这句话我已经听过多遍；这不是最后一遍，只不过下一遍也许不是从我嘴里听到；内政部长先生，立即成立一个调查委员会；总理先生，为了得出什么结论呢；先让委员会运作起来，其余的以后再说；很好；安排一下，向受害者，既包括死亡者，也包括入院治疗者，向所有受害者的家庭提供一切必要的帮助，指示市政委员会负责尸体安葬事宜；在这一片混乱当中，我忘了向您报告，市政委员会主席辞职了；辞职了，为什么；更准确地说是放弃职务；对我来说，在此刻辞职与放弃职务没有差别，我问的是为什么；爆炸之后他立刻赶到车站，看到那里的场景，精神承受不住，崩溃了；没有任何人经受得住，我也经受不住，我想内政部长先生你也经受不住，因此，他这样突然离职一定另有原因；他认为政府在这一事件中负有责任，他不只暗示有这种怀疑，而且还公开表示出来；你认为是他把想法透露给了那两份报纸吗；非常坦率地说，总理先生，我认为不是，你看，虽然我愿意把过错推到他的头上；这个人现在可能在做什么呢；他的妻子是医院的医生；对，我认识她；在找到一份工作之前他不愁吃穿；但是；但是，总理先生，如果您有意的话，我将把他置于最严密的监视之下；不知道这个人的脑袋里进了什么魔鬼，我原先对他非常信任，他是忠诚的党员，有出色的从政经历，前途似锦；人的脑袋并不总是与他们生活的世界完全一致，有些人难以适应现实，从根本上说他们只是神经脆弱头脑糊涂的精灵，有时候熟练地使用语言为其怯懦辩解；我看你对这门学问很是精通，这方面的知识来自你的亲身经历吧；若果真如此，我还能得到现在担任的政府内政部长职务吗；我想不会，不过在这个世界上一切都有可能，我猜想，我们那些最优秀的酷刑专家回到家里也亲吻儿女，他们当中说不定有人还在电影院里掉眼泪；内政部长也不例外，我就是个多愁善感的人；知道你是这样，我很欣慰。总理慢慢翻着报纸，一张又一张地看报上刊登的照片，脸上露出既厌恶又忧虑的神情，他说，大概你想知道我为什么没有罢免你；是的，总理先生，我很想知道原因；如果我那样做，人们就会想到以下两件事，二者必居其一，要么是不管你的过错性质和程度如何，我把你当作了这一事件的直接责任人，要么是以你未能预见到发生这类暴力事件的可能性以及抛弃首都让其听天由命为由，直接以不称职处罚你；我知道这里的游戏规则，已经估计到就是这两条理由；显然还有第三条，但可能性不大，不予考虑；什么理由；你公开披露本次事件的秘密；总理先生，您比任何人都清楚，在任何年代，在世界上的任何国家，没有任何一个内政部长会张口说出其职业生涯中卑鄙，无耻，背叛和犯罪的行径，因此您尽管放心，在这件事上我也不例外；假如将来人们知道了那颗炸弹是我们安排人放置的，就等于给了那些投空白选票的人所需要的终极理由；总理先生，请原谅，我认为这样看问题有违逻辑；为什么；

因为，请允许我这样说，这有违您思考问题惯有的严谨性；你解释一下；我是说，不论他们是不是知道，如果他们找到了理由，那是因为他们本来就有理由。总理推开眼前的报纸，说，这一切使我想起了一个古老的故事，巫师的徒弟放出魔力，让它活动起来，却不懂得怎样控制它；以您之见，总理先生，在这一事件中，谁是巫师的徒弟，是他们还是我们呢；恐怕两者都是，他们钻进了一条死胡同，不考虑后果，而我们紧随其后；的确是这样，现在要考虑的问题是下一步怎么走；政府方面只能保持压力，显然，事件刚刚发生，在行动上不宜走得太远；而他们呢；如果我来到这里之前接到的最新情报无误的话，他们正在准备举行示威；他们企图得到什么呢，示威从来都是徒劳无功的，或者说，我们从来不批准他们举行；我估计只是抗议这起犯罪事件，至于内政部是否批准，这次他们甚至不会浪费时间提出申请；我们能不能摆脱这纷乱复杂的局面呢；总理先生，这不是巫师能解决的事，不论是巫师师父还是巫师徒弟，归根结底，像往常一样，总是更有力量的一方取胜；更有力量的一方会在最后一刻取胜，而我们的能力还不够，现在拥有的力量可能还不足以支撑到那个时候；总理先生，我有信心，一个有组织的国家不可能输掉这样的战役，否则就是世界末日了；或者是另一个世界的开始；总理先生，对这句话，我不知道应当如何理解；比如，不要到外面去说，总理抱有失败主义思想；我头脑里从不曾有这个念头；无所谓；总理先生谈的显然是理论问题；是这样的；如果没有别的事，我就回去工作了；总统告诉我，他有一个绝妙的想法；什么想法；他不想多做解释，我们只能静待事态发展；但愿有点儿用处；他是国家元首；这正是我想说的；随时向我通报情况；是，总理先生；再见；再见，总理先生。

内政部的情报准确无误，该市正在准备举行示威。最后确定的死亡人数达到了三十四人。不知道从哪里也不知道如何萌生了这样一个主意，并且马上被所有人接受，死者的尸体不能像正常死亡的人那样在公墓安葬，他们的坟墓应当永远留在地铁站前面那个花园里。但是，有些家庭持不同意见，当然为数不多，他们被视为右翼党政治主张的支持者，坚定不移地相信这一罪行是一个恐怖集团所为，据社会媒体断言，该集团与反对法治国家的阴谋有直接关系，于是拒绝把家中无辜死者的尸体交出来，他们当中已经有人高声叫喊说，这些人才是清白的，没有任何罪过，因为他们一生都是尊重自己并尊重他人的公民，因为他们生前和父母及祖父母一样投票，因为他们都是循规蹈矩的人，而现在却成了谋杀暴行的受害者和殉难者。然后，也许为了不让这种缺乏公民团结意识的做法显得过分无礼，这些人换成另一种腔调，说他们家庭的墓地历史悠久，根深蒂固的家族传统是保持团结，这些死者像活着的时候一样，也要世世代代与家人在一起。所以说，举行集体葬礼的不是三十四具尸体，而是二十七具。即便如此，也应当承认这已经是个很可观的数目了。一台巨大的机器出现在车站前面的花园里，不知道是谁派来的，但肯定不是市政委员会派来的，正如我们所知，在内政部长签发必要的继任批示之前，市政委员会将一直处于无人领导的状态，我们刚才正在说，花园里出现了一台不知道谁派来的巨大的机器，被称为多用途挖掘机，它伸出多个手臂，活像个变形巨人，喘口气的工夫就能把一棵大树连根拔起，如果囿于传统坚持用镐和锹进行人工作业的掘墓人没有主动前来的话，它能在不到一次祷告的时间里挖好那二十七个墓穴。这台机器到这里来是为了移走阻碍施工的几棵大树，然后平整地面，用压路机夯实，好像这里原本就是用来做墓地并安放死者一样，接着，我们提到的那台机器又把刚才连根拔起的大树及其树荫一起移栽到别的地方。

袭击发生三天后，人们一早便开始聚集在街上。他们默默地走着，表情凝重，许多人拿着白色旗子，所有人左臂都戴着白纱，丧葬礼仪专家们用不着来告诉我们，说应当是黑纱，因为象征丧事的颜色不能是白色，但我们知道，我国曾经以白色代表过哀悼，我们还知道中国人一向如此，这里就不用提日本人了，直到现在，他们在这种情况下仍然使用蓝色。十一点钟，广场已经挤满了人，但听不到任何其他响动，只有人们的呼吸声，只有空气进出肺部产生的飕飕声，吸气，呼气，为这些活人的血液提供氧气，吸气，呼气，吸气，呼气，直到突然间，我们还是不要把这句话说完为好，对于来到这里的幸存者们来说，这一时刻尚未到来。放眼望去，无数白色花朵，大量的菊花，还有玫瑰花，百合花和马蹄莲，几朵晶莹剔透的白色荷花，人们会原谅数以千计的雏菊，每一朵中间都有一个小小的黑色花蕊。死者的亲朋好友肩上抬着的一口口棺材排成一行，相互间隔二十步，缓缓走向墓穴，然后，在熟练的职业下葬人指导下，人们慢慢往下放绳子，棺材渐渐下沉，直到徐徐落在墓穴底部，发出沉闷的响声。车站的废墟好像还散发着焦肉的气味。不少人势必难以理解，一个如此感人肺腑的集体葬礼竟然没有得到遍布全国的各个宗教机构的关心，没有教士为死者祷告，剥夺了死者的灵魂必不可少的临终圣餐，剥夺了生者展现世界大同理念的机会，而这一理念也许有助于把误入歧途的民众带回羊圈。他们可悲的缺席只有一个原因可以解释，就是各个教堂都害怕被怀疑是白色暴动的共犯，至少是政治策略上的潜在共犯，从而遭到严厉的对待。同样，也不能不提到总理亲自打出的许多电话，电话的主要内容大同小异，如果你们的教堂不加思考地参加相关葬礼，政府将感到非常遗憾，虽然从教规来讲无可厚非，但参加上述活动会被视为或者在后果上被解释为对首都相当一部分民众的政治支持，甚至是意识形态上的支持，而这部分人顽固和系统地对抗合法合宪的民主当局。因此，葬礼是纯世俗化的，并且办得简单质朴，但并不是说这里或那里的某些默默的个人祷告没有到达天堂，受到善意和亲切的欢迎。墓穴尚未填埋，有一个人抢着要致辞，其意图无疑是好的，但当即遭到在场另一个人的反对，用不着什么致辞，这里每个人都有各自的痛苦，但所有人都同样伤心。言简意赅，说得有理。此外，即使是未能如愿的致辞者也这样想，他不可能对二十七位死者逐个颂扬一番，他们当中有男有女，还有尚未涉世的儿童。关于那些不为人知的士兵，但愿他们生前使用的名字都及时得到应有的荣誉，很好，不过，就算我们达成了共识，也还有个问题，死者当中大部分人都难以辨认，两三个人的身份还有待确定，如果说他们还有什么愿望的话，那就是让他们得到安息。那些喜欢追根究底的读者当然会关心我们讲述的前后顺序安排，希望知道为何没有做必不可少并且已经很常用的DNA测试，对此，我们只能诚实地回答，我们一无所知，不过请允许我们设想一下，如果那句众所周知并且常常被滥用的爱国主义套话，我们的死者极为普通，如果这句套话要在这里逐字套用，那就是说，这些死者，所有这些死者，都属于我们，那么我们就不应当认为仅仅是他们当中的哪一个属于我们，因此，如果DNA分析法要考虑到诸多因素，尤其是非生物因素，那么，不论怎样努力从双螺旋结构中寻找，也只能肯定他们属于集体所有，既然如此，也就不必做什么DNA身份鉴定了。所以，那个男人，也许是个女人，说得非常在理，他说，这里每个人都有各自的痛苦，但所有人都同样伤心，我们在前面已经把这句话记录下来了。人们开始往墓穴填土，静静地把鲜花撒到里面，有理由痛哭的人们得到其他人的拥抱和安慰，可能后者刚才和前者同样伤心。每个人，每个家庭的亲人都在这里，但不能确切地知道在哪里，或许是这个墓穴，或许是那个，最好是我们在所有的墓穴上痛哭，那位牧羊人说得对，尽管没人知道他从哪儿学到的这句话，为不认识的人痛哭是对其最大的尊敬。

讲故事忌讳离题，我们在讲述中插入了一些细枝末节和题外话，耽误了时间，发现这种情况已经为时太晚，事件不等我们有所防备便径自向前发展，任何讲故事的人都有一项根本义务，就是根据自己的职业素养告诉听众即将发生什么，这点我们没有做到，事已至此，无法挽回，只得怀着深深的懊悔坦率地承认，即将发生的已经发生了。与我们的猜测相反，群众并未散去，示威继续进行，只是现在队形已乱，从街道一边到另一边全都是人，从呼喊声得知，他们正往总统府的方向走去。总理官邸正好位于他们行进的路线上。在示威队伍前头采访的新闻记者，包括报纸，电台和电视台的记者，个个精神振奋，紧张地做着记录，通过电话向他们供职的编辑部描绘事态发展，这似乎是为了减轻他们作为记者和公民感到的不安。好像谁都不知道将发生什么事情，但我们有理由担心人群正准备袭击总统府，并且不排除洗劫总理官邸及他们所要路过的政府各部的可能，我们甚至可以说，这种可能性极大，这不是因为受到惊吓而胡言乱语，妄加猜测，只消看一看所有这些人变了形的脸就会明白，要是说他们每个人都渴望流血和破坏，绝不是危言耸听，这样，我们就得出了一个可悲的结论，尽管非常难以启齿地高声告诉全国，但不得不说，曾在其他事情上表现得雷厉风行并因此受到正直公民欢呼的政府，却做出了一个应当受到谴责的轻率举动，决定抛弃这座城市，将其留给愤怒的人群任意处置，街上没有当局人员像慈父般地进行劝阻，没有警察，没有催泪弹，没有高压水炮，没有警犬，一言以蔽之，没有任何约束。总理官邸在望，那是一座十八世纪后期的宫殿式建筑，记者以预告灾难的语气声嘶力竭地号叫，歇斯底里到了极点，现在，就是现在，现在一切都可能发生，但愿圣母保佑我们，保佑所有的人，但愿为祖国光荣捐躯的烈士们在天堂能让这些人狂怒的心平静下来。的确，一切都可能发生，但最后什么也没有发生，我们只是看到，游行队伍中有一小部分人在十字路口停了下来，坐落在一个小花园之中的总理府就在这里，这部分人仅仅占据了一个街角，其他人则沿着人行道，朝广场或邻近的街道走去，如果警方的统计学家还留在这里，他们会说参加游行的总人数不超过五万，但确切的数字，真正的数字，经我们一个一个点出来的数字，要高出十倍。

就在这里，就在游行队伍停下来没有任何动静的时候，一个精明的电视台记者在人头的海洋中发现了一个人，虽然那个人几乎半张脸被纱布裹住，但他还是认出来了，就像第一眼就有幸抓住了他那忽隐忽现的形象那样，轻而易举地从他另一半健康的脸认出来了，不难理解，受伤的一边和健康的一边相互印证，确定无疑。记者拉着身后的摄像师立刻行动，不停地对前边的人说，劳驾，劳驾了，请让开一下，让我们过去，有重要的事，有重要的事。离得越来越近，他喊道，主席先生，主席先生，劳驾，但他心里想的却不是如此客气，这家伙到这里来干什么勾当。一般来说，记者有很强的记忆力，这位当然没有忘记发生爆炸的那天晚上，他们曾经遭到市政委员会主席毫无道理的公开侮辱。现在要让他尝尝受侮辱的滋味。记者把话筒伸到对方脸上，给摄像师打了个黑社会式的手势，既可以表示开机，也可以表示给他一个大嘴巴，在目前的情况下很可能是两者兼而有之。主席先生，在这里遇到您，请允许我说，我非常惊讶；惊讶，为什么；我刚刚对您说过，因为在这种场合，在示威队伍中看到您；我像任何人一样，是公民，只要自己喜欢，可以在任何时间，以任何方式参加，特别是现在，已经无须要求批准了；您不是普通公民，是市政委员会主席；你错了，我三天之前已经不再是市政委员会主席，我想这个消息人们早已知道了；据我所知不是这样，到现在为止我们没有收到任何关于此事的通知，既没有市政委员会的通知，也没有政府的通知；我想你不会是在等待我召开记者招待会吧；您辞职了吗；我放弃了职务；为什么；我给你的唯一回答是闭嘴，当然，是我闭嘴；首都民众想了解为什么，市政委员会主席；再说一遍，我已经不是了；为什么市政委员会主席先生来参加反政府示威呢；这次示威不是反对政府的，是致哀的，人们来埋葬他们的死者；死者已经埋葬了，但示威还在继续，您对此如何解释；请去问问这些人吧；我此刻感兴趣的是您的意见；他们到哪里我就到哪里，仅此而已；您是否同情那些投了空白选票的选民，即白票人呢；他们按照各自的意愿投票，我同情或者厌恶都无关紧要；那么，您的党，如果知道您参加了示威，您的党会说什么呢；你去问他们吧；不怕给您处分吗；不会；您为什么如此有把握；理由很简单，我已经不在党内了；是他们把您开除了；我脱离了它，就像此前放弃了市政委员会主席的职务一样；内政部长的反应如何；请去问他；谁接替了或即将接替您的职务；请自行去调查；我们会不会在其他示威中看到您；只要你参加，就会知道；右翼党贯穿您的全部政治生涯，您现在离开了，是否转到了左翼党；我希望有一天我自己会明白我转到了哪里；主席先生；请不要称我为主席；请原谅，习惯使然，我向您承认，我感到迷茫；你要小心了，我认为这是道德上的迷茫，而道德迷茫是向通向不安的道路迈出的第一步，再往前走，正如你们非常喜欢说的，一切都可能发生；主席先生，我糊涂了，不知道该怎样想；删除你录下的东西，你的老板可能不喜欢你说的最后几个字，还有，请不要再称呼我主席；我们已经关闭了摄像机；这样对你比较好，免得招惹麻烦；听说示威队伍现在要去总统府；请去问组织者们；他们在哪里，是哪些人；我推测是所有的人，或者说没有任何人；总得有个领头的，这不会是自发组织起来的运动吧，自发的那代人已经不存在，更不要说这么大规模的群众行动了；至今没有出现过；您的意思是说，您不相信投空白选票的运动是自发的；从一件事情随意推断另一件事情，这叫滥用推理；我的印象是，您对这一事件的了解比您想表露出来的要多得多；我们发现自己知道的事情要远远多于先前以为知道的事情，这样的时刻迟早会到来，好了，请走开，去做你该做的事，向别人提问题，你看，这人头的海洋开始挪动了；使我感到惊恐的是，听不到一声喊叫，一声万岁，一声打倒，一句表达人们心愿的口号，只有这令人感到威胁、令人胆寒的寂静；改一改你那恐怖影片里的语言，对这些词，人们已经厌倦了；如果人们真的厌倦了那些词，我就要失业了；今天一整天你再也说不出比这一句更正确的话了；再见，主席先生；说最后一遍，我不是主席。游行队伍的最前头就地转个直角，爬上陡峭的斜坡，走进一条又宽又长的大马路，从大马路的尽头往右拐，马上就感到河上吹来的轻风抚摩面颊。从这里到总统府两公里左右，全都是平坦的大道。记者们接到命令，离开游行队伍，跑步到总统府前面抢占有利位置，但是，不论是现场记者还是后方编辑部人员，他们普遍认为，从新闻重要性的角度来看，本次采访已经取得的结果全都是浪费时间和金钱，或许用更强烈的方式表达，是社会媒体干的费力不讨好的蠢事；或许用更温文尔雅的说法，是徒劳无功。这些家伙连示威都搞不好，有人说，至少也该扔块石头，焚烧一张国家元首的肖像，砸碎几扇玻璃窗，唱一首早年间那种革命歌曲，或者随便做一件什么事情表示他们还没有死，不像他们刚刚埋葬的那些死者。游行队伍没有满足那些人的希望。人们来了，占满了整个广场，在半个小时的时间里他们都静静地望着总统府紧闭的大门，然后悄然无声地散开，返回各自的家里，有的步行，有的乘公共汽车，有的搭陌生人的顺风车。

　　炸弹没有做到的，和平示威却做到了。货真价实的右翼党和中间党选民惶惶不安，如惊弓之鸟，纷纷在各自的城堡召集亲族会议，不约而同地做出决定，离开本市。他们认为现在的局势是，一颗新的炸弹说不定明天就会爆炸，针对的就是他们以及被那一帮刁民非法占领的街道，这应当会让政府相信，必须修改为实施戒严状态而规定的严格标准，尤其要纠正令人愤慨的不公正做法，即不分青红皂白，对和平的坚定捍卫者与明目张胆扰乱秩序的人同样严惩。为了不盲目冒险，他们当中一些与官方关系密切的人想方设法通过电话打探政府的态度，试图了解政府在多大程度上公开或心照不宣地准许他们进入自由的土地，因为他们有充分的理由把自己视为国家的囚徒。陆续收到的答复大都含混不清，有的甚至相互矛盾，虽然还不能对政府在这个问题上的态度得出可靠的结论，但足以使人们认同一个可行的假设，在遵守某些条件，商定某些物质报偿的情况下，出逃虽然不能惠及所有申请参加的人，只能算是取得相对的成功，但至少是可以接受的，也就是说，能够使所有人怀有一线希望。在一个星期的时间里，由两党各出同样数目的高级党员组成了未来出逃的汽车车队组织委员会，在首都一些精神和宗教机构委派的顾问协助下，讨论并通过了一项大胆的行动计划，这一切都是在绝对保密的情况下进行的，为了纪念历史上著名的色诺芬万人大撤退，根据中间党内一位古希腊史学家的建议，这项行动计划被命名为色诺芬计划。只给报名迁移的家庭三天的时间，一天都不多给，让他们手拿铅笔眼含热泪做出决定，什么东西应当带走，哪些东西必须留下。人类究竟为何物，我们都清楚，少不了个人主义的随心所欲，装模作样的漫不经心，呼天抢地的多愁善感，还有欺骗引诱的种种把戏，但也有令人赞叹的舍弃一切的情况发生，这使我们想到，如果我们坚持这些或其他值得称道的忘我举动，必将更有效地为这一里程碑式的开创性计划贡献微薄的力量。撤退定在第四天凌晨，说不定是连夜狂风骤雨，后来也确实如此，但这算不上什么灾祸，恰恰相反，这将给集体迁移陡增悲壮色彩，供人们回忆或者载入家族史,清楚地表明并非所有的家族美德都已丧失殆尽。一个人在风和日丽的日子悠闲地驾车出行,与不得不让雨刮器在挡风玻璃上疯狂地摆动以撕开从天上掉下来的水帘,两者不可同日而语。一个严重问题摆上桌面,委员会必须认真讨论,即对于这次大规模出逃,那些投空白选票者,即所谓白票人,他们会做何反应。有一点很重要,必须牢记在心,有一些家庭担惊受怕,他们居住的大楼里也住着属于另一个政治阵营的房客,这些人持可悲的复仇主义态度,轻则可能给撤退者制造困难,重则会粗暴地阻止他们迈出家门。他们会扎破汽车轮胎,一个人说;在楼梯平台筑起路障,另一个人说;把电梯钉死,第三个人插嘴了;往汽车锁眼里塞上硅胶,第一个人又加上一句;砸碎挡风玻璃,第二个人提醒说;我们一只脚刚迈出家门,他们就过来殴打我们,还有人警告说;他们会把我祖父扣为人质,另一个人叹了口气,那样子使人顿生联想,这正是他潜意识的希望。讨论继续进行,越来越激烈,甚至有人提醒说,数以千计的人在整个游行过程中的举止从任何角度来看都无可挑剔;我甚至可以说堪称典范,因此,现在似乎没有理由担心事情会是另外一个样子;不仅如此,我相信,摆脱了我们,他们会感到如释重负;这一切都非常好,一个多疑的人插嘴说,但那些家伙很可怕,他们行事谨慎,看上去都文质彬彬,但很遗憾,有一件事我们忘记了;什么事;炸弹。我们在上一页曾提到这个委员会,有人心血来潮地将其称为公共拯救委员会,这个主张由于意识形态方面的原因当即遭到迎头痛击,而今看来这个称谓具有广泛的代表性,所谓代表性指的是围坐在桌子旁边的二十多人。惶惶不安的情绪笼罩了会场。所有其他与会者都低下头,斥责的神情化为沉默,这令这个冒失鬼直到会议结束都没有再说一句话，他似乎不懂得社会的基本行为准则，在自缢者家里提及绳子是缺乏教养的。这个难堪的插曲带来了一点儿益处，使所有人都同意了先前提出的乐观看法。后来的事实也证明这一看法的正确性。规定好的那天凌晨三点整，像当初政府撤出的时候一样，所有那些家庭都开始走出家门，带着他们的皮箱和手提箱，他们的旅行袋和包袱，他们的猫和狗，一只刚刚从睡梦中惊醒的宠物龟，一条从家庭水族馆里捞出的金鱼，一个装着葡萄牙鹦鹉的鸟笼，另一个鸟笼里是金刚鹦鹉。但是，其他租户的家门没有打开，没有任何人到楼梯平台来观看逃亡演出，没有任何人出来说句俏皮话，没有任何人出来骂一声，没有任何人伏在窗台上去看仓皇逃窜的车队，这倒也不是因为当时正在下雨。当然，嘈杂声很大，请设想一下，拖着那些乱七八糟的东西走出家门来到楼道平台，电梯嗡嗡地上升又嗡嗡地下降，还有互相嘱咐的声音，突如其来的惊叫，小心钢琴，小心茶具，小心银托盘，小心肖像，照顾好祖父。我们当然会说，其他房子里的租户早已醒了，但他们当中没有一个人从床上起来透过门缝向外窥视，只有一些人在被窝里相互靠近一些，说一声，他们走了。

9

　　几乎所有人都回来了。几天前，内政部长曾向政府首脑解释，为什么安排人放置的炸弹威力与实际爆炸的不同，他当时列出的理由是通信链上出现了严重差错，现在，类似的差错也在这次迁徙当中出现了。经过对无数案件及其发生的环境进行认真分析之后得出的经验不厌其烦地告诉我们，受害人要对其遭受的不幸承担部分责任，这种情况并不罕见。的确有一些人忙于政治协商，但人们不久就会发现，在决策层进行的协商当中，没有任何一次专门讨论过如何保证色诺芬计划的顺利实施，委员会的主要人物都忙得不可开交，忘记了或者头脑中根本没有想到，应当核实军方是否得到了有关大撤退的消息，做好协调工作这绝对不是次要问题。有几个家庭，不多于六个，得以在一个边防哨所穿过分界线，但这是因为担任指挥任务的年轻军官相信了逃亡者的话，法外施恩，是啊，那些人一再强调他们忠于国家现行体制和纯洁的意识形态，而且坚持说政府了解并批准了他们撤离首都。不过，他突然产生了怀疑，马上打电话给相邻的哨所，那里的同僚友善地提醒他说，向军队下达的命令是，开始封锁之后不放任何人通过，哪怕他是去救上吊的父亲或者到乡间别墅生孩子。年轻军官焦急万分，他做出了一个错误的决定，肯定被视为公然不服从或蓄意违反上级的命令，将面临军事法庭审判，至少会受到在公开仪式上剥夺军职军衔的处分，于是他大声喊叫，让士兵们立刻关闭围栅，于是，在马路上绵延数公里的车队受阻，不能出城，其中除轿车之外，还有车厢塞得满满当当的小型货车。雨，仍然下个不停。无须说，突然面对应负的责任，委员会成员们不会善罢甘休，坐等红海为他们敞开一条大道。他们拿出手机，要把那些有权有势但在他们看来不会因此大发雷霆的人全都从梦中唤醒，如果他们肯帮忙，复杂的局面很可能以最有利于焦头烂额的逃亡者们的方式解决，但愿不要碰上国防部长那样既凶狠又固执己见的家伙，他曾斩钉截铁地说过，没有我的命令，任何人都休想通过。大家肯定已经发现，委员会把他给忘记了。也许有人说，一个国防部长算不了什么，国防部长上面还有总理，他应当对总理毕恭毕敬，言听计从，再上面还有国家元首，对国家元首应当同样甚至更加服从，更加尊敬，说实话，在这位国家元首看来，这种尊敬和服从在多数情况下只不过是一种表演。正因为如此，总理与国防部长之间展开了一场激烈的舌战，犹如枪炮齐鸣，弹片纷飞，最终的结果是部长败北。他很气恼，对，很气恼，情绪坏到了极点，不错，坏到了极点，但他毕竟认输了。人们自然想知道，在总理使用的那些无可辩驳的理由当中，是哪一条起了决定性作用，迫使顽固不化的对话者服输。那一条既简单明了又直截了当，他说，我亲爱的部长，你给我动一动脑子，设想一下，如果今天关上大门,不允许那些把票投给了我们的人通过,明天会产生什么后果;我记得内阁会议下达的命令是不准任何人通过;我庆幸你记忆力超群,但是,命令,有时候必须灵活服从,特别是涉及利害关系的时候,现在出现的正是这种情况;我听不明白;我来解释一下,明天,解决了这个难题,粉碎了颠覆分子的阴谋,人们的情绪平静下来之后,我们将重新举行选举,是不是这样;是这样;难道你相信那些被我们挡回去的人会重新把票投给我们吗;最可能的是不投给我们;而我们需要这些人的选票,你要记住,中间党紧紧跟在我们后头;我明白;既然如此,请你下命令,让那些人通过;是,先生。总理挂断电话,看了看钟表,对妻子说,看样子我还能睡一个半小时到两个小时,他又补充说,我怀疑这家伙在下次政府改组的时候不得不收拾行李走人了;你不应该容忍他对你的不尊重,总理的另一半说;亲爱的,没有人不尊重我,他们只不过是滥用我的好脾气,仅此而已;其实是一回事,妻子说完,关了灯。过了不到五分钟,电话铃又响了。又是国防部长,请原谅,我打扰了您休息,不过,很不幸,没有别的办法;又出了什么事;有一个细节我们没有注意到;什么细节,总理问道,毫不掩饰因为对方使用人称代词第一人称复数而产生的反感;很简单,但非常重要;接着说,不要浪费我的时间;我问自己,我们是不是确信所有那些想进来的都是我们党的人,我问自己,我们是不是应该充分考虑他们说的在选举中投了选票的问题,我问自己,大马路上数以百计的车辆当中是不是有几辆里面坐着颠覆分子,准备把白色瘟疫带到我国还没有被传染的地区。总理发觉被对方抓住了把柄,心头一紧,低声说,有这种可能性,可以考虑;我正是为这事才给您打电话的,国防部长说，把螺丝又拧紧了一圈。这些话之后出现的沉默再一次表明，时间与钟表告诉我们的东西没有任何关系，那些用没有知觉的齿轮和弹簧制造的小机器是没有灵魂的物件，既不会思考，也不会感知，不会想象出嘀嘀嗒嗒走过的区区五秒钟，一秒，两秒，三秒，四秒，五秒，对一方来说是残酷的折磨，而对另一方则是最美好的享受。总理用条纹睡衣的衣袖擦干额头上的汗水，然后字斟句酌地说，确实，目前这件事应当用另外的方法处理，需要进行全面分析评估，缩小审视问题角度的做法永远是错误的；这也是我的意见；现在的局势怎么样，总理问；到处都很紧张，几个哨所甚至不得不朝空中开枪；作为国防部长，你有什么建议给我；如果行动的条件比现在好些的话，我就要下令冲锋了，但是所有那些汽车挤满了马路，冲锋不可能；冲锋，怎样冲锋；比如，让车队开路；很好，当车队的鼻子碰到了第一辆汽车的时候怎么办，当然，我当然知道车队是没有鼻子的，只不过是一种说法而已，你认为车队的鼻子碰到第一辆汽车的时候会出现什么情况；正常的情况是，人们看到车队向他们冲过去，个个都会吓得魂不附体；但是，我刚刚听到你亲口说的，各条马路都堵塞了；是的，先生；所以，前面那辆汽车掉头往后开不是件容易事；对，先生，不容易，甚至应当说是件非常困难的事，但是，不管怎样，既然不让他们进来，他们就必须那样做；车队向前冲过去，对着他们，肯定会造成恐慌，在恐慌的情况下汽车更难以掉头；是的，先生；总之，你的主意无助于问题的解决，总理加强了语气，这时候他确信已经重新夺回了指挥权和主动权；很遗憾，总理先生，我不得不承认这一点；无论如何，感谢你提醒我注意到原来忽略的一个方面；这在任何人身上都可能发生；

127

对，任何人都可能，但不应该发生在我身上；总理先生要考虑的东西太多了；现在又多了这一件，解决国防部长无法解决的问题；如果您这样认为，我交出职位听候处置；我不相信我听到了你说的话，也不认为我愿意听到；是的，总理先生。沉默又一次出现了，这一次要短得多，仅仅三秒钟，在这短短的时间里，美好的享受和残酷的折磨互相交换了位置。卧室里的另一部电话机响了。妻子拿起电话，问过对方是谁，然后捂住话筒，悄悄告诉丈夫，是内政部长。总理做了个要对方等待的手势，然后向国防部长下达命令，我不想见到再次发生朝空中开枪的情况，在没有采取必要措施之前要先稳住局势，设法让前面几辆汽车上的人知道，政府正在开会研究，在很短时间内有望提出建议和方针，一切都将以有利于祖国和国家安全的方式解决，要反复强调这些话；请允许我提醒您，总理先生，那里的汽车有几百辆；那又如何；我们无法把这个消息传给所有的人；用不着担心，只要每个哨所的头几辆知道了，他们将负责转达，像导火索一样传到车队的末尾；是的，先生；随时向我通报情况；是的，先生。随后与内政部长进行的谈话就大不相同了，你不必浪费时间告诉我正在发生什么，情况我已经知道了；也许他们没有对您说过，军队已经开枪了；不会再开枪了；啊；现在需要做的是让那些人往回走；但如果军队还没有做到；军队做不到，也不可能做到，你肯定不愿意看到国防部长指挥车队向前冲击；当然不会，总理先生；从此刻开始由你负责；警察无法应付这样的局势，而我无权指挥军队；我既没有想动用你的警察，也不打算任命你为参谋总长；总理先生，我担心我没有弄明白；让你最好的讲演撰稿人立即从床上跳下来，当着你的面立即开始工作，同时发文通知社会媒体，说内政部长将于六点钟通过电台发表讲话，电视台和报纸以后再说，这种情况下重要的是电台；现在快五点钟了，总理先生；无须告诉我时间，我有表；请原谅，我只想说时间很紧；如果你的写手没有能力在一刻钟之内写出三十行东西来，最好把他赶到街上去，当然，可以不管文笔好坏；那么，他应当写些什么呢；任何辩护性文字都行，只要能说服那些人返回家里，煽动起他们的爱国热情，要说明，把首都丢到一帮颠覆分子手里就是犯叛国罪，要说明，所有的人，只要他把选票投给了构成现行政治体制的各个政党，就是站在了保卫民主政体的第一道防线上，不能不提到，这些政党也包括我们的直接竞争对手中间党，要说明，他们任由自己的家不能得到保护，必会遭到叛乱集团的洗劫，但不要说在必要的时候我们会去洗劫；是不是可以补充说，每个公民，只要他决定回家，不论年龄大小，不论社会地位高低，均被政府视为忠实的法制宣传者；我认为宣传者这个词不够合适，太过俗气，商业气息太浓，另外，法制本身已经得到充分宣传，法制，我们随时都在说；那么，用保卫者，传令官，或者军团士兵；用军团士兵比较好，听起来铿锵有力，威风凛凛，保卫者这个词显得不够坚定，给人以负面和被动的感觉，传令官听起来有中世纪的意味，而军团士兵能立即使人联想到战斗行动和进攻精神，此外，如我们所知，这个词有牢固的传统基础；我希望马路上的人们都能够听到这个通告；我亲爱的同事，你好像起得太早，感知力还没有恢复，我愿意以我的总理职位与你打赌，此时此刻所有那些汽车上的收音机都打开着，重要的是这份面向全国的通告立即播出，每分钟都要重播；总理先生，我担心的是那些人现在的精神状态不利于他们改变初衷，如果告诉他们将宣读政府公告,最为可能的是,他们以为我们将准许他们通过,绝望产生的后果会非常严重;非常简单,你那个善于写陈词滥调的写手必须对得起他吃的面包和我们支付给他的一切,至于遣词造句之类的事,由他去解决;如果总理先生允许我表示一下我刚才有的想法;说,不过我提醒你,我们正在浪费时间,已经五点过五分了;如果由总理先生来宣读通告,说服力要大得多;对于这一点,我没有丝毫疑问;那么,为什么不呢;我在等待另一个时机,一个符合我身份的时机;啊,对,我想我已经懂了;你看,这只是个单纯的常识问题,或者说,是个等级顺序问题,比如说,让国家元首去请求几个汽车司机不要堵塞马路,将是对国家最高长官尊严的冒犯,那么,也应当保护总理,不使行政管理最高负责人的地位平庸化;这个想法我明白了;还好,这说明你终于完全清醒了;对,总理先生;现在开始工作吧,那些马路最晚在八点钟清场,电视台要投入所有的地面和空中设备,我要让全国都看到他们的报道;是,先生,我尽力而为;不是尽力而为,而是一切需要做的都必须做好,符合我刚才对你提出的要求。内政部长还没有来得及回答,电话挂断了。你这样说话我才喜欢听,妻子说;当我发火的时候吗;如果他不能解决问题,你怎么办;让他收拾行李,背上他的破烂东西走人;像国防部长一样;完全正确;你不能像对待用人一样辞退一位部长;他们就是用人;不错,但是,以后你必须安排其他人,没有别的办法;这倒是个需要冷静考虑的问题;考虑,考虑什么;这事我现在不想说;我是你的妻子,我们说话没有人听得见,你的秘密就是我的秘密;我的意思是,考虑到局势的严重性,如果我决定兼任国防部长和内政部长的职务，任何人都不会感到意外，这将是国家的紧急状况在政府结构和运作上的反映，就是说，全面协调，高度集中，这可以成为口号；这是个巨大的冒险，不是得到一切就是失去一切；说得对，如果能够战胜世界上任何时代和任何地方都没有先例的颠覆行动，而且这个行动已经危及议会这个国家体制中最敏感的机构，历史将赋予我一个不可磨灭的地位，前无古人，后无来者，作为民主的救星，我将享有永远独一无二的地位；那我就成了最自豪的妻子了，说着，她的身体像蛇一样靠近丈夫，仿佛突然被淫荡的魔棒击了一下，这久违了的感觉里既有肉体欲火，又有政治热情，而丈夫却意识到事态严重，用某个诗人冷冰冰的几句诗把自己的话说出来，你为何跪到我脚下／扑在我厚厚的靴子上／你为何松开幽香的秀发／虚伪地张开你柔软的臂膀／我不再是粗鲁的汉子／心已经转向一旁／一旦需要／会踩着你走过／踩着你走向别的地方。你清楚地知道，他一面说一面猛地把被单扯到一边，我要到书房去，随时关注形势发展，你睡吧，好好休息。妻子脑中飞快地闪过一个念头，在这关键时刻，如果精神支持有重量的话，那么这种支持只能以黄金衡量，根据夫妻之间互相救助这一自愿接受的基本义务原则，她决定立即起来，打算不叫用人而是亲自动手沏上一杯活力茶，再端上她常常用来展示厨艺的烘焙蛋糕，但是，刚才过分的淫思之后发生的事情让她大失所望，心怀怨恨，于是她转过身去，果断地闭上双眼，不过还是抱有一丝希望，能够利用余下的时间在睡梦中独自放纵一番。总理对身后留下的失落全然不知，在条纹睡衣外面披上了一件绣有中式楼阁和金色大象等异国情调图案的缎面睡袍，走进书房，打开所有的电灯，又先后把收音机和电视机打开。

电视屏幕上还是固定的画面，时间太早，还没有节目播出，但所有的电台都已经在兴奋地谈论马路上罕见的大塞车，滔滔不绝地发表见解，说首都咎由自取，变成了一座倒霉的监狱，现在从各个角度来看都是一幅大逃亡的景象，当然也有电台评论此次全城交通堵塞最可预见的后果，说规模如此之大非同寻常，每天往市内运送食品的大卡车将无法通行。这些评论员还不知道，根据军方严厉的命令，那些卡车都被阻止在离边界三公里以外的地方。骑摩托车的电台记者们沿着轿车和小货车长长的队伍采访，据他们报道，这确实是一次彻头彻尾的有组织的集体行动，为了逃避颠覆力量强加给首都的暴政和令人窒息的气氛，有许多家庭全体出动。有些家长抱怨耽误的时间太长，我们在这里等了差不多三个小时，队伍连一毫米都没有挪动；另一些人说被出卖了，他们曾信誓旦旦地向我们保证，说没有问题，一定能顺利通过，请看，这就是光辉灿烂的结果，政府逃得无影无踪，去度假了，把我们丢给蛆虫，如今总算有了出去的机会，他们竟然无耻地当着我们的面关上大门。有的人精神崩溃了，有的孩子哭闹，老人累得脸色苍白，男人们怒气冲天，带来的烟都抽完了，筋疲力尽的女人们则设法让陷入绝望而乱作一团的一家人平静下来。一辆轿车里的人试图掉转车头返回城里，但不得不放弃这个想法，因为他们立即遭到劈头盖脸的斥责和詈骂，你们这些胆小鬼，不肖子孙，白票人，浑蛋，奸细，叛徒，婊子养的，现在总算知道你们为什么来这里了，是来瓦解我们这些正派人的斗志的，但是，别以为我们会让你们跑掉，劝你们最好打消这个念头，在必要的时候我们会扎破你们的轮胎，看你们能不能学会尊重别人所受的折磨。总理办公室的电话铃响了，可能是国防部长，或者内政部长，或者总统。原来是总统，出了什么事，首都各个出口乱糟糟的，为什么不及时向我报告，总统问道；总统先生，局势在政府的控制之下，问题在短时间内就会得到解决；好，但是应当向我报告，我对此事很关心；这一点我考虑到了，我本人对做出的决定承担责任，没有理由去打断您的睡眠，无论如何，我已经准备在二十分钟或半个小时之内给您打电话，我再说一遍，总统先生，我承担全部责任；好，好，感谢你的好意，不过，要不是我妻子有早起的良好习惯，国家都燃烧起来了，国家元首还在睡觉；没有燃烧，总统先生，已经采取了一切适当的措施；不会是下令轰炸车队吧；正如您早就知道的，总统先生，那从来不是我的行事风格；我只不过说说而已，我当然从来没有想过你会干那类蠢事；过不了多久电台就会预告内政部长将在六点钟向全国发表讲话，您听，您听，这是第一次预告，接着还要预告多次，总统先生，一切都组织好了；你已经做了一些事情，这我承认；这只是取得成功的开始，总统先生，我相信，我深信，我们将让所有那些人平和有序地回到各自的家里；如果你们做不到呢；如果做不到这一点，总理辞职；不要跟我耍这种花招，你和我同样清楚，在国家目前所处的形势下，我即使有意这样做，也不会接受你的辞呈；是这样，但我只得这样说；好，现在我已经醒了，不要忘记，有什么事情随时向我报告。电台还在不厌其烦地广播，我们再次中断正常节目播送预告，内政部长将于六点钟向全国宣读公告，重复一遍，六点钟内政部长向全国宣读公告，重复一遍，向全国公告宣读内政部长在六点钟，这最后一句前后颠倒，语义不清，总理并非没有察觉，在几秒钟的时间里，他一直觉得好笑，开心地想象，那家伙如何让公告去宣读内政部长呢。若不是电视屏幕上的固定图像突然消失，他也许能得出一个对未来有益的结论，这时屏幕上换成了天天出现的那面国旗，像个刚刚从睡梦中醒来的人一样懒洋洋地在旗杆顶上摇摆，与此同时开始演奏国歌，长号声和鼓声响起来，中间几次插入单簧管的颤音，大号的声音也几次出现，沉闷而短暂，像是在打嗝。播音员出现了，他的领带结打歪了，脸上的表情不大友善，好像刚刚受到什么侮辱，这侮辱既不能轻易被原谅，又无法被很快忘记。考虑到此刻政治和社会形势的严峻性，他说，考虑到我国民众享有获得开放且多元信息的神圣权利，今天我们提前开播。与许多观看我们节目的人一样，我们也刚刚得知内政部长将于六点钟发表广播讲话，我们欢迎他就众多居民试图离开本市的问题表达政府的态度。请不要以为本电视台遭受到蓄意歧视，我们更加相信，是现政府中经验丰富的政治家的某个无法解释又出乎意料的误解，导致了本电视台被遗忘。至少表面看来是这样。也许有人说通告的播出时间是清晨，但是，本电视台的员工在整个历史长河中已经充分证明了自己致力于公共事业的忘我精神和最纯洁的爱国主义精神，不应该被推到二手媒体的不光彩地位。我们相信，在预定发布通告的时间之前还能够达成协议，在不妨碍公共电台的同事们的权利的情况下，恢复本电视台依照其重要性应拥有的东西，即我国第一传媒的地位和责任。我们在等待这一协议，随时等待着关于协议的消息，现在我们向电视观众做现场报道，本电视台一架专用直升机此刻正在起飞，它将向我们的观众提供各个巨大车队的首批图像，这些车队是根据一个撤退计划组成的，前面我们提到过，它得到了一个容易引起回忆的历史性名称，叫作色诺芬计划，现在他们被堵在首都的各个出口，动弹不得。值得庆幸的是，折磨了各个车队整整一夜的大雨在一个多小时以前已经停止。过不了多久，太阳将从地平线升起，驱散重重乌云。但愿太阳的出现有助于撤除城市各个出口的路障，至今我们还弄不明白为什么那些路障还阻碍着我们这些勇敢的同胞走向自由。但愿如此，祝福我们的祖国。随后出现的是直升机在空中的画面，然后是从空中拍到的直升机起飞的那块小小的场地，接着是屋顶和附近的街道。政府首脑把右手放在电话机上，等了不到一分钟就拿起话筒，传来的是内政部长的声音，总理先生；我知道了，不要再说了，我们犯了一个错误；您是说我们犯了错误；对，是我们犯了错误，一个人错了，而另一个人没有纠正，错误就属于两个人；总理先生，我不具备您的权力，也没有您的责任；可是你得到了我的信任；那么，您想让我怎么办；在电视上发表谈话，电台同时转播，问题就这样解决；对于电视台的先生们批评政府的不适当的话语和口气，我们不予以回答吗；到时候他们会得到回答的，但不是现在，以后由我来处理他们；很好，你拿到通告的稿子了吗；是的，先生，想让我给您读一遍吗；不用了，等现场直播的时候再听；我必须走了，时间就要到了；他们已经知道你要去那里吗，总理感到有点儿奇怪，问道；我已经让我的秘书去和他们谈过；在我一无所知的情况下；您比我知道得更清楚，我们没有别的办法；我没有批准，总理又说了一遍；我提醒您，我得到了您的信任，这是您亲口说的，并且，如果一个人错了，另一个人纠正了，那么两个人都是正确的；如果八点钟以前这个问题仍然没有解决，我将同意你立即辞职；是的，总理先生。直升机在一个车队上面低空飞行，马路上的人们向它频频招手，大概在说，是电视台的，电视台的，那个翅膀会旋转的大鸟是电视台的，这对所有人来说都是僵局即将化解的可靠保证。电视台来了，他们说，这是个好兆头。并非如此。六点整，地平线上露出一片淡淡的玫瑰色光亮，汽车里的收音机响起内政部长的声音，亲爱的男同胞们，亲爱的女同胞们，最近几个星期以来我国一直处于危机之中，这无疑是我国人民有史以来经历的最为严重的危机，现在比任何时候都更需要捍卫民族团结，有一些人，与全国人口相比是少数，他们受到不良引导，受到与现行民主体制的正确运作和尊重民主体制相悖的思想影响，其行为举止与民族团结的死敌无异，正因为如此，今天，内部对抗的可怕威胁笼罩着我们本来平静的社会，对我们祖国的未来而言，其后果不堪设想，政府最早理解了试图离开首都的人们对自由的渴望，认为他们是清水般纯洁的爱国者，在最困难的逆境之中，他们用选票和堪称楷模的日常生活表明他们是法制不可动摇的真正捍卫者，为了国家，他们以行动继承和发展了最优秀的古代军团士兵精神，为古老的传统增添光彩，政府同样看到，他们毅然转身离开群魔乱舞的首都，所表现出来的战斗精神值得称赞，但是，考虑到国家的整体利益，政府相信，并为此特别呼吁正在倾听我讲话的千万个男男女女加以思考，为了听到对祖国命运负有责任的人说明情况，你们已经焦急地等待了好几个小时，我再说一遍，政府相信，在当前的局面下，这些数以千计的人最适当的战斗行动就是立即回归首都的生活，返回家里，家庭是法制的堡垒，是抵抗的战壕，是先人们以其纯洁无瑕的回忆注视着后人行为的地方，政府，我还要说，政府相信，对于这些发自肺腑的真诚而又客观的道理，正在汽车里收听这一通告的人们一定会加以考虑权衡，另外，在当前的形势下，就其价值而言，精神方面的考虑占有主导地位，物质方面则在其次，虽然如此，政府也利用这个机会透露我们了解到的情况，当前存在一个抢劫被遗弃房屋的计划，最新的情报表明，该计划已经开始实施，我刚刚收到报告，到目前为止，我们知道已经有十七家被洗劫一空，请注意，亲爱的男同胞们，亲爱的女同胞们，你们的敌人是多么急不可耐，从你们离开到现在不过短短几个小时，那些吸血鬼已经撬开了你们的家门，那些野蛮残暴的家伙已经抢走了你们的财产，因此，避免更大灾难的钥匙握在你们手里，请你们问一问你们的良知，你们会知道，政府站在你们一边，现在是你们决定是否站在政府一边的时候了。内政部长从屏幕上消失之前还朝摄像机镜头扫了一眼，在他的脸上能看到信心，也能看到一种类似挑衅的神情，但必须了解灵魂的秘密才能对那个一闪而过的目光做出完全正确的解释，总理没有想错，他看出来了，内政部长的目光如同朝他脸上甩去这样一句话，先生，你自以为多么精通战略战术，其实不见得比我做得更好。确实如此，必须承认这一点，但还要看看最后的结果如何。直升机重新在屏幕上出现，随后又是城市的镜头，接着看到的又是一支支没有尽头的汽车队伍。足足十分钟，镜头里没有任何移动的迹象。记者挖空心思用想象填补漫长的时间，说起一辆辆汽车里也许在召开的家族会议，赞扬了部长宣读的通告，又谴责了那些入户抢劫的家伙，要求对他们依法严惩，但非常明显，不安蚕食着记者，一眼就能看出，他根本没有把政府的话当回事，倒不是他敢于这样说，他还在等待在最后一刻有奇迹出现，但在破解视听节目秘密方面稍有经验的电视观众都能发现，可怜的记者已经焦急万分了。就在直升机飞到一支车队队尾上空的时候，急切盼望的奇迹终于出现了，队伍最后一辆汽车开始掉头，前面的那一辆紧随其后，接着又是一辆，又是一辆。记者兴奋地喊叫起来，亲爱的电视机前的观众，我们正在经历一个名副其实的历史性时刻，人们以堪称楷模的纪律性响应政府的召唤，他们表现出的公民精神将以金字写入首都的历史，现在他们开始返回家中，在以最好的方式结束可能演变为一场动乱的事件，正如内政部长精辟地指出的，否则的话，对我们祖国的未来而言，其后果不堪设想。从这时候开始的几分钟里，记者改用坚定的史诗般的语调，把上万人的败退说成女武神的骑兵在胜利进军，让瓦格纳取代了色诺芬，把汽车排气管喷出的臭气熏天的烟雾当作芳香的祭品，献给奥林匹斯和英灵殿中的诸神。街上的记者成群结队，有报社的，也有电台的，他们使出浑身解数，设法让汽车停留片刻，以便对车里的人进行现场直接采访，让他们表达作为正被迫返回家中的人群一员的充沛的情感。不出所料，人们的表现五花八门，大失所望，垂头丧气，怒气冲天，急于复仇，我们这次没能出去，但下次一定成功，既有表达爱国主义情操的豪言壮语，也有忠于本党的狂热声明，中间党万岁，万岁。呛人的气味，整整一夜没有合眼，满腔怒火，把机器拿开，我们不喜欢照相，对于政府提出的理由，有人同意，有人反对，有人担心明天的情况，担忧清算，有人批评当局的冷血已经到了无耻的地步。现在没有当局，记者提醒说；是啊，问题就在这里，没有当局。但是，汽车里的人感受最深的是对留在家里的财产命运的担心，他们本来想在白票人的造反被彻底粉碎以后再返回家里，可以肯定，遭到洗劫的已经不止十七家，谁知道又有多少家庭被掏空，连最后一块地毯和最后一个装饰花瓶也没有留下。现在，直升机从空中展示的是轿车和小型货车组成的各路车队，原来的最后几辆成了最前面的几辆，随着越来越深入市中心附近的居民区，车辆渐渐分散开来，交通依然混乱，已经难以分清哪些车正在往家里开，哪些是原本就停在那里的。总理接通了总统的电话，这是一次干脆利落的谈话，并不太像互相祝贺。这些人脑子进水了，国家元首毫不掩饰心中的蔑视，我敢发誓，要是我在其中的一辆汽车里，一定把挡在前面的东西一个个全部给炸掉；幸好您是总统，幸好您没有在那里，总理面带微笑地说；是啊，不过，如果事态恶化，就到了实施我的想法的时候了；我还是不知道您究竟怎么想的；几天之内就会告诉你；请您相信，我一定照办，我今天将召开内阁会议讨论当前形势，总统先生的出席极为重要，当然，如果您有更重要的公务则另当别论；需要安排一下，只有一件事，我必须去剪彩，还不知道在什么地方；很好，总统先生，我会通知内阁。总理想，早该对内政部长说句好听的话了，祝贺他的通告产生效果，活见鬼，心里确实讨厌他这个人，但又不能不承认他解决这次问题的能力。总理刚要把手伸向电话机，电视台播音员的声音突然变了，他赶紧把目光转向屏幕。直升机下降到几乎碰上了房顶，可以清晰地看到人们从几座楼房里走出来，有男有女，在人行道上停下，好像在等待什么人。我们刚刚收到消息，记者惊恐不安地说，我们的电视机前的观众从画面上可以看到，人们正从楼里出来，在人行道上等待，此时全市到处都是这样，我们不愿意往坏处想，但一切表明，建筑物里的这些居民显然是反叛者，他们准备阻止那些人回家，而那些人昨天还是他们的邻居，刚刚洗劫住宅的很可能就是他们，若果真如此，不论多么痛心，我们也要说，必须找政府算账,是他们命令警察撤离首都。我们满怀悲愤,如果还可能的话,我们想知道怎样才能避免显然迫在眉睫的肢体冲突和流血事件,总统先生,总理先生,他们正在准备残酷地对待返回家中的人们,请告诉我们,保护这些无辜者的警察在哪里,我的上帝,我的上帝,会发生什么事情呀,记者带着哭腔说。直升机悬在空中,一动不动,街上发生的一切历历在目。两辆汽车在楼前停下。车门打开,车里的人走出来。这时,在人行道上等待的人们朝他们走过去。现在,现在,现在我们要准备好,最糟糕的事情即将发生,记者大声吼叫,激动得嗓子都嘶哑了,那些人说了几句话,可惜听不清楚,没有出现异常现象,他们开始从汽车上卸下行李,在阳光的照耀下,把那些在漆黑的雨夜从楼里搬出的东西搬回楼里。臭狗屎,总理大叫一声,一拳砸在桌子上。

10

　　寥寥三个字构成一个粪便学叹词，其表达力相当于整整一篇国情演说，综合并集中地表现出绝望的深度，这种绝望摧毁了全部政府官员的心理承受能力，尤其是像那些因职务性质而与镇压暴乱过程中的各个阶段关系密切的部长，这里指的是国防部和内政部的长官，他们在各自的领域为处于危机之中的国家提供良好服务的光环顷刻之间消失殆尽。整整一天，直到内阁会议开始之前，甚至在会议进行过程当中，这个肮脏的叹词在他们头脑中多次默默地念叨，没有人从旁做证，却有人难以控制，高声或嘟嘟囔囔地说出口，臭狗屎，臭狗屎，臭狗屎。事实上这些部长，国防部长和内政部长，连总理也包括在内，倒也没有谁不可饶恕，只是关于失败的逃亡者们返回家中时可能遇到的情况，他们都未曾深思，甚至都没有从狭义或者单纯从学术方面加以考虑，如果这几位官员试图想过这个问题，最为可能的结论也不会比直升机上记者的预言更加骇人听闻，只是在此之前我们没有想到把他的话记录下来，可怜的人们呀，他几乎含着眼泪说，我敢打赌，他们将遭到屠杀，我敢打赌，他们将遭到屠杀。结果呢，不仅在那个街道，不仅在那座楼房前，到处都发生了同样神奇的事情，无论从宗教教义还是从世俗道德来看，都可以与历史上最崇高的施爱于人的楷模媲美，被诬蔑受辱骂的白票人走下楼来帮助对立派别的失败者们，每个人都是凭着良心独自决定这样做的，既没有上面发出的什么号召，也没有背得滚瓜烂熟的标语口号，所有人都下来提供力所能及的帮助，这回轮到他们说话了，小心钢琴，小心茶具，小心银托盘，小心肖像，照顾好祖父。由此可以理解，坐在大桌子周围召开内阁会议的那些人为什么个个都脸色阴沉，为什么有那么多紧皱的眉头，那么多双因恼怒和困倦而充血的眼睛，所有这些人可能都曾指望发生一些流血事件，但不必出现电视台记者预言的屠杀，只是酿成某件能触动首都以外民众敏感神经的事情，某件可以在未来几个星期里供全国议论的话题，为妖魔化那些该死的白票人增加一个论据，一个借口，一条理由。也正因为如此，人们不难理解，为什么国防部长刚才凑到他的同僚内政部长耳边，撇着嘴悄悄说，臭狗屎，现在我们该干什么臭狗屎的事呢。如果另外有谁听到了他的问话，一定会足够聪明，装聋作哑，默不作声，因为他们来这里开会正是为了知道现在要干什么臭狗屎的事情，并且可以肯定，他们不会两手空空离开这个会议室。

首先讲话的是共和国总统，先生们，他说，我认为，并且相信大家都同样认为，我们正在经历第一次选举以来最困难最复杂的时刻，那次选举中暴露出一个规模巨大的颠覆运动的存在，但我国的安全部门没有察觉，这个颠覆运动不是我们发现的，而是其本身决定露出真实面目，内政部长先生的工作一直得到我个人的和体制上的支持，他一定会同意我的看法，不过，最糟糕的是，直到今天我们还没有在解决这一问题的道路上迈出切实的一步，并且，或许更为严重的是，我们不得不无可奈何地旁观一次他们精明的战术打击，即指使暴乱者们帮助我们的选民把破烂东西搬回家里，这种事，先生们，这种事只有具备权术头脑的人才做得出来，有人躲在幕后随心所欲地操纵那些木偶，我们所有人都知道，让人们掉头往回走是我们一个痛苦的需要，但是，现在我们应该准备应对他们可能发动的另一次行动，会导致另一次撤退的行动，这将不是全家出动，不是汽车队伍的精彩演出，而是单独的个人或者人数不多的小组行动，他们不走大路，而是穿过田野，国防部长先生会对我说，他有巡逻队在那里巡逻，沿边界线安装了电子监视器，当然，我不怀疑这些手段的效力，但我认为，要想完全阻止他们，只能围绕首都筑起一圈不可逾越的高墙，用水泥板建成的高墙，我估计高度要在八米左右，显然还需要现有的电子监控系统支持，还要辅以必要数量的带刺铁丝网，我坚信，任何人都无法从那里通过，甚至连一只苍蝇都不行，请允许我说句俏皮话，这并非因为苍蝇飞不过去，而是我从其习性推断，它没有任何理由飞那么高。共和国总统停顿一下，清清嗓子，最后说，总理先生已经了解我刚刚提出的建议，一定会尽快将其交由政府讨论，自然，政府将根据权限决定其实施的适宜性和可行性，我只说这些，我不怀疑你们将为此贡献全部智慧。桌子周围响起一阵礼节性的窃窃私语，总统理解为心照不宣的同意，不过，假如他发觉了财政部长说了一句话，肯定会改变这个想法，财政部长从牙缝里蹦出来的是，让我们到哪里去为这个昂贵的疯狂工程筹钱呢。

总理习惯性地把摆在眼前的文件从一边推到另一边，然后开始讲话，共和国总统先生，刚才以我们熟悉的精辟见解和严谨风格勾画出我们所面对的困难和所处的复杂形势，因此，由我来为其演说补充细节纯属多余，充其量只能对某些方面强调一下，从最近发生的事件来看，我认为我们需要彻底改变战略，在诸多因素当中，应当特别关注以下情况，由于出现了明显的团结互助的举动，可能已经出现某种首都恢复平静的气氛，这种气氛或许会扩展开来，这背后无疑有玩弄权术的成分，是出于政治原因做出的决定，在过去的几个小时里举国见证了所发生的事情，请诸位读一读各家报纸的特刊，清一色的溢美之词，因此，我们首先必须承认，召唤异议人士回归理性的所有尝试一个接一个地彻底失败了，至少我本人认为，失败的原因可能是我们以往的镇压手段过于严厉，其次，如果我们坚持直至现在仍在采用的战略，如果我们加快强制手段升级，如果异议人士的回应一成不变，即不做任何回答，那么我们就不得不采取专制性质的激烈措施，比如说，不定期地取消本市民众的公民权利，为了避免有意识形态偏袒的嫌疑，也要把我们自己的选民包括在内，通过一个非常时期选举法并在全国适用，规定空白选票等同于无效选票，以避免瘟疫蔓延，等等。总理停顿一下，喝一口水，接着说，我谈了改变战略的必要性，但不是说已经确定，立即实行，而是必须假以时日，让果实自然成熟，让他们的士气消沉下去，应当承认，我个人甚至愿意打赌，坚信会出现一个相对缓和的阶段，其间我们将设法利用似乎正在出现的微小的和谐迹象，从中获取最大的好处。他停顿了一下，好像还要继续说下去，但是只说了一句，下面我来听取你们的意见。

内政部长举手表示要发言，他说，我注意到总理先生说他相信我们的选民能够做工作，劝导那些人回心转意，我承认，听到把那些人简单地称为异议人士，我非常惊讶，还有，我觉得您没有谈及相反的可能性，即颠覆活动的党徒会用其恶毒的理论搅乱守法公民的思想；说得对，我确实没有想到提一提这种可能性，总理回答说，但是，请设想一下，如果出现这种情况，也不会导致任何根本变化，可能出现的最糟糕的情况是，投空白选票的人数从现在的百分之八十多升为百分之百，在这个问题上发生的量的变化对其质的表述不会产生任何影响，当然，如果能够达成一致则另当别论。那么，我们怎么办呢，国防部长问道；正是为了这个问题我们才来到这里，进行分析，考虑和做出决定；我想，其中包括总统先生提出的建议，我现在就对总统的建议表示热情支持；总统先生建议的工程规模浩大，涉及层面复杂，必须任命一个专门委员会负责认真研究，另一方面，我相信有一点很明显，就是建立隔离墙不可能立即解决我们面临的任何一个困难，并且必将造成另一些困难，总统先生了解我对这个问题的想法，但对总统先生个人和职务方面的忠诚不允许我在内阁会议上保持缄默，但这并不意味着，我再说一遍，不意味着上述委员会不尽快开始运作，该委员会应当在一个星期之内成立。共和国总统难以掩饰心中的不快，他说，我是总统，不是教皇，因此绝不自以为一贯正确，但我希望我的建议作为急件讨论；总统先生，我本人已经说过，总理赶紧回答说，我向您保证，您会在比您所想的更短的时间内听到该委员会开始运作的消息；不过，我们要像盲人一样摸索着朝前走了，总统抱怨说。一阵寂静，如果用刀子去割的话，这寂静足以让最锋利的刀刃变钝。是的，像盲人一样，他没有察觉在场的人全都局促不安，又把这几个字重复了一遍。从会议室最里边传出文化部长平静的声音，他说，与四年前一样。这时，国防部长突然站起身来，如同受到粗暴下流行为的侮辱一样，忍无可忍，脸涨得通红，用食指指着文化部长说，先生，你无耻地破坏了一个我们所有人都同意了的全国沉默公约；据我所知，没有任何公约，更谈不上什么全国公约，四年前我已经不年轻，但丝毫不记得民众被叫去签署一纸文件，承诺只字不提我们所有人一连几个星期失明的事；说得对，正式的公约确实没有，总理说，但是，当时我们都是这样想的，无须为此达成协议并写在纸上，这是因为，为了保证心理健康，我们应当把经历的那场可怕的苦难仅仅当作一个可恨的噩梦，当作曾在梦中而不是在现实中存在过的什么东西；在公开场合可能这样，但是，总理先生，您一定不会试图说服我，让我相信您在家庭内部也从来不曾说起过那件事；说起过还是没有说起过都无关紧要，家庭里边的许多事都出不了那四面墙，还有，请允许我告诉你，你提到四年前我们当中发生的那个至今无法解释的悲剧，表明你有非常不雅的情趣，这种事情发生在一位文化部长身上，出乎我的意料；对不雅情趣的研究，总理先生，应当是文化史中的一章，而且是篇幅最长内容最丰富的章节之一；我说的不是这类不雅情趣，而是另外一类，我们通常也称之为缺乏智慧；看来总理先生有类似这样的想法，死亡是因为有了这个名字才得以存在的，任何我们没有为其命名的东西都不存在；有无数的东西我不知道名称，动物，植物，还有形状不同，大小不一，用途各异的工具和设备；但是，您知道，它们是有名字的，这您就该放心了；我们离开了讨论的问题；不错，总理先生，我们离题了，我只是说了一句，四年前我们失明了，现在我要说，我们很可能仍然在失明。群情震怒，或者几乎如此，抗议声四起，人人都想发言，你推我搡，甚至天生一副公鸡嗓、平时很少开口的交通部长，现在也要麻烦一下他的声带了，我要求讲话，我要求讲话。总理看了看共和国总统，像是在征求意见，不过纯粹是装装样子，总统怯生生地打个手势，没有人注意到其含意，因为他的政府首脑已经把手举起来说，考虑到现在互相质问可能引发冲动和偏激情绪，继续讨论下去毫无用处，所以我不再让任何一位部长发言，更何况，也许没有人注意到，更何况文化部长先生一语中的，把我们眼前遇到的祸患比作新形式的失明症；我没有这样比较，总理先生，我只是提到我们曾经失明，很可能我们仍然在失明，任何超越初始命题的非逻辑性推理都是不合理的；改变字词的位置往往表示改变其含义，但是，它们，我指的是这些字词，对其一个个加以斟酌就会发现，从实质上看，如果我可以这样表达的话，它们仍然是原来的意思，分毫不差；因此，在这件事情上，总理先生，请允许我打断您的话，我希望您明白，改变我说出的字和词的位置及含义的责任，由您，只由您一人承担，我既没有添砖，也没有加瓦；我们这样说吧，你加了瓦，我添了砖，砖和瓦加在一起使我有权说，空白选票是失明症的一种表现，与前一种失明症具有同样的破坏性；或者叫复明症，司法部长说；什么，内政部长问道，他以为自己没有听清楚；我是说，投空白选票的人可以把空白选票视为复明的表现；在堂堂的内阁会议上，竟敢说出这样反民主的胡言乱语，你应当感到可耻，简直不像个司法部长，国防部长的怒火爆发了；我也在问自己，我是否曾经像此刻一样如此像个司法部长，或者说如此公正；你几乎让我相信你投了空白选票，内政部长讥讽道；没有，我没有投空白选票，不过下一次我会考虑。当这一声明引起的愤慨的低语声开始平息下来的时候，总理的一声诘问让全场顿时鸦雀无声，你意识到你刚才在说什么吗；非常清楚地意识到了，清楚到我现在就把您任命的职务交回您的手中，我提出辞职，这位已经既不是部长，又不再司法的人回答说。共和国总统脸色煞白，活像一块被人随便扔到椅背上就再也没人理会的破布，他说，我从来不曾想到过，活到了今天，还不得不面对这个人背信弃义的嘴脸。他想，这句话必将载入史册，无论如何也要随时提醒，让对方牢记在心。刚才还是司法部长的那个人站起身来，向总统和总理的方向点点头，径自离开了会议室。拉动椅子的声音打破了寂静，原来文化部长也站起身，在会议室最里边用洪亮的声音宣告，我请求辞职。好啊，你那位朋友刚才以值得赞扬的坦率向我们做出了承诺，先生，你莫不是也在想着下一次吧，政府首脑企图奚落对方；我相信没有这个必要，在最近那次我已经想到了；这句话的意思是；就是你听到的这些，没有更多的意思；你想退出吗；我正在走，总理先生，如果我回头的话，也只是为了告别。门开了，又关上了，桌子旁边留下了两把空椅子。这，嗯，共和国总统叫道，我们还没有从第一次打击中恢复过来，接着又挨了一记耳光；这算不上什么耳光，总统先生，部长们出出进进，这是家常便饭，总理说，既然政府班底完整地走进这里，也要完整地走出去，好，就由我来掌管司法部门，公共工程部长先生管理文化事务；恐怕我缺乏必要的能力，刚刚被点到的这位部长说；你完全能胜任，正如一些专家总是在跟我说的，文化也是公共工程，所以由你兼任再合适不过了。总理按一下铃，命令应声来到门口的杂役，把那两把椅子撤下去，然后转向内阁各个成员，休息十五分钟到二十分钟，总统先生和我先到隔壁的小会议室。

半个小时以后，部长们返回会议室，围着桌子坐下来。已经看不出有人缺席。共和国总统走进来，他表情茫然，活像刚刚得知一个意义在他理解力之上的消息。总理则相反，一副志得意满的样子。用不了多久就会知道个中原因。我曾在这里提请诸位注意，总理开始讲话了，由于从危机开始以来策划和实施的各项行动均无成效，急需改变战略，那时候绝对不曾想到，一个非常可能使我们走向胜利的主意竟然会来自一位已经不在我们中间的部长，大家一定猜到了，我指的是前文化部长，多亏这位前部长，才使我们再次证明，分析对手的主张以发现其中有益于我方之处是何等重要。国防部长和内政部长交换了一下眼色，看得出来，他们心中愤愤不平，现在只能等着听他如何为叛徒和变节者的智慧唱赞歌了。内政部长在一张纸上草草写了几个字递给他的同僚，我的直觉没有错，从事件一开始我就怀疑那些家伙；国防部长以同样的方法，同样小心翼翼地回复，写道，我们一直想渗透到他们当中，结果他们反而渗透到我们当中了。总理继续解释他根据前文化部长关于昨天曾失明今天仍然失明那个神秘莫测的说法中得出的结论，我们的错误，他说，直到今天我们还在为其付出代价的巨大错误恰恰在于，试图让四年前发生的那件事烟消云散，因为我们大家对那段往事历历在目，而不能将其从记忆中抹去，于是试图消除表示该事件的那个词，那个名称，正如那位前同僚刚才指出的，仿佛只要不说出我们指定表示死亡的那个词，就足以让死亡不复存在；你不觉得我们正在脱离主要问题吗，共和国总统问道，我们需要的是具体客观的建议，内阁会议必须做出重要决定；恰恰相反，总统先生，这正是主要问题所在，如果我没有想错，这个想法将为我们提供彻底解决问题的可能，而我们以往充其量只是缝缝补补，过不了多久就又会破损和开线，仍旧破烂不堪；我跟不上你的思路，请你再解释解释；总统先生，先生们，让我们大胆向前迈出一步，用话语代替沉默，摒弃以前那种装作没有任何事情发生的愚蠢而无用的做法，公开谈论我们失明时候的生活状况，如果那也称得上是生活的话，让报纸旧事重提，让作家们大书特书，让电视台播放我们恢复视力以后拍摄到的残败景象，鼓励人们谈论我们忍受过的种种灾难，让他们去谈论死者，失踪者，废墟，火灾，垃圾，腐臭，然后呢，当我们把一直用来遮盖溃疡伤口的那块伪装正常生活的破布扯下来的时候，我们就会说，那些日子的失明症又以新的形式回来了，并提请人们注意四年前的白色失明症与现在的空白选票之间有类似之处，但把两者相比较是粗鲁的，骗人的，我本人头一个承认这一点，必然会有人立刻将其斥之为对智慧，对逻辑和对常识的侮辱，但也可能有许多人，我希望这些人很快成为绝大多数，他们将受到感动，对着镜子自问，是否会再次失明，这个比上一次更加凶险的失明症是不是正在使他们偏离正确方向，把他们推向万劫不复的深渊，这将意味着一个政治制度的崩溃，或许是彻底崩溃，在我们对这一威胁没有任何察觉的情况下，从根源上，在性命攸关的核心即投票选举上播下自身毁灭的种子，或者用一种同样令人不安的假设，即利用转换之术，制造出一个全新的陌生环境，使我们恍惚觉得仍然身处世代传承，千篇一律的选举氛围，把我们现在实现的视为一个重大胜利，那么我们不会再有任何地位可言。我坚信，总理接着说，我们需要的战略变化就在眼前，我相信我们完全有能力使制度恢复原状，但我是国家总理，不是叫卖蛇油的小贩，不会沿街吆喝其神奇疗效，虽然无论如何要告诉你们，即使我们不能在二十四小时内取得成果，我相信不超过二十四天一定可以开始看到成果，不过，斗争是长期的，充满艰辛，使新的白色瘟疫丧失破坏力需要时间，要求我们加倍努力，不要忘记，啊，不要忘记，绦虫可恶的脑袋隐藏在任何地方，正在策划肮脏的阴谋，在我们把它揪出来，给予应有惩罚之前，这个致命的寄生虫仍然会继续繁殖链体，削弱国家的力量，但是，我们将赢得最后一场战斗的胜利，今天，一直到取得最后胜利，我说的话和你们的话都将是实践诺言的保证，取得最后胜利的保证。一阵拉动椅子的声音，部长们一起站起来，热烈鼓掌。捣乱分子终于被清除，内阁团结得坚如磐石，一个领袖，一个意志，一个规划，一条道路。共和国总统坐在象征其尊严的大座椅上，两只手的手指指尖轻轻碰了碰表示鼓掌，连同他脸上严肃的表情，都使人察觉到他对总理在讲话中对他只字不提而产生的不快。他应当知道在同谁打交道。嘈杂的掌声开始平息，总理举起右手请大家安静，他说，凡是航行都必须有一位船长，在国家的航船面临危险航程挑战的时刻，这个船长的职位非总理莫属，但是，船上不能没有引导我们穿过辽阔海洋战胜暴风骤雨的罗盘，现在，先生们，引导我和航船，引导我们大家的罗盘就在这里，就在我们身边，他一直以其丰富的经验为我们指明方向，一直以其睿智的劝告鼓励我们，一直以其无与伦比的典范教导我们，因此，对总统先生阁下，我们要千万次地鼓掌，千万次地感谢。欢呼声又起，比上一次更加热烈，似乎不想结束，只要总理仍然在鼓掌，只要他头脑里的钟表还没有对他说，够了，可以到此为止了，他已经赢了，欢呼声就不会停止。掌声又持续了两分钟，像是为了确认胜利，然后，共和国总统热泪盈眶地拥抱总理，他说，这是政治家的一生中所能经历到的完美时刻，甚至名副其实的崇高时刻，接着，他用激动得有些哽咽的声音说，但是，无论我的明天如何，我都向你们保证，这一时刻永远不会在我的记忆中消失，在幸福的时光里它是我光荣的桂冠，在苦涩的日子中它是我心中的慰藉，我衷心感谢你们，以整个身心拥抱你们。再次鼓掌。

凡是完美的时刻，尤其是闪闪发光的崇高时刻，都有一个极其严重的弊端，就是持续的时间短暂。显然，若不是出现更加不利的情况，比如我们不知道这一时刻过去以后该怎么办，这一点弊端完全可以不再提及。但是，有一位内政部长在场，这种尴尬状况几乎可以忽略不计了。内阁刚刚开始重新运作，公共工程部长兼文化部长还在偷偷擦拭眼泪，内政部长举手要求发言；请讲，总理说；正如共和国总统先生满怀激情指出的，生活中有完美的时刻，有真正崇高的时刻，而我们刚刚非常荣幸地在这里享受到了这两种时刻，受到总统感谢的时刻，以及总理对在座的各位一致通过的新战略进行说明的时刻，对于新战略，我要在这里谈一点看法，这并非撤回我的欢迎和支持，我绝对没有类似想法，而是为了扩大新战略的成果并为此创造条件，尽管我人微言轻，也难免有胆大妄言的时候，我指的是总理先生说的，他不指望在二十四小时内取得成果，但是相信在二十四天之内成果会出现，我对总理先生满怀尊敬，但是不相信我们有条件等待二十四天，或者二十天，或者十五天，或者十天，因为社会的大厦已经出现裂缝，墙壁正在摇晃，根基颤动不止，随时可能坍塌；除描绘一个大厦将倾的画面之外，你还有什么建议向我们提出来吗，总理问道；是的，先生，内政部长好像没有察觉总理的讥讽，不动声色地回答说；那么，请给我们明示；首先我应当说明，总理先生，除对我们通过的您的意见有所补充以外，我的建议没有任何别的意图，不是修正，不是修改，不是完善，而是我希望诸位能够关注一个完全不同的东西；接着说，不要绕弯子，直截了当地谈问题；我的建议是，总理先生，是一次快速行动，突击行动，有直升机参加；你不会说想对城市进行轰炸吧；是的，先生，我想用纸轰炸；用纸；完全正确，总理先生，用纸轰炸，按照轻重顺序，首先是由共和国总统先生签署的一份致首都民众的文告，然后是一系列的简短而有效的信息，为实施总理先生所主张并估计效果较慢的行动开辟道路和准备心理条件，也就是说，报纸，电视台，关于我们失明时代生活经历的回忆录，作家们的文章，等等，这方面我要提醒一下，我领导的内政部有自己的写作班子，这些人在说服他人的技艺方面久经锻炼，据我所知，就这一点而言，作家们只有通过极大的努力才能在短时间内做到；我看这个主意很好，共和国总统打断了他的话，不过，文告显然必须由我批准，我会对其进行我认为适当的修改，总之我认为很好，是个了不起的想法，并且，把共和国总统放在斗争第一线，这是巨大的政治优势，是的，先生，这个主意很好。会议室响起赞同的低语声，向总理表明内政部长赢了这一局；就这样做吧，马上做必要的准备，总理是这样说的，内心却在政府人员业绩考核本中有关内政部长的那一页又增加了一个负面评级。

11

或迟或早，更确切地说，或早或迟，命运总会让趾高气扬者灰头土脸，内政部长所受的羞辱充分证实了这个令人欣慰的观点，他本来以为，与政府首脑在拳击场上进行的长期搏斗中，他的这一次攻击在最后关头取得了胜利，而他看到的却是，上天出乎意料地出面干预，在最后一刻决定站到政敌那边，导致他的所有计划都付诸东流。但是，最为关注此事的权威观察家们认为，归根结底，或者说从一开始，完全是共和国总统的过错，为了对首都市民进行道德熏陶而由直升机投放总统签署的文告，偏偏因为他拖延批准而耽误了时间。在内阁会议召开之后一连三天，苍穹万里无云，向世界展示着其湛蓝平滑的衣裳，既无缝痕，又无皱褶，尤其是没有风，如果在这样美好的天气里把文告从空中撒下，看它们跳着精灵般的舞蹈徐徐飘落，街上的行人，或者出于好奇来到街上看看上天送来什么喜讯的人们，都会争先恐后地捡拾。在这三天的时间里，接受审阅的文告不知疲倦地在总统府和内政部之间来回奔波，有几次理由充足，其余几次则仅仅由于简单的概念问题，几个词删除了，用另一些代替，但后者马上遭到与前者同样的厄运，一些句子与前文不够搭配，与后文又不太相容，不知道浪费了多少墨水，撕毁了多少纸张，这也是你们会明白的，写作的痛苦与创作的折磨的含义。第四天，上天等得不耐烦了，看到下面不温不火犹犹豫豫的样子，决定一清早就披上用低低的乌云织成的斗篷，这通常预示着雨天就要到来了。临近中午的时候开始下起零星小雨，时断时续，虽然这种讨厌的毛毛细雨有变成大雨的危险，但看上去似乎没有多少后劲。一直到后半晌，还处于下着雨又淋不湿人的状态，这时候上天好像受够了强忍真实感情的痛苦，在没有任何预兆的情况下突然发威，敞开胸怀，让雨水酣畅淋漓地落下来，声音连续而单调，雨点密集但并不狂暴，属于那种能够下整整一个星期，深受农作物感恩的好雨。内政部长却不想感恩。空军最高司令部是否允许直升机起飞，这本身就值得高度怀疑，即使起飞了，在这样的气候条件下从空中撒传单更加滑稽，这不仅因为街上罕见行人，即便出现几个也都匆匆忙忙，生怕淋成落汤鸡，更糟糕的是总统的文告会落到地上的烂泥里，或者被街道两旁的排水口张开的大嘴吞噬，更可能在水洼里泡软沤烂，被汽车轮子飞速驶过甩到一边，真的，一定会像我说的这样，只有法制狂和热衷于表达对上司的尊敬的怪人才肯弯下腰，从污泥浊水里捞起那份解释四年前全民失明与这次大部分人失明之间亲缘关系的文告。内政部长心烦意乱，他不得不眼睁睁地看着总理以国家紧急事务刻不容缓为名，并借助共和国总统被迫同意的事实，启动手下的传媒机器，包括报纸，广播，电视台以及所掌握的所有其他文字和视听载体，现在，不论是从属关系还是竞争关系，它们都必须设法让首都民众相信，非常不幸，他们又失明了。几天之后，雨停了，天空重新穿上蓝色衣裳，只是由于共和国总统执意坚持，甚至为此对政府首脑发了一通脾气，计划中一再拖延的第一阶段才得以实行。我亲爱的总理，总统说，请你牢牢记住，我没有放弃也无意放弃内阁会议上决定的东西，我仍然认为我有义务亲自向全国发表讲话；总统先生，请您相信，没有必要这样做，解释工作正在进行，不久将取得成果；即便成果后天就会出现，我也希望先投放我的文告；您所说的后天显然只是一种说法而已；那就更好了，那就马上给我散发；总统先生，请您相信；我警告你，如果不这样做，我们之间的私人关系和政治信任将不复存在，我将让你对此负责；请允许我提醒您，总统先生，我在议会仍然占据绝对多数，您用来威胁我的所谓丧失信任只是您个人的问题，没有任何政治影响；会有的，只要我到议会宣布，说共和国总统的话语权遭到总理剥夺；总统先生，请不要这样，这不是事实；这事实真真得足以让我在议会内外去说；现在就散发文告吗；文告和其他相关文件；现在散发文告已经是多余的了；那是你的看法，不是我的看法；总统先生，既然你称我为总统，就是你承认我的地位，因此，按照我的命令去做吧；如果您这样处理问题，我就是这样处理，我还要告诉你，我已经看够了你和你的内政部长之间的争斗，如果你觉得他不好，就把他撤掉，但是，如果你不愿意或者不能够撤换他，就请你忍耐，我相信，既然散发总统文告的主意出自他的脑袋，那么你也许能打发他挨家挨户去送；这不公平，总统先生；也许如此，我不否认，人会生气，会失去冷静，结果说出既不想说也不曾想说的话来；那么，我们之间的这件事就算结束了；这件事到此为止，不过我要直升机明天上午升空；好，总统先生。

如果这场激烈的争吵不曾发生，如果总统的文告和其他传单因为没有必要性而在垃圾里结束其短暂的生命，那么我们正在讲述的故事从这里开始就会完全不同。我们不能准确地想象如何不同，在哪些方面不同，只知道一定会不同。显然，一位关注着错综复杂的故事情节的读者，一位潜心分析并指望一切都有合理解释的读者，不会不提出疑问，总理和共和国总统之间的谈话是不是在最后时刻塞进这里的，目的是扭转故事情节的走向，或者问，是否由于结局早已命定，故事必须在这里转折，以引向即将被揭开的后果，而讲故事的人别无他法，只好把原先设想的后续故事放到一边，驾驶航船按照航海图上突然出现的新航道前进。对于这个或那个问题，很难做出让读者完全满意的回答，除非讲故事的人异常坦率地承认，如何把这个前所未有的全城决定投空白选票的故事顺利写完，他从来没有太大把握，因此，共和国总统和总理的激烈争吵戛然而止，对他来说如同天上掉馅饼，否则人们就无从理解，他为什么无缘无故放弃了费尽笔墨展开的故事情节主线，不再描写不是事实但可能发生的事，而去描写是事实但本不可能发生的事。直截了当地说吧，我们指的是一封信，内政部的写手们用生花妙笔推论，四年前集体失明的悲剧与现在的选举迷失两件怪事之间很可能存在必然的关联，他们的文章印在花花绿绿的传单上，由直升机撒向首都的街道，广场和公园，共和国总统就是在发放传单三天之后收到了上面提到的这封信。写信人运气不错，他的信落到了总统的一位秘书手中，而这位秘书谨小慎微，一丝不苟，属于那种读完正文的小字之后才读大字标题的人，属于那种能够从模糊不清的字迹中发现埋在地里等待浇灌尚未发芽的微小种子，并知道必将收获什么东西的人。现在把该信抄录如下。尊敬的共和国总统阁下。我以应有的关心和尊重认真阅读了阁下致全国人民，尤其是首都居民的文告，并充分意识到，祖国正陷入危机之中，这要求我们每个人满怀热忱，对已经出现或可能出现在我们眼前的奇怪现象随时保持高度警惕，这是我作为本国公民应尽的义务，请允许我呈禀几个不为人知的事实供阁下明断，这或许有助于更好地了解降临到我们头上的祸殃属于何种性质。我之所以禀告这件事是因为，我虽然只是个普通人，但像阁下一样，认为最近投空白选票的失明症，与以前那次让我们所有人脱离世界达几个星期之久的永远难以忘怀的白色失明症，两者之间一定存在某种联系。我想说，共和国总统先生，现在的失明症或许可以用第一次失明症来加以解释，两者或许可能用同一个人的存在来加以解释，甚至也许能用该人的行动来解释，我不太确定。但是，我一贯有公民意识，不允许任何人怀疑这一点，因此，在继续写下去之前我要说明，我不是告密者，不是检举者，更不是密探，我只想为我的祖国效力，因为她正处于痛苦之中，没有一座灯塔为她指明获救的道路。我不知道现在正在写的这封信是否足以点亮灯塔，我怎能知道呢，不过，我再说一遍，是义务就应当履行，此时此刻，我真的把自己视为一名战士，正向前迈出一步，自告奋勇担当这一使命，这一使命，共和国总统阁下，就是披露一件事情，使用披露这个词是因为这是我第一次向别人说起这件事，四年以前，一个偶然的机会，我和我的妻子成了一个七人小组的成员，这些人和许多其他人一样，为了生存不顾一切地进行斗争。人们会以为，我说的事情分文不值，大家都有亲身经历，可是，有一点没有人知道，就是那个小组里面有一个人一直没有失明，她是个女人，一位眼科医生的妻子，她的丈夫和我们所有人一样，也瞎了，但她没有。当时我们曾庄严宣誓，保证守口如瓶，绝不再提及此事，她说，她不愿意在我们全都恢复视力以后被人视为稀有人群，接受询问或者研究，现在我们的视力都已经恢复，最好把这件事忘掉，当作什么事情也没有发生。直到今天我一直遵守誓言，但现在不能继续沉默下去了。共和国总统先生，请允许我告诉您，如果这封信被当作检举信，我会感觉遭受了侮辱，尽管从另一个角度看也许算得上名副其实，这是因为，有件事阁下也不知道，在那些日子里发生了一起杀人案，罪犯正是我所说的那个人，不过这是个与司法有关的问题，我别无他求，只是乐于履行一个爱国者的义务，请阁下屈尊关注一个至今不为人知的事实，而通过对这一事实的审查也许能找出现行政治体制遭受无情攻击的原因，我指的是这次新的白色失明症，请允许我冒昧地引用阁下的话，这次新的白色失明症攻击的正是民主制度基础的核心部位，而此前没有任何一个集权制度曾经做到这一点。共和国总统先生，如果您或者您指定的机构对此事进行必要的全面调查，我当然乐意听从吩咐，对这封信中提供的情况加以解释和补充。我发誓，对上面提到的那个人，我不怀丝毫敌意，但是，阁下是祖国最当之无愧的代表，您所代表的祖国高于一切，这是我的信条，是所有履行义务之后才感到心安的人的唯一信条，我就是这样的人。顺致敬意。随后是写信人的签名，左下角有写信人的全名，地址，电话号码，以及身份证号码和电子邮箱。

共和国总统慢慢把信纸放在办公桌上，沉思片刻，然后问他的办公室主任，这件事有多少人知道；除打开信封做登记的秘书以外，没有任何人知道；此人是否可靠；总统先生，我觉得我们可以相信他，他是本党党员，不过，尽管如此，也许最好有个人让他明白，一点儿风声都不可走漏，否则他吃不了兜着走，如果总统先生同意我的建议，就应当直接告诉他；由我告诉吗；不，总统先生，由警方去办，这只是个办事效率的问题，把那个人叫到警察局，让最粗野的警员把他塞进一间审讯室，把他吓个半死；我并不怀疑这样做能够取得良好的效果，但是，我看有个很严重的困难；什么困难，总统先生；送达警方必须走程序，要用几天的时间，在这几天里那家伙保守不住秘密，会走漏风声，告诉妻子，说给朋友，甚至跟记者谈起来，总之，会给我们惹出麻烦；说得对，总统先生，最好的解决办法是赶紧给警察局局长打个招呼，如果您愿意，这事我非常乐于承担；在政府的层级链条上抄近路，越过总理，你是这样想的吧；如果事情没有这样严重，总统先生，我是不敢这样造次的；亲爱的朋友，我们都知道，没有不透风的墙，世界各处莫不如是，你说那位秘书值得你信任，这话我相信，但我不能说警察局局长也是这样，你想一想，他与内政部长过从密切，另外，还有一种更为可能的情况，如果内政部长不直接来找我理论，而到总理那里去讨说法，总理一定想知道我是否企图越过他的权限，这样一来，在短短几个小时之内，我们想保守的秘密就会闹得沸沸扬扬，尽人皆知；总统先生，还是您看得准确；我不会像另一个人那样说，我永远不会错并且极少产生疑问，但我也几乎，几乎不会错；那么，总统先生，我们怎么办呢；把那个人给我叫来；是秘书吗；对，他看到了那封信；现在吗；一个小时以后可能就太晚了；办公室主任拿起内部电话，接通了秘书，立刻到总统先生办公室来，要快。穿过大楼的几个走廊和几个大厅，通常至少要五分钟，但秘书只用了三分钟就到了门口。只见他气喘吁吁，双腿不停地颤抖。伙计，用不着快跑嘛，总统带着慈祥的微笑对他说；总统先生，办公室主任先生让我赶快来，秘书上气不接下气地说；很好，我是为这封信让他叫你来的；是，总统先生；当然，这封信你已经看过了，对不对；对，总统先生，看过了；里面写的什么，记得吗；马马虎虎，总统先生；不要拿这类话应付我，回答我的问题；是，总统先生，我记得很清楚，就像此刻刚刚读完一样；你觉得能够努力把信的内容忘掉吗；能，总统先生；好好想一想，你应当知道，努力与忘掉不是一码事；对，总统先生，不是一码事；所以，仅仅努力大概还不够，还需要多一点儿什么；我以我的人格许诺；我话已到嘴边，很想再对你说一遍，不要拿这类话应付我，不过我还是愿意让你给我解释清楚，在这件事情上，你浪漫地称为以人格许诺的真正含义是什么；真正的含义，总统先生，是庄严声明，无论如何，不管发生什么事情，我都不会以任何方式把信的内容传播出去；你结婚了吗；我已婚，总统先生；我问你一个问题；我来回答；假设你向你的妻子，只向她一个人，透露了这封信的性质，严格说来，你认为是否算传播了呢，当然，我指的是传播了那封信，显然不是传播了你的妻子；没有传播，总统先生，所谓传播，是散布，公布；你对字典不生疏，我很满意，你通过了考核；但此事我连自己的妻子都不会告诉；你的意思是，什么都不对她说；不对任何人说，总统先生；你以人格向我保证；请原谅，总统先生，我刚才已经；你看，我把你已经做出承诺的事给忘记了，如果再忘记的话，请办公室主任先生负责提醒我；好的，总统先生，两个人同声回答说。总统沉默了几秒钟之后问道，我们设想一下，我要看一看那封信在函件登记簿上是怎样写的，在我不从这把椅子上站起来的情况下你可以让我知道吗；上面只有一个词，总统先生；你的综合能力大概不同寻常，把长长的一封信归结为一个词；总统先生，这个词就是申诉；什么；申诉，在登记簿上登记的内容一栏只有这个词，申诉；没有别的了吗；没有了；可是，这样人们就不会知道那封信的内容了；我正是这样想的，总统先生，他们最好不要知道，申诉一词适用于一切情况。总统心满意足地靠在椅背上，面带微笑，对精明的秘书说，你应该从一开始就这样说，就不用搬出人格做如此庄严的承诺了；总统先生，一个慎重保障另一个慎重；不错，确实不错，不过你还要经常看一看登记簿，防止有人心血来潮，在申诉这个词后面增添什么东西；防线已经封好了，总统先生；现在你可以走了；是，总统先生。门关上了，办公室主任说，必须承认，我没有料到他能如此主动，我相信他会以最好的方式向我们证明他完全值得我们信赖；也许值得你信赖，而不是我信赖；可是，我本来想；你想得对，亲爱的，但同时也想错了，对人群进行区分，最为可靠的方法不是把他们分为精明者与愚蠢者，而是分为精明者和过分精明者，对于愚蠢者我们可以随意处之，对于精明者是让其为我们效劳，而那些过分精明者，即便他们站在我们一边，本质上也是危险的，他们不能脱离其本质，有趣的是，他们往往以其行为告诉我们，要提防他们，而我们一般注意不到这一点，最后不得不承受其后果；那么，总统先生，您是想说；我想说的是，我们这位谨慎的秘书是个善变的家伙，竟然把一封让我们惴惴不安的信函变成了简单的申诉，正如我们刚才说的那样，用不了多久警方就会把他叫去，吓他个半死，他本人不是说过吗，一个慎重保障另一个慎重，只是他当时未曾想到那句话的全部含义；您的想法总是很正确，总统先生，您的目光总是放得很远；是这样，不过，作为政治家，我一生最大的失误就是让自己坐在了这把椅子上，没有及时发现椅子的两个扶手是一副手铐；非总统负责制导致了这样的结果；不错，正因为如此，除剪彩和亲吻儿童之外，留给我做的事情不多；现在，有这封信在手，您就胜券在握了；这封信交到总理手中那一刻，胜券就落到他的手里了，我只不过扮演一个邮差的角色；他把信交给内政部长以后，很快就会转到警察局，警方是流水线的终端；你学到的东西不少；因为我在一所好学校，总统先生；你知道吗；我洗耳恭听；我们暂时不要惊动那个可怜虫，说不定我回到家里以后，或者晚上钻进被窝里的时候，会把那封信里说的事情告诉我的妻子，而你，我亲爱的办公室主任，很可能和我做的一模一样，你的妻子会像对待英雄一样望着你说，我亲爱的丈夫，你知道国家这么多秘密和其中的阴谋诡计，消息灵通，不戴口罩就能呼吸政权的臭水沟里冒出的腐臭气味；总统先生，请您；不要介意，我自认为没有坏到与那些最糟糕的人为伍的地步，只是偶尔也意识到这还不够，这种时候我心灵遭受的痛苦是无法用语言形容的；总统先生，我的嘴闭上了，并且永远闭着；我的也一样，和你一样，但有时也会想象，如果我们都开口说话，这个世界将会是什么样子，那时；那时又如何，总统先生；不说了，不说了，让我独自待一会儿。

过了不到半个小时，总理被紧急召到总统府。他走进总统办公室，总统示意让他坐下，拿出一封信，对他说，请看看这封信，把你的看法告诉我。总理坐在椅子上，开始读信。大概读到一半的时候，他抬起头，脸上露出询问的表情，仿佛难以明白刚才听到的话，然后又读起来，再也没有其他肢体表示，一口气看完了。一位满怀善意的爱国者，他说，同时又是个无赖；无赖，为什么是无赖，总统问道；如果这里面讲述得准确无误，假设那个女人曾经存在，确实没有失明，并且在那场灾难中帮助了其他六个人，那么就不能排除以下可能，即他有幸活到今天多亏了那个女人，如果我的父母能有幸遇到那个女人，说不定今天还活在世上；信里说她杀了某个人；总统先生，谁也不能准确地知道在那些日子里有多少人被杀，当时曾经决定，所有找到的尸体都被视为因事故或自然因素死亡，并宣告就此终结，不再提及；再庄严的决定也不能阻止别人提及；道理是这样，总统先生，但是我的意见是维持原状，我想不会有目击证人为上述犯罪做证，并且，即使在那个时刻有人见证，也不过是盲人中的盲人，以一个没有任何目击者且不存在罪证的罪名，把一个女人送上法庭，此事不仅荒唐，而且愚蠢；写信人说是她杀的；是这样，但他没有说曾目击犯罪，另外，总统先生，我再说一遍，写这封信的人是个无赖；从道德角度做出的判断与此案无关；这我清楚，总统先生，但总可以表达一下这方面的观点。总统拿起那封信，看了一眼，又好像什么都没有看到的样子，问道，你想怎么办；我认为，什么都不做，总理回答说，这是一桩无头案，无从下手；你注意到了吧，写信人暗示这样的可能，那个女人当时没有失明这一事实与现在众多的选民投空白选票有关，而正是后者把我们推进了当前的窘境；总统先生，有些时候我们之间不能达成一致；这很自然；对，很自然，同样自然的是，我毫不怀疑，您的智慧以及常识一定拒不接受以下看法，一个女人，仅仅因为四年前不曾失明，今天就应当为数以万计参加选举的选民投了空白选票承担责任，而这些选民从来没有听说过这个女人；这是你的说法；不会有别的说法，总统先生，我的意见是，把那封信归档，塞进那些精神错乱胡言乱语的废纸堆里，让这件事消失，让我们继续为面临的问题寻找解决办法，真正的办法，而不是云山雾罩想入非非的办法，不是低能儿发泄恼恨的办法；我想你说得不错，我对这一连串的荒唐事看得过分认真了，还专门请你来谈，浪费你的时间；没关系，总统先生，就算我浪费了时间，如果非要这样说不可的话，那么我们意见达成一致，就是超值回报了；我对你更加了解了，我很高兴，感谢你；请您忙您的工作吧，我回去忙我的事了。总统刚刚伸出手要告别，电话铃急促地响了起来。他拿起话筒，听到女秘书说，总统先生，内政部长先生希望与您通话；接通吧；电话打了很长时间，总统一直在听对方说，随着时间一秒一秒地过去，他脸上的表情不断变化，偶尔嘟囔一声，对；有一次说，这情况要研究一下，最后说了一句，你跟总理先生说吧。他放下话筒，对总理说，是内政部长；这位和蔼可亲的家伙要干什么呀；他收到了一封内容相同的信，决定开始调查；坏消息；我告诉他找你谈谈；我听到了，但仍然是个坏消息；为什么；我非常了解内政部长，相信很少有人像我一样对他了如指掌，可能现在他已经和警察局长谈过了；阻止他；我试试，恐怕徒劳无功；行使你的权力；众所周知，国家处于严重的危险之中，正在这个节骨眼儿上，让他们指控我阻碍对有关国家安全的事实进行的调查，是这样吧，总统先生，总理

165

问道，接着又补充说，先生您将会是头一个撤回支持的，而我们刚刚达成的谅解也将只是个幻想，不对，是已经成为幻想了，因为它毫无用处。总统点头表示同意，然后说，你来这里以前不久，我的办公室主任谈到那封信，说了句相当发人深省的话；他说了什么；说警察局是流水线的终端；祝贺您，总统先生，祝贺您有一位称职的办公室主任，不过最好告诉他，有些真相不适合高声说出来；我的办公室经过隔音处理；这并不意味着这里没有几个经过伪装的麦克风；我会叫人来检查一下；无论如何，总统先生，请您相信我，万一真的发现了，那绝对不是我让人安装的；一个不错的俏皮话；是悲凉的俏皮话；亲爱的朋友，我非常遗憾，形势把你逼进了这个死胡同；还会有出口的，但可以肯定我此刻还没有看到，走回头路也已经没有可能。总统把总理送到门口，对他说，奇怪，写信人没有给你发一封同样的信；应当也写了，不过，看来总统府和内政部的秘书们工作起来比总理府那些人更认真勤快；又是一个不错的俏皮话；比起前一个来，总统先生，比起前一个来，这个悲凉得有过之而无不及。

12

的确，还有一封信是给总理的，只是交到他手里的时间迟了两天。他立即察觉到，负责函件登记的人不像共和国总统府的秘书那样敬业，并且已经确认，两天以来大量流言广为传播，要么是由于中层官员泄密，个个急不可待地显示自己消息灵通，对天堂的秘密一清二楚，要么是内政部蓄意散布出来的，目的是让总理的任何反对或掣肘警方调查的轻举妄动胎死腹中。还有一个我们称为阴谋的假设，即在总理被召到总统府的那天傍晚，总理与他的内政部长进行的所谓秘密谈话，其保密程度远不如人们所以为的那么严格，比如那几面墙壁的装饰层，谁知道里面是否安装着几个最新一代的麦克风呢，这些东西只有灵敏度极高的电子狗能够嗅到和追踪。不管怎样，不幸的事发生了，已经无可救药，国家机密到处流传。总理意识到可悲的事情的确已经发生，坚信保密已毫无用处，特别是当秘密不再是秘密的时候，于是他像是站在高处俯瞰世人那样把手一挥，仿佛在说，一切我都知道，你们别来烦我，然后慢慢把信折叠起来，放进外衣里面的口袋里。这封信直接来自四年前那场失明症，我要把它保存在身边，他说。看到办公室主任那惊慌失措的模样，他微微一笑，不要担心，亲爱的，与这封信一模一样的至少还有两封，还不算极可能正在流传的许多复印件。办公室主任脸上的表情突然间变得大惑不解，又像是心不在焉，似乎不明白刚才听到的话，或者他的灵魂突然跳出了躯壳沿街游荡，指责他干过什么伤天害理的事情，如果不是刚才干的就是很久以前干的。你可以走了，需要的时候我会叫你，总理说着从椅子上站起身，朝一扇窗户走去。开窗户的响动盖过了关门的声音。从窗户向外望去，一片低矮的屋顶清楚地展现在眼前。对首都的怀念之情涌上心头，他想到人们奉命投票的幸福时光，想到在充满小资产阶级情调的总理官邸和在国家议会度过的那些单调时光，想到一次次动荡不安而有时又快活有趣的政治危机，几乎每次都像燃烧时间已经预设，烈度受到控制的火苗，全是逢场作戏，人们从中不仅学会了不讲真话，还学会了在有利可图的时候把真话说得与谎言不差分毫，反之亦然，而且轻松自然。他问自己，调查是不是已经开始了呢，接着又长时间思考，参加行动的警员是不是原先留在首都负责收集情报但一事无成的那些人呢，或者，内政部长是不是更愿意派他的心腹嫡系去执行这项任务，这些人招之即来，用起来得心应手，说不定是受到冒险电影里动人场面的诱惑，他们秘密通过封锁线，腰带上别着匕首，匍匐前进，穿过铁丝网，用消磁器骗过可怕的电子监视器，像动作灵巧的鼹鼠戴上了夜视镜，在另一边敌人的地盘上冒出来，向目标进发。对于内政部长，他早已了如指掌，此人在嗜血方面稍逊于吸血鬼德古拉，但比起电影中战斗英雄兰博的装腔作势，却更胜一筹，他指挥的行动也一定会采取这种模式。不会错，肯定这样。夜里，三个人隐藏在包围圈边上的一片浓密的小树林里，等待着凌晨到来。不过，总理在办公室窗前胡思乱想的这一切并非都与我们看到的现实相符。例如，那些人都身着便服，腰带上没有匕首，皮革枪套里的武器只不过是手枪，人们称为可调式无声手枪。至于可怕的消磁器，这里没有看到，所带的各种设备当中也没有一件具有这种足以决定胜负的功能，不过仔细想想，这也许意味着他们故意使用了一种外表不像消磁器的消磁器。不久我们就会知道，在一个约定的时间，边界这一段的电子监视器关闭了十五分钟，十五分钟足以让三个人不慌不忙地一个接一个穿过铁丝网，还应当说明，今天铁丝网被剪开了一个口子，大小适当，不会撕破他们的裤子，不会划伤他们的皮肤。工兵将在东方出现早霞之前赶来修好，带刺的铁丝网经过短暂的收敛之后将重新露出尖尖的骇人的牙齿，巨大的笼式铁丝网向两边延伸，仍然守护着边界。三个人已经过去了，身材最高大的队长走在前头，带领着队员呈纵队队形穿过一片草地，草地潮湿得能渗出水来，在他们脚下低声呻吟。五百米外有一条二级市郊公路，一辆轿车停在那里，负责乘夜色把他们送到目的地，那是首都一家名不副实的保险与再保险公司，虽然既无当地顾客也无外地顾客，这家公司却没有破产。三个人是直接从内政部长口中得到命令的，命令一清二楚，斩钉截铁，我只要结果，不问取得结果的手段。他们身上没有带任何书面指示，也没有携带通行证，一旦出现比预想更糟的情况，无法出示任何证件保护自己或为自己辩解，因此，不排除以下可能性，如果他们的某个行为可能有损国家声誉及目的和程序的纯洁性，内政部会断然弃之不顾，让他们听天由命。这三个人如同放到敌人领土上的突击队，表面上看没有理由考虑拿生命冒险，但每个人都意识到所负使命的敏感性，要求在讯问中表现出才干，在战略上异常灵活，在执行中必须快捷。一切都是最高级别的要求。我不认为你们需要杀死某个人，内政部长曾说，不过，在极端情况下，如果没有其他路可走，那么就不要犹豫，引起的司法问题由我负责解决。司法部长的职位最近由总理兼任了，队长壮了壮胆子说。内政部长装作没有听明白他的意思，只是用眼睛死死盯着这个不识时务的家伙，队长不得不把目光移开。小轿车开进市区，在一个广场停下，更换了司机，最后又在市内转了大概三十圈，确认摆脱了任何可能的跟踪者之后，才来到一座写字楼门前，他们下了车，前面提到的保险与再保险公司就设在这座楼上。通常，这么晚了还有人进写字楼极不寻常，但看门人没有出来询问他们，可以设想，是头一天下午某个人好言好语说服他早一点上床睡觉，劝他即便因为失眠合不上眼睛也不要离开被窝。三个人乘电梯上到第十四层，向左拐走进一个走廊，然后向右拐，再往左拐，很容易找到该保险与再保险公司的办公室，因为任何人都能看见，门上有个金字塔形的黄铜镶嵌，顶部是一块失去光泽的长方形黄铜标牌，上面的黑色文字是公司的名称。他们走进屋里，一个队员打开电灯，另一个把门关上，挂上安全链。队长在屋里转了一圈，查看各种设备，检查设备与电源线的连接，然后走进厨房、卧室和盥洗间，打开用作档案室的房间的门，飞快地扫了一眼里面储藏的各种武器，同时得以呼吸一下熟悉的金属和润滑油的气味，明天他将一件一件地查看。他把助手们叫过去，自己先坐下，再叫他们坐下。今天上午，七点钟，他说，你们开始跟踪嫌疑人，要注意，他可能没有犯任何罪，我称他为嫌疑人，不仅是为了我们之间沟通方便，而且是出于安全考虑，不应当说出他的名字，至少在头几天如此，还要补充一点，我不希望这个行动拖到一个星期以上，我想首先要做的是了解嫌疑人在本市活动的总的情况，在什么地方工作，常到哪里去，跟什么人见面，也就是说，进行初步常规调查，在直接接触之前先了解当地的情况；我们能让他发觉有人在跟踪吗，第一个助手问道；头四天不让他发觉，但是以后，以后可以，我想看到他惶惶不安；既然他写了那封信，就应该等着有人去找他；到时候我们会去的，这正是我想做的，你们要设法让这种情况出现，让他惊慌于自己正被他所检举的人跟踪；指的是被医生的妻子跟踪吗；不是那个女人，当然不是，而是她的共犯，那些投了空白选票的人；如此，我们的进展是不是太快了，第二个助手问道，我们还没有开始工作，就在这里说起共犯来了；我们现在正在做的是制订一个草案，一个简单的草案，仅此而已，我想站在写那封信的人的角度，看到他所看到的东西；无论如何，我觉得跟踪一个星期时间太长了，第一个助手说，如果我们好好工作，三天之内就能完事大吉。队长皱皱眉头，本想坚持说，一个星期，说了一个星期就是一个星期，但又想起了内政部长，不记得他是不是曾经明确要求尽快取得结果，不过，从领导者口中听到次数最多的就是这种要求，并且没有理由认为本案是个例外，而应该是恰恰相反，因此他没有表现出太多的犹豫就同意了三天的期限，所谓上级和下级之间的正常关系，就是下级满足上级的要求，这种上级被迫向下级做出让步的情况是极为罕见的。队长说，我们有一张住在那座楼里的所有成年人的照片，当然指的是男性成年人，接着又补充了一句可有可无的话，其中一定有一个是我们要找的那个人；在没有确定他的身份之前，绝对不能跟踪任何人，第一个助手提醒说；是这样，队长勉强肯定了助手的意见，但是，无论如何你们必须在七点钟到达他居住的街道，占据有利位置，并跟踪两个最有可能是写信者的人，那时我们就开始工作了，好好利用你们的直觉，利用警察特有的灵敏嗅觉，一定有所收获；可以说说我的意见吗，第二个助手说；说吧；从那封信的内容判断，那家伙应该是个不折不扣的婊子养的；这就是说，第一个助手问道，我们要跟踪那些长得像婊子养的人了，他接着又补充说，我觉得，经验告诉我，最坏的婊子养的反而长得最不像婊子养的；其实，到身份证颁发部门去，那里有那家伙的照片，要一张复印件，这是最好不过的办法，既省时又省力。队长决定打断他们的争论，他说，你们该不是打算教神父如何念主祷文吧，没有下达进行这种侦查的命令，就是为了避免引起人们的好奇，导致行动夭折；对不起，队长，请允许我提一个不同看法，第一个助手说，一切都表明那家伙正急于把肚子里的货全都倒出来，我真的相信，假如他知道我们在什么地方，此时此刻他一定在敲我们的门了；我想是这样的，队长勉强忍住心中的恼怒，因为这七嘴八舌的批评可能毁掉他奉命执行的行动计划，他接着说，但是，直接接触之前，最好对他有尽可能多的了解；我有个主意，第二个助手说；怎么，又有主意了，队长没好气地问道；我保证，这回是个好主意，我们当中的一个人装作卖百科全书的，看他们谁走出门来；卖百科全书的，这个小伎俩都老掉牙了，第一个助手说，另外，一般是女人出来开门，如果我们要找的人独自一个人生活的话，倒也不失为一个极好的主意，不过，如果我没有记错，信上明明写着他是已婚；哎呀，第二个助手喊了一声。三个人安静下来，你看看我，我看看你，两个队员心里明白了，现在最保险的是等待上级说出他的主意。他们的原则是，即使上级满嘴胡说八道，也要立刻表示赞同。队长仔细掂量着前面所说的一切，试图把其中的一些建议纳入另一些当中，指望侥幸完成这个拼图，从而产生一个仿佛出自福尔摩斯或者波洛之手的杰作，让这两个下属惊愕不已，张着大嘴说不出话来。突然，他眼前一亮，似乎看到了前进的道路，他说，所有的人，除完全没有行动能力者之外，不会全部时间都关在家里，他们会出来工作，买东西，散步，所以我的想法是，利用那家伙家里没有人的时候进去查看，他的信里写着地址，我们不缺万能钥匙，家具上面总会放着照片，从那些照片里不难确定要找的人，如此，跟踪他就没有问题了，为了知道他家里是不是有人，我们可以先用电话试探一下，明天我们就通过公司的资料查出电话号码，也可以在电话簿里查找，两种办法，哪种都行。队长结束了这番蹩脚的谈话，他已经明白，这拼图看来是拼不成了。如上所述，两个下属都满怀善意地支持队长得出的结论，尽管如此，第一个助手还是感到不得不提醒一下，当然是用不伤害队长感情的语气，要是我没有想错，最好是，既然我们已经知道那个人的地址，最好是直接去敲他家的门，要是有人出来，就问他，某某人住在这里吗，如果是他，他就会说，是的，先生，是我，如果是他的妻子，这是最为可能的，她就会说，我去叫我丈夫，这样，用不着转多少弯，我们就直接把鸟儿抓到手里了。队长抬起握得紧紧的拳头，像是要猛地砸到桌面上的样子，但在最后一刻放弃了暴烈的举动，慢慢把胳膊放了下来，用越来越低沉的声音说，明天我们研究一下这个想法，现在我要去睡觉了，晚安。他正往这次侦查期间居住的房间门口走去时，听见第二个助手问，仍然是七点钟开始行动吗；队长头也不回地回答说，预定的行动暂时停止，等待新的命令，我再看看内政部发的方针，明天你们会得到新的指示，为了便于工作，我将对计划进行适当的修改。他再次道了晚安，听到两个队员回答队长晚安之后才走进了卧室。队长刚刚把门关上，第二个助手就要开口，另一个助手飞快地把食指举起来，竖到嘴唇上，摇摇头，示意不要再说。他挪开椅子，轻轻对第二个助手说，我要去睡觉了，如果你留下来，进去的时候要小心，不要把我吵醒。这两个人与队长不同，是下属，没有权利住单人房间，只能一起住在一个类似于集体宿舍的大房间里，里面摆着三张床，但很少有住满的时候。中间那张用的时候最少。比如像现在这样由两个警员合住，无一例外地会使用两张靠边的床，如果只有一个警察，大家知道，他也肯定愿意睡在其中一张靠边的床上，而绝对不会用中间那张，也许是因为睡在中间给人一种被包围或受拘押的感觉。即便是那些最坚强的老警察，也与这两个还没有机会一试身手的下级一样，需要靠近墙壁才感到安全。第二个助手明白了同事的意思，站起来说，不，我不留在这里，我也去睡觉。按照警衔高低，第一个助手先走进屋里，然后才轮到另一个，他们走过盥洗间，里面所需的卫生用品一应俱全，这一点必须提及，因为前面的叙述中我们从来不曾说到，除了一个小手提箱或简单的背包，里面装着换洗衣服，牙刷和电动剃须刀，这三个警察没有带任何别的东西。一个以天佑这么吉祥的名字命名的公司，如果想不到为在这里临时住宿的人提供保障其基本生活和努力完成使命所需的日常用品，那就太令人吃惊了。半个小时以后，两个助手都躺在各自的床上，穿着专用睡衣裤，睡衣上与心脏相对应的地方印有警察的徽记。到头来，内政部规划部门制订的计划一点儿用处都没有，第二个助手说；连向有经验的人征求意见这点最基本的事情都想不到，这样的情况肯定会出现，第一个助手回答说；队长不会没有经验吧，第二个助手说，要是没有经验，他也不会有今天；有时候过分接近决策中心会导致近视，目光变得短浅，第一个助手回答说，俨然是个知识渊博的学者；这就是说，如果有一天我们像队长那样，能够真正地爬上长官的位置，也会出现同样的情况吗，第二个助手又问；在这一点上，没有任何理由认为将来与现在不同，第一个助手胸有成竹地回答说。十五分钟以后，两个人都睡着了。一个人打鼾，另一个不打。

还不到早上八点，队长洗漱完毕，刮过脸，穿好衣服，走进客厅，内政部的行动计划，更准确地说是内政部长的计划，被扔到这位在警察局以忍耐见长的官员肩上之后，就被他的两个下属撕成了碎片，当然他们采用的方式谨慎得令人叹为观止，其谦恭的态度也值得称赞，甚至带有一点儿优雅的意味。队长从容地认可了这种状况，并且没有对他们产生任何恼恨，恰恰相反，他感到如释重负。夜里，他以坚强的毅力控制令他辗转反侧的失眠，现在，他以同样的毅力亲自担负起了此次行动的全部指挥权，该是谁的东西就应当慷慨地交给谁，不能不给，但必须说清楚，归根结底要交给上帝，交给当权者，后者是前者的另一个名字，所有的权力迟早都要物归原主。因此，几分钟以后，两个仍旧睡意未消的助手，身上穿着带徽记的睡袍和睡衣睡裤，趿拉着卧室的拖鞋懒洋洋地来到客厅的时候，发现队长已经坐在那里，恬静平和，充满自信。对这一点队长早有估计，预见到他将首先得分，并且已经出现在记分牌上。早安，小伙子们，他以亲切的语调问候两个助手，希望你们都休息得很好；很好，先生，其中一个说；很好，先生，另一个也说；那么，我们准备早餐，吃完以后准备一下就出发，也许能把那家伙堵在被窝里，这倒是挺有意思的，你们想想，今天是什么日子，星期六，谁也不会在星期六一大早起床，你们会看到，出来开门的人像你们现在这个样子，穿着睡衣睡袍，趿拉着拖鞋来到走廊，这样，他的防卫能力势必下降，心理上就矮了半截，快，动作要快，你们哪位自告奋勇准备早餐；我，第二个助手说，他清楚地知道，这里没有第三个助手。如果不是现在的情况，也就是说，如果内政部的计划没有被推翻，而是被毫无异议地接受，那么第一个助手必然会留在队长身边，即使实际上没有必要，他也要和队长一起敲定即将进行的调查工作的某些细节，但是，在现在的情况下，加上卧室的拖鞋造成的自卑心理，他决定以关心伙伴的姿态出现，慷慨地说，我来帮助他。队长表示同意，觉得这样很好，于是坐下来重新翻看头一天临睡做的记录。过了不到十五分钟，助手们回来了，手里拿着托盘，咖啡壶，牛奶锅，一盒蛋糕，还有橙汁，酸奶和果酱，无疑，政治警察的伙食又一次无愧于他们多年来的工作赢得的声誉。咖啡加凉牛奶，还是把牛奶热一热，助手们都能凑合，他们说，要回卧室收拾一下，马上回来；好，尽快回来。看到上级身穿西服，打着领带，他们却衣冠不整，胡子拉碴，眨着惺忪的眼睛，没有洗澡的身上散发着浓烈的夜间气味，以这副模样坐在上司旁边，实在无地自容，有失尊重。他们无须解释，在这种情况下，一句半句话并不一定说得明白。两个助手回到座位，气氛平和，队长自然做个顺水人情，让他们坐下，与他共进早餐，我们是同事，风雨同舟，有的官员时时不忘显示制服上的警衔纹饰，以博得别人尊敬，很是可悲，凡是了解我的人都知道，我不是那号人，请坐，请坐。助手们坐下了，还有些拘束，觉得在这种场合随随便便不大合适，两个流浪汉与一位相比之下堪称花花公子的人共进早餐，他们本该早早地从床上滚下来，在队长穿着睡衣睡袍走出卧室之前把早餐准备好，端上餐桌，可是我们，我们没有做到，而是衣冠不整，头发凌乱。能够最后毁坏最牢固的社会大厦的，不是轰轰烈烈的革命，而是行为中这些微小的日复一日重复的瑕疵。一个谚语包含着古人的智慧，如果你想让别人尊敬你，你就不要相信别人，但愿这位队长以工作为重，不要后悔。暂时看来队长对所负的责任蛮有把握，他说，这次行动有两个目的，一个是主要目的，另一个是次要目的，关于次要目的，我马上布置，以免耽误时间，就是对一切都尽可能进行调查，但原则上不过分着力于了解写信人所说的领导六个盲人的那个女人所犯的所谓罪行，关于主要目的，我们要尽所有力量和能力，使用一切必要的手段，无论如何也要达到，即调查清楚信中所说的当我们全都失明，跌跌撞撞的时候仍然保持视力的那个女人，以及她与新的瘟疫即投空白选票之间是否存在某种关系。找到她不会很容易，第一个助手说；所以我们才来到这里，为找到抵制选举的源头，我们做了大量努力，可惜至今所有尝试都失败了，也许那家伙写的信也不能帮助我们走多远，不过至少是一个新的调查线索；我难以相信那个女人在幕后指挥了一个有数十万人参加的运动，也难以相信，如果不彻底铲除祸根，她明天能集结数以亿计的人，第二个助手说；这两件事大概都不可能，不过，如果其中一件发生了，另一件就同样能够发生，队长回答说，脸上显露出他所知道的东西比受命宣布的多得多的神气，却没有想过这在多大程度上是真的，他说，一个不可能的事物绝不会单独到来。最后这句话讲得漂亮，完全可以充当一首十四行诗的黄金结尾，同时也宣告他们的早餐结束了。助手们擦完桌子，把餐具和剩余的食物送回厨房。我们现在就去准备，一定晚不了，两个助手说；等一等，队长打断了他们的话，转身对第一个助手说，去用我的盥洗间吧，否则我们永远离不开这里。受到奖赏的助手高兴得满脸通红，他的职业生涯终于向前迈出了一大步，要到队长的厕所里撒尿了。

地下车库有一辆轿车等他们使用，车钥匙是前一天有个人拿来放在队长床头柜上的，并附有一张便条，上面写着汽车的牌子、颜色、行驶证号码以及放置地点。他们没有从看门人眼前经过，而是乘电梯直接到地下车库，很快就找到了那辆汽车。快十点钟了。队长对正在开后座车门的第二个助手说，你去驾驶。第一个助手坐到了前边副驾驶的位置。上午天气宜人，阳光充足，这充分表明，随着一个世纪又一个世纪的逝去，上天频繁实施的惩罚逐渐式微，那是美好和公平的时代，仅仅由于对神的教义偶有不恭，圣经中的多少座城市就遭到毁灭，被夷为平地，居民也跟着遭殃。这座城市投空白选票反对上帝，却不见有闪电霹雳，把它化为灰烬，而当年，因为一些小得多的过错，索多玛和蛾摩拉，还有押玛和锡伯尼，通通被付之一炬，连地基也荡然无存，当然后面两座城市不像前面的两座那样常常被人提及，也许是因为前面两座的名字本身有难以抵御的乐感。今天，闪电不再盲目地遵从上帝的命令，只肯降落到它们愿意摧残的地方，事情已经很明显，不能再指望它们把投空白选票的有罪城市重新引导到正确道路上来。为了代替它们，内政部派出了三个天使，就是这三个警察，即队长和他的两个下属，不过从现在开始我们将以警衔称呼他们，根据官衔高低，这三个人分别是警督，警司和二级警员。前两个负责观察路上的过往行人，行人当中没有一个是无辜的，每个人都多多少少犯有罪行，他们会问，比如说，那个样子可敬的老头儿，会不会是最近几次把全城搞得漆黑一团的那伙人的首领呢，那个正在与恋人拥抱的姑娘会不会是千年毒蛇的化身呢，还有那个低着头走路的男子，是否正在前往一个不为人知的洞穴去蒸馏迷魂药，用来毒害本市的精神呢。警员地位最低，没有义务提出什么高深的见解，也无须从事情的表面察探潜藏的可疑之处，他关心的只是些鸡毛蒜皮的小事，比如这一次，他壮了壮胆子，说了句话，打断了两位上司的思路，在这样的天气里，说不定那个人会到野外去逛一天呢；什么野外，警司以讥讽的口气问道；野外就是野外，还能是什么；真正名副其实的野外在边界的另一边，这边叫城市。说得对。警员失去了一个沉默不语的好机会，但吸取了一个教训，即在这条路上他永远没有出头之日。现在，他全神贯注地开车，暗自发誓，除非有人问他，他绝对不再开口。就在这时警督说话了，我们要有铁石心肠，毫不留情，绝对不用任何老掉牙的古典侦探技巧，比如说恶警察靠恐吓，善警察靠说服，我们是一支行动突击队，这里没有情感可言，可以想象我们是为某项任务制造出来的机器，只顾完成任务，绝不回头往后看；是的，先生，警司说；是的，先生，警员说，这下子他违反了自己刚才许下的誓言。汽车开进写信人居住的街道，就是那座楼房，第三层。他们把车停得稍微靠前一点儿，警员打开车门请警督下车，警司从另一边出来了，突击队全部到齐，排成战斗队形，紧握拳头，行动开始。

现在，我们看到他们三个人站在楼梯平台上。警督给警员一个信号，警员按了按门铃。另一边毫无动静。警员想，你们看到了吧，那人真的到野外去玩了，看到了吧，我说对了。又一个信号，再次按了门铃。几秒钟以后，听到有个人，一个男人，从里面问道，哪位。警督目视他的直接下属，警司粗声粗气地说出两个字，警察；稍等，请稍等片刻，那人说，我得穿上衣服。四分钟过去了。警督又给了一个信号，警员又按下门铃，但这次没有把手指放开。稍等，请稍等，马上就来，我刚刚起床，说最后几个字的时候，男人已经把门打开了，只见他穿上了裤子和衬衫，但还趿拉着一双拖鞋。今天是拖鞋日，警员心里想。看样子那个人并没有受到惊吓，脸上的表情好像是迎来了盼望已久的客人，如果说他感到了一点儿什么意外的话，大概是没有想到会一下子来这么多人。警司问他姓名，他回答之后说，请进，家里很乱，请原谅，没有想到诸位来得这么早，不过我早就相信会叫我去提供证词，没想到是诸位来找我，我猜是因为那封信吧；对，是为了那封信，警司只是肯定了他的话，没有多说一句。请进，请进。警员第一个进去，在某些场合，官衔要倒过来，接着是警司，后面才是警督，为队伍殿后。那人趿拉着拖鞋沿着走廊往里面走，请跟着我，到这边来，他打开一扇门，里边是个小小的客厅，他说，请坐，对不起，我去把鞋穿上，这样子接待客人实在不成体统；严格地说，我们不是你所说的客人，警司纠正说；当然，这只是一种说法；去穿鞋吧，别耽误时间，快一点儿；不，我们不急，一点儿都不着急，此前一直没有开口的警督否定了下属刚才的话。那人看了看警督,现在他确实有点儿吃惊了,仿佛警督说话的语调不同寻常,于是用了自认为最得体的话回答,先生,我向您保证,您可以相信我会全力合作;是警督,警督先生,警员纠正说;对,警督先生,那人重复说,又问道,那么,先生您呢;我只是个警员,你不用在意。那人转向这伙人当中的第三个,扬一扬眉毛表示询问,但回答却来自警督,这位先生是警司,我的直接下属,接着又补充说,现在你去穿鞋子吧,我们等你。那人出去了。听不到有别人说话。看样子家里只有他一个人,警员悄悄说;那一定是他妻子到野外去玩了,警司微微一笑,说道。警督打了个手势让他们住嘴。我先问他,他压低声音说。那人回来了,一面落座一面说,请允许我坐下,好像这不是在他自己家里,马上又接着说,我来了,听诸位安排。警督和蔼地点头同意,开始问话,你那封信,更确切地说是你那三封信,因为有三封;我当时想这样更保险,可能其中某一封会丢失,那人解释说;不要打断我,回答我向你提出的问题;是,警督先生;你的那些信,我重复一遍,你的那些信,各位收信人都已经认真读过了,特别是其中的一点,说有一个身份不明的女人四年前犯了谋杀罪。这几句话里没有提任何问题,只是重复了信的内容,因此那人没有吱声。他脸上露出心慌意乱不知所措的表情,不明白警督为什么不直接谈及事情的核心,而是围绕着次要情节浪费时间,他在信中提到那个情节,只不过是为了抹黑那个令人不安的人物的形象。警督装作什么都没有察觉的样子,说道,你给我们说说你知道的那桩犯罪的情况。那人勉强按捺心头的冲动,没有提醒警督先生,那封信最重要的内容不是这个,与国家当前的局势相比较,那起谋杀案是个次要问题,不值得一提,但是,不行,不能这样做,谨慎之心告诉他,要继续随着他们的音乐跳舞,这支曲子过后肯定会换唱片。我知道她杀了一个男人;你看到了吗,当时你在场吗,警督问;没有,警督先生,没有看到,是她本人招认的;向你招认的吗;向我和其他人;我想你一定了解招认这个词的技术含义;差不多吧,警督先生;仅仅差不多是不够的,要么了解,要么不了解;您说的那个含义,我不了解;招认的意思是声明本人的错误或罪过,也可以表示嫌疑人向当局或者司法机关承认罪过或指控,你觉得,严格说来,这件事符合以上定义吗;严格说来不符合,警督先生;很好,说下去;我的妻子当时在现场,她是那个人死亡的见证人;现场指的是什么地方;那里,那里原先是座精神病院,我们曾被关在那里度过检疫隔离期;我猜想你的妻子也失明了;正如我说过的,唯一没有失明的就是她;她,这个她指的谁;那个杀人的女人;啊;当时我们住在同一间病房里;犯罪行为就是在那里发生的吗;不是,警督先生,是在另一间病房;这么说,住在你那间病房里的人没有任何人在犯罪现场;只有那些女人在;为什么只有女人呢;这事很难解释清楚,警督先生;不用担心,我们有足够的时间;有一些失明者夺取了权力,进行恐怖统治;恐怖统治;对,警督先生,是恐怖统治;怎么会这样;他们霸占了食物,我们要想吃东西就必须付出代价;他们要求以女人为代价吗;对,警督先生;于是那个女人就杀死了一个男人吗;是的,警督先生;杀死了那个男人,怎样杀的呢;用剪刀;那个男人是谁;是指挥另一些失明者的人;毫无疑问,她是个勇敢的女人;是的,警督先生;现在你给我们解释一下,你出于什么原因检举她;我没有检举她,只是为了别的目的才提到这件事；我不明白；我在信中想说的是，一个人做了一件事，就能做另一件。警督没有询问所谓另一件指的是什么事，只是看了看他的直接下属，常常被他用航海语言称为大副的人，请他接着提问。警司先沉默了几秒钟，问道，可以把你妻子叫来吗，我们想和她谈谈；我妻子不在；什么时候回来；不会回来，我们离婚了；什么时候；三年以前；方便告诉我们为什么离婚吗；个人原因；当然是个人原因；私密原因；跟所有的离婚一样。那人看了看眼前这几张高深莫测的脸，完全明白了，不把他们想知道的全都说出来，这几个人是不会善罢甘休的。他干咳了一声，清清嗓子，两条腿交叉起来然后又分开，开始说话，我是个有信念的人；这一点我们相信，警员忍不住插嘴说，我是说，这一点我相信，我有幸知道了你那封信的内容。警督和警司都微微一笑，这一拳击中了要害。那人诧异地看看警员，仿佛不曾想到会从那一边发起攻击，他垂下眼睛，接着说，这一切都与那帮盲人有关，妻子躺在那帮匪徒身子下面，我受不了，第一年还忍受住了耻辱，但最后实在不能再忍受下去，就分居，离婚了；奇怪，我记得听你说过，另一些盲人用食物作为支付给女人们的费用，警司说；是这样；因此我估计，你的信念，借用你那句铿锵有力的话，你的信念不允许你去碰你妻子以躺到那帮匪徒身子底下为代价给你挣来的食物。那人低下头，没有回答。他不愿多讲，我能够理解，警司接着说，确实，此事太过隐秘，不便在陌生人面前泄露，请原谅，我丝毫没有伤害你感情的意思。那人看看警督，似乎在祈求救援，至少请他们用古代的木靴刑代替眼下更为残酷的夹刑。警督满足了他的愿望，使用了同样古老的不把受刑者吊起来的绞刑，你在信中提到过七个人的小组；是，警督先生；他们都是谁；除那女人和她丈夫之外；哪个女人；就是没有失明的那个；领着你们走路的那个；对，警督先生；为了替女伴们报仇用剪刀杀死了匪徒头子的那个女人；对，警督先生；接着说；她丈夫是眼科医生；这我们已经知道；还有一个妓女；是她告诉你她是妓女的吗；据我回忆，警督先生，不是她告诉我的；那么，你是怎么知道她是妓女的；根据她的行为举止，她的行为举止骗不了我；啊，说得对，人的行为举止从来不骗人，说下去；还有一个老人，他一只眼睛瞎了，戴个黑眼罩，后来去跟她一起生活了；跟她一起，这个她是谁；妓女；他们后来幸福吗；这方面我一无所知；总该知道一点儿；在我们有来往的那一年当中，我觉得他们是幸福的。警督扳着指头算了算，还差一个，他说；说得对，还有一个斜眼小男孩，他在混乱当中跟家里人走散了；你是说，所有这些人都是在病房里互相认识的；不是这样，警督先生，此前我们已经认识了；在哪里；在医生的诊所里，我失明了，是我的前妻带着我到那里去的，我想我是第一个失明的；你传染了其他人，传染了整个城市，包括今天来到你家里的这几个访客；这不是我的过错，警督先生；知道那些人的姓名吗；知道，警督先生；所有人的；除了那个小男孩，他的名字即使当时知道，现在也想不起来了；但记得其他人；是的，警督先生；住处，记得吗；如果他们在这三年里没有搬家的话；当然，如果这三年当中没有搬家的话。警督环顾一下这小小的客厅，目光停留在那台电视机上，好像指望从中得到启发，他说，警员，把你的笔记本交给这位先生，还有，把你的圆珠笔也借给他，让他把在刚才的友好交谈中提到的那些人的姓名和住址写下来，但斜眼小男孩除外，从各方面看他都无关紧要，可有可无。接过圆珠笔和笔记本的时候，那人的两只手不停地颤抖，写字的时候仍然颤抖不止，他心里对自己说，没有理由感到害怕，不错，警察到家里来了，但在一定意义上是他本人让他们来的，他弄不明白的是，为什么他们不谈空白选票的事，不谈反对国家的暴动和阴谋，不谈他写那封信的真正和唯一的原因。由于颤抖，字写得难以辨认，他问道，我可以用另外一页吗；想用哪页就用哪页，警员回答说。现在圆珠笔写出来的笔画比原来坚定了，字体已经不再让他感到难为情。警员收回圆珠笔，把笔记本交给警督的时候，那个人暗暗自问，什么举动以及哪些话能博得警察的同情，唤醒他们的善意，让他们产生同谋感呢。突然，他想起来了，喊道，我有一张照片，对，我相信现在还在；什么照片，警司问；我们那个小组的照片，是我们恢复视力以后不久拍摄的，我妻子没有带走，说她再去加印一张，把这张留给我，说是让我不要失去对往事的记忆；这些话是她说的吗，警司问道。那人没有回答，而是站起身来，要离开客厅，这时候警督命令警员，你陪这位先生去，如果他找不到，你要想办法，没有那张照片就不要回来见我。只耽误了短短几分钟。这就是，那人说。为了看得更清楚，警督拿着照片凑到窗户旁边。那些人站成一排，一个挨着一个，六个成年人成双成对，一对夫妇挨着一对夫妇。一眼就能认出来，右边这个是房间的主人，他的左边无疑就是他的前妻了，中间是戴眼罩的老人和妓女，除去这两对，其他两个人只能是医生的妻子和医生了。那个像足球运动员一样蹲在他们前边的，是斜眼小男孩。医生妻子的身边有一只大狗，眼睛望着前方。警督打了个手势把那个人叫到身边，指着照片问，是她吗；是的，警督先生，是她；这只狗呢；警督先生,如果你愿意,我可以把它的故事讲给你听;不用了,她本人会讲给我的。警督走在前面,出了客厅,随后是警司,最后是警员。写信人站在那里看着他们走下楼梯。这座楼没有电梯,也没指望以后会有。

13

为了打发午饭以前的时间，三个警察开着汽车在市内转了一圈。他们不在一起吃饭，于是把车停在餐馆区附近，然后分散开来，每个人去各自的地方，约定整九十分钟以后在稍远的一个广场集合，届时警督开车到那里去接两个下属。显然，这里谁也不知道他们是什么人，他们当中谁的额头上也没有印着大写的警察二字，但是，出于常识和谨慎，他们不宜结伙在城市中心游逛，由于种种原因，这是座敌对的城市。不错，那边有三个人走过，但他们前面也有三个人，乍一看他们都是一般的人，属于普普通通的行人，芸芸众生，没有任何人会怀疑他们是法律的代表者还是受法律追究的人。在乘车兜风的时候，警督想知道两个下属如何评价与写信人进行的谈话，但又特别提出，他没有兴趣听什么道德方面的判断，他说，比如那家伙是最大号的卑鄙小人，这我们已经知道，不值得浪费时间去寻找其他的品质形容词。警司第一个发言，他说特别欣赏警督先生引导讯问的方式和高超的技巧，只字不提那封信中居心不良的话，即暗示由于在四年前那场失明症中表现反常，医生的妻子可能是首都投空白选票的阴谋行动的起因，或者在某种程度上参与了那次行动。很明显，他接着说，那家伙显得局促不安，指望这成为警方调查重点，甚至成为唯一的目标，他的如意算盘最后落空了。看到他这样我甚至觉得他可怜，警司最后说。警员同意警司的看法，并且注意到，警督先生和警司先生的轮番追问惊心动魄，攻破了嫌疑人的防线。他停顿了一下，压低声音补充说，警督先生，我有义务向您报告，您派我跟着那个人去找照片的时候，我使用了手枪；用枪了，怎么回事，警督问；用手枪顶着他的背，他背上现在可能还有枪口留下的印痕呢；为什么这样做；我想找到照片要用很长时间，那家伙会乘机想出什么花招阻碍调查，使警督先生改变讯问思路，朝对他有利的方向进行；那么，现在你想让我做什么，在你胸前挂上一枚奖章吗，警督以挖苦的口气问道；我们争取到了时间，警督先生，那照片很快就出现了；我恨不得让你立刻从我眼前消失；请原谅，警督先生；等着瞧吧，不知道我在原谅你的时候会不会忘记告诉你；是，警督先生；有个问题；听从您的吩咐，警督先生；当时你的手枪打开保险了吗；没有打开，警督先生，保险关着呢；关着，是因为你忘了打开；不，不是这样，警督先生，我发誓，用手枪只是为了吓唬他；他害怕了吗；是的，警督先生，他害怕了；看来我非要给你发一枚奖章不可了，喂，不要激动，不要撞上那个老太太，也不要闯红灯，如果说我会对什么毫无兴趣的话，那就是向一名交通警察做解释；市内没有警察，警督先生，宣布戒严的时候都撤走了，警司说；啊，现在我明白了，刚才还对这里如此安静感到奇怪。汽车经过一座花园，可以看到里面有儿童在玩耍。警督似乎心不在焉地看着他们，但胸中突然发出的一声叹息表明，他的思绪大概飞到了其他时间和其他地方。吃过午饭以后把我送到基地，他说；是，警督先生，警员说；有什么命令给我们下达吗，警司问；散步，逛街，去咖啡馆，逛商店，睁大眼睛，竖起耳朵，吃晚饭的时候回去，今天晚上我们不出门，我估计厨房里有罐头；是，警督先生，警员说；你们记住，明天我们分头行动，我们这位鲁莽的司机，带手枪的警察，你去与写信人的前妻谈话，坐在汽车里的副驾驶位置的，你去访问戴黑眼罩的老人和他的妓女，我负责医生的妻子和医生，关于战术，完全按照今天使用的办法，绝口不提空白选票的事，不要陷入政治争论之中，提问要围绕着犯罪发生时的情节和可疑主犯的个人情况进行，让他们说出那个小组的情况，是如何形成的，他们之间以前是否互相认识，恢复视力之后又有什么联系，现今他们之间还保持着什么来往，他们可能都是朋友，试图互相保护，但是，如果他们之间没有约定好什么话应该说，或者在哪些事上应该保持沉默，自然就可能犯错误，我们的任务是引导他们犯这类错误，还有，我讲的事情很多，你们要把最重要的记在脑子里，明天上午十点半，你们必须准时到那些人的家里，我说准时不是要你们马上对手表，因为那种事只在警匪谍战片里才会有，我们必须做到的是防止各个嫌疑人串通，互相传话，好了，现在去吃午饭，啊，对了，返回基地的时候从地下车库进去，下周一他们会告诉我看门人是不是可靠。一小时四十五分钟以后，警督来到广场，开车捎上在那里等待的两个助手，先后把他们打发走，先是警员，随后是警司，让他们到不同的街区执行命令，也就是说，散步，逛街，去咖啡馆，逛商店，睁大眼睛，竖起耳朵，总之，像猎狗一样搜寻犯罪的踪迹。到了先前宣告的罐头晚餐时间，他们将返回基地，吃完后就睡觉，当警督问他们带回了什么新情报的时候，他们会承认，连一点儿可以充当样本的东西都没有，这座城市的居民在善于言谈方面肯定不比任何城市的居民逊色，但对这两个人来说那些人的话都不值得去听。你们要满怀希望，他会对他们这样说，人们都不谈及那个阴谋这一事实，恰恰证明阴谋确实存在，在当前的情况下，沉默不是推翻，而是肯定了这一点。这句话并不是他的发明，发明权属于内政部长，进驻天佑公司以后，他与内政部长通了电话，虽然线路极为安全，完全符合法律规定与基本保密守则，但通话进行得很快。以下是他们之间对话的摘要。下午好，这里是海鹦；下午好，海鹦，信天翁回答说；首次与当地家禽接触，接待没有敌意，讯问有效，鹰和海鸥参加，效果良好；海鹦，是实质性效果吗；信天翁，非常具有实质性，我们获得了那群鸟儿极其清晰的照片，明天开始分类侦查；海鹦，祝贺你；谢谢，信天翁；听我说，海鹦；正听着呢，信天翁；海鹦，你不要被偶然的沉寂所欺骗，鸟儿默不作声，并不说明它们不在各个鸟巢相会，风平浪静掩盖着暴风骤雨，而不是相反，人们的阴谋活动亦然，海鹦，闭口不谈阴谋并不证明阴谋不存在，懂了吗；懂了，信天翁，完全懂了；海鹦，你明天做什么；向鱼鹰发动进攻；海鹦，鱼鹰是谁，给我解释一下；是整个海岸仅有的一只，信天翁，据我所知，从来不曾有过另一只；啊，我明白了；信天翁，请下命令；海鹦，严格执行出发前给你下达的命令；信天翁，命令一定严格执行；海鹦，随时向我报告情况；信天翁，我一定做到。确认麦克风都已经关闭之后，警督嘟嘟嚷嚷发了一通牢骚，真是一出可笑的丑剧，啊，警察和谍报机关的这些神仙，我，海鹦，他，信天翁，我们几乎要吱吱嘎嘎地用鸟兽语言互相沟通了，暴风骤雨，至少我们已身在其中。两个下属回来了，在城市里徒步走了很久，早已很累，他问他们是否带来了新的情报，回答说没有，他们一直都在仔细看，侧耳听，可惜一无所获；这里的人说话几乎毫无遮拦，他们说。警督就是在这个时候说出了内政部长关于阴谋和掩盖阴谋的方法的话，只是没有提及出处。

第二天上午吃过早餐以后，他们在本市地图和道路指南上确认了每条相关街道所处的位置。离天佑公司所在大楼最近的是写信人的妻子，根据时间顺序，写信人被称为第一个失明者，住处位于中间的是医生的妻子及其丈夫，最远的就是戴黑眼罩的老人与妓女了。但愿他们全都在家里。像前一天一样，他们乘电梯到地下车库，对于地下工作者来说，这实际上不是最好的办法，其原因是，如果说到现在为止他们躲过了看门人的口舌，此人没有窃窃私语，说这群麻雀是哪里飞来的，从来没有在这里见过他们，那么，他们绝对逃不过地下车库管理员的好奇心，我们马上就会知道这会产生什么后果。这次由警司开车，因为他的路程最远。警员问警督是不是要给他下达什么特别指示，得到的回答是，给他的指示都是笼统的，没有任何特别指示，我只是希望你不要干蠢事，让你的手枪老老实实地待在枪套里；我不是会用手枪威胁女人的那种人，警督先生；事后向我报告，还有，不要忘记，不得在十点半以前敲人家的门；是，警督先生；转一转，那里要是有咖啡馆的话就进去喝一杯，买份报纸，看看商店的橱窗，我想你还没有忘记在警察学校学过的课程吧；没有，警督先生，没有忘记；很好，你的街道到了，下车；差事干完以后我们在哪里见面呢，警员问，我想我们应当确定一个集合地点，天佑公司的钥匙我们只有一把，这是个问题，比如说，我讯问最先结束了，就回不了基地；我也回不了，警司说；这是因为没有给我们提供手机，警员锲而不舍，对自己的理由充满自信，认为这个上午阳光明媚，上司一定会发善心。警督觉得他说得有理，就说，我们暂时要靠出差费维持，万一调查工作需要，我会申请其他设备，至于钥匙，如果内政部批准此项开支，明天你们每人一把；如果不批准呢，我会想办法；我们究竟在哪里会合呢，这个问题还没有解决，警司问；根据大家都知道的本案案情，大概我的调查耗时最长，所以你们到我这里来，记下地址吧，我们看一看，又有两名警察出其不意地出现，会对被讯问者的情绪产生什么影响；这个主意好极了，警督先生，警司说。警员满心高兴，点头同意，因为他不可能大声说出他是怎么想的，他认为，这个主意的功劳归他所有，当然，非常间接地属于他，并且还是歪打正着。他在侦查员记事本上记下地址后就离开了。警司一面发动汽车一面说，这个可怜虫很努力，我们应当公正地对待他，想当初我也和他一样，急于猜对一件事，结果往往是胡言乱语，现在应该问问我自己是怎样被提升到警司的了；那我到了今天的位置呢，也是这样吗，警督先生；同样，同样，亲爱的朋友，所有警察都是这么过来的，其余的差不多就是运气问题了；运气和知识；仅凭知识往往还不够，有运气和时间几乎就能得到一切，不过你不要问何为运气，因为我不知道如何回答，据我观察，在很多情况下，只要交上了处于适当位置的朋友或占据某种特权，就能得到想要的东西；并不是所有人生来就能晋升到警督的；是啊；而且，完全由警督组成的警察队伍无法运转；完全由将军组成的军队也是如此。汽车开进了眼科医生居住的街道。我在这里下车，警督说，走几步就到了。祝您好运，警督先生；也祝你好运；但愿此事快点儿解决，我坦白告诉您，我觉得自己像是在地雷阵里迷失了方向；伙计，沉住气，没有任何理由担心，你看看这些街道，看看这座城市，多么安宁，多么寂静；是啊，警督先生，正是这一点让我心神不安，这样一座城市，没有权威，没有政府，没有戒备，没有警察，但好像没有人在乎这一切，这里有某种我无法理解的非常神秘的东西；派我们到这里来正是为了理解它，我们有知识，希望不缺少其余的东西；运气；对，运气；好吧，警督先生，祝您好运；祝你好运，警司，如果那个被称为妓女的人向你射出勾引的目光之箭，或者让你看到她的半条大腿，你要装作什么都没有发觉，把注意力集中到调查工作中，想一想我们为之效力的队伍杰出的声誉；戴黑眼罩的老人肯定在那里，见多识广的人说，老人是很可怕的，警司说。警督微微一笑，对我来说，衰老已经在触摸我了，看它是否肯给我留下点儿时间，让我变得可怕。随后他看看手表说，已经十点一刻了，希望你们能按时到达目的地；只要先生您和警员能按时到，我迟到不迟到没有关系，警司说。警督向他告别，再见，他下了车，脚刚刚踩到地上，就觉得好像那里有个约会在等待他，那个人就是他本人，一个欠缺识别力的人，他忽然之间明白了，严格规定敲嫌疑人家门的时间没有任何意义，因为一名警察到了他们家里，他们既不会那样镇静，也没有机会给朋友们打电话，提醒他们注意可能出现的危险，此外，他还设想，他们很机智，机智到出类拔萃的程度，机智得能够想到，一个人成为警方关注的对象这一事实意味着他的朋友也是如此。此外，警督有点儿恼火，他想，很清楚，很明显，他们的关系不止这些，这样一来他们每个人要给多少亲朋好友打电话，给多少人打电话，给多少人，给多少人呢。现在他已经不是沉思默想，而是开始喃喃地说些斥责和辱骂的粗话，可能有人对我说，你这个笨蛋竟然爬上了警督的高位，可能还有人对我说，政府怎么会把这件或许事关国家命运前途的调查交给你这个笨蛋负责，也许还会有人说，这个笨蛋向下属下达的愚蠢命令是从哪里来的，但愿下属此刻没有在嘲笑我，我相信警员不会，但警司精明，确实非常精明，虽然一眼看上去似乎不像，也许是他伪装得好，当然，这使他变得加倍危险，毫无疑问，必须对他格外注意，小心对待，防止此事传播出去，过去有些人陷入类似境地，导致了灾难性的后果，我不知道谁说过这样一句话，片刻的愚蠢可笑可能毁掉一生的事业。无情的自我鞭挞对警督是有益处的。看到他陷入泥潭之中，冷静思考开口了，对他说他的命令并不荒唐，而是恰恰相反。你想象一下，如果没有下达那些指示，警司和警员各行其是，一个上午去，另一个下午去，只有大笨蛋，货真价实的大笨蛋，才预见不到这将不可避免地导致什么样的事情发生，上午接受讯问的人急忙通知下午接受讯问的人，下午的调查人员到了他负责的嫌疑人的门口敲门的时候，面对的会是路障重重的防线，也许是无法逾越的防线，因此，你今天是警督，明天仍然是，你不仅拥有作为最熟悉这个职业的人应有的权力，还有我这个冷静思考的人在你身边，这是你的运气，让你现在把事情梳理一下，首先从警司开始，对他，你不必太过彬彬有礼，你的做法近乎怯懦，我直言相告，请你不要介意。警督没有介意。由于所有这些言来语去和左思右想耽误了时间，已经来不及按时执行他本人下达的命令，抬起手按门铃的时候已经是差一刻十一点。电梯把他送到四楼，就是这扇门。

警督原本以为里面会有人问他，谁呀，但是门直接打开了，开门的是个女人，她说，请进。警督把手伸进口袋，掏出身份证件说，警察；警方找这个房子里的人有何贵干，女人问；请你们回答几个问题；关于什么事情；我相信楼梯平台不是开始讯问最适当的地点；如此说来，这是正式讯问了，女人说；夫人，即便我只提两个问题，也应当算得上正式讯问；我看您很重视语言的准确性；在回答我的问题的时候尤其应当如此；好，这个回答不错；痛痛快快地回答我的问题并不困难；只要您是来为某个事件寻求真相，我乐于痛痛快快地回答更多的问题；寻求真相是所有警察最根本的目标；非常高兴听到您强调这一点，请进吧，我丈夫到街上去买报纸，马上回来；如果你愿意，如果你认为更合适，我就在外面等一等；不要这样，请进，请进，在什么人的手里能够比在警方手里更感到安全呢，女人说。警督进去了，女人走在前面，为他打开一扇门，里面是一间非常温馨的客厅，充满友爱的生活气息。请坐，警督先生，她说，接着问道，可以请您喝杯咖啡吗；非常感谢，在执行公务期间不接受任何东西；当然，巨大的腐化总是这样开始的，今天一杯咖啡，明天一杯咖啡，第三天一切全都完了；这是我们的原则，夫人；想请您满足我一个小小的好奇心；什么好奇心；您对我说您是警察，向我出示了警督证件，但是，根据我至今了解到的一切，警察早在几个星期以前就撤出了首都，把我们丢在四处横行的暴力和犯罪的魔掌之中，现在我是否应当认为，您在这里出现，表示我们的警察返回家里来了；不，夫人，用你的话说，我们还没有回到家里，仍然在分界线的另一边；你们穿越边界线来到这里，大概有重要原因；是的，非常重要的原因；那么，您要问的问题就必定与这些原因有关了；当然；所以我最好是等待您提出这些问题；是这样的。三分钟以后，传来有人开门的声音。女人走出客厅，对进来的人说，你想不到的，家里来了一位客人，一位警督，真正的警督；从什么时候起警察的警督开始关心起无辜百姓来了。医生说最后这几个字的时候已经走在妻子前头，于是成了对警督的提问，警督从椅子上站起来回答说，没有人是无辜的，即使没有犯罪，也会有过错，有过错就不能算作无辜；那么我们呢，我们犯了什么罪行或者过错要受到指控或者归责呢；不要着急，医生先生，我们坐下来，好好谈。医生和妻子坐在沙发上等待警督开口。警督沉默了几秒钟，突然一个疑问涌上心头，下一步采取什么战术最好呢。为了不过早地惹起争论，警司和警员根据他下达的指示，仅限于问及盲人男子被杀的事，这是对的，而他，警督，则着眼于一个更加雄心勃勃的目标，要调查眼前坐在丈夫身边的女人，这个若无其事气定神闲的女人，这个好像不曾亏欠任何人，也不惧怕任何人的女人，查清她除了杀人，是否还参与了让法治国家遭受凌辱甚至被折磨得天翻地覆的那个邪恶阴谋。不知道是密码部门的什么人决定让警督使用海鸥这个滑稽的代号，毫无疑问，一定是某个与他结下私仇的人，而对他来说，最合适最名副其实的代号应当是阿廖欣，可惜这位象棋大师已不在人世。心中出现的疑惑烟消云散了，代之而起的是坚定的信念。看着吧，看看他用多么高超的组合招数步步紧逼，最后将死对方，至少他自己相信会如此。他优雅地微微一笑，说道，现在我愿意接受你热情提供的咖啡；我提醒一下，警察在执行公务的时候不接受任何东西,医生的妻子清楚对方这一套,回答说;警督得到授权在认为适当的情况下可以违反规定;您的意思是说,有利于调查的时候;也可以这样表述;您不怕我端来的咖啡已经是腐败的第一步吗?我记得你说的是,这种情况只是在第三杯的时候发生;不,我是说在第三杯的时候彻底完成腐败的过程,第一杯把门打开,第二杯把门按住,让希望腐败的人进去,不至于绊倒,第三杯才彻底把门关上;谢谢提醒,我把这句话视为对我的劝告,既然如此,我在第一杯咖啡上止步;马上就端来,女人说完,走出客厅。警督看看手表。着急了吗,医生故意问了一声;不,医生先生,我不急,只是在想,是不是会影响你们吃午餐;离午餐的时间还早着呢;我也在想,要用多少时间才能从这里带走我要的回答;是您已经知道您要的回答,还是想让您的问题得到回答呢,医生问道,接着又补充说,因为两者不是一回事;说得对,不是一回事,在与你的妻子单独进行的简短交谈中,她发觉我很重视语言的准确性,我看你也属于这种情况;在我的职业中,仅仅源自语言不准确的处方错误屡见不鲜;我一直称呼你为医生先生,但你没有问我是如何知道你是医生的;因为我觉得,问一个警察是如何知道他知道或者自称知道的东西,那是浪费时间;回答得好,是这样,先生,谁也不会去问上帝,他是如何成为无所不知,无处不在和无所不能的上帝的;您不会是说警察是上帝吧;医生先生,我们只是他在地上的谦卑的代表;我原以为上帝的代表是教堂和教士;教堂和教士们屈居第二线。

女人用托盘端来三杯咖啡,还有几块点心。好像这个世界上一切都得重复,警督心想,这让他回味起天佑公司的早餐。我只喝咖啡，他说，非常感谢。把咖啡杯放回托盘上的时候，他再次表示感谢，带着行家的微笑说，夫人，这咖啡味道极好，也许我会重新考虑不喝第二杯的决定。医生和妻子已经喝完了。他们谁都没有动点心。警督从上衣外面的口袋里掏出记事本，准备好圆珠笔，让自己的声音呈中性语调，不带任何表情，好像对即将听到的回答根本不感兴趣的样子，夫人，你在四年前的那场瘟疫中不曾失明，你如何向我解释这一事实。医生和妻子惊讶地交换了一下眼色，她问道，你怎么会知道我四年前没有失明呢；刚才，警督说，你丈夫非常精明地认为，问一个警察他是如何知道他知道或者自称知道的东西的，那是浪费时间；我不是我丈夫；无论是对你还是对他，我都无须泄露我的职业机密，我知道你没有失明，对我来说这就足够了。医生看起来像是要插话，但妻子把手放在了他的胳膊上，她说，很好，现在您告诉我，我想这不是什么秘密，四年前我是否失明与警方有何关系；如果你像所有人失明那样失明过，如果你像我本人失明那样失明过，那么你可以相信，我此刻就不会在这里了；没有失明是罪过吗，她问；没有失明不是也不可能是犯罪，虽然，既然逼到我不得不说的地步，虽然夫人正是因为没有失明，才实施了一项犯罪；一项犯罪；一项谋杀罪。妻子看看丈夫，仿佛在征求他的意见，然后迅速转过身对警督说，对，这是真的，我杀了一个人。她没有继续说下去，死死盯着警督，等待他开口。警督装作在本子上记录什么东西的样子，但这只是为了拖延时间，以考虑下一步该怎么走。如果说女人的反应让他不知所措，倒也不完全是因为她承认了谋杀的事实，而是因为她随后的沉默不语，好像对这件事再没有什么话好说。实际上，他想，我感兴趣的不是这项犯罪。我估计你要向我做一个很充分的辩解,他试探着说;关于什么,女人问;关于犯罪;那不是犯罪;那么,是什么呢;一个正义的行为;伸张正义有法院在;我当时不能去警察局就所受的伤害提起控诉,警督先生你刚才还在说,当时你也像所有人一样,失明了;除夫人之外;对,除我之外;你杀了谁;杀了一个强奸者,一个可恶的家伙;你是说你杀那个人的时候他正在对你施暴;不是对我,而是对我的一个女伴;女伴是失明者吗;对,是失明者;那个男人也失明了吗;是的;你是怎样杀死他的;用剪刀;捅进了他的心脏;不,是喉咙;我正在看着你,你不像杀人犯;我不是杀人犯;你杀死了一个人;他不是人,警督先生,他是只臭虫。警督在本子上记了点儿什么,转身对医生说,先生你呢,你的妻子忙于打臭虫的时候,你在什么地方;在旧精神病院的一个病房里,我们是被关进去隔离的第一批失明者,当时还认为这样可以阻止失明症蔓延;我相信你是位眼科医生;是的,我有幸,如果可以这样说的话,有幸在我的诊所接待了第一个失明的人;男人还是女人;男人;他也到你们那间病房住下了吗;对,像到诊所的其他几个人一样;你的妻子杀死了那个强奸者,你认为她做得对吗;我认为是必要的;为什么;如果你当时在那里的话就不会提这个问题;也许吧,但我并不在场,因此还是要问,你为什么认为你的妻子打死那只臭虫,就是说,杀死那个强暴她女伴的人,是必要的呢;那件事一定要有人做,而她是唯一能看得见的人;只因为那只臭虫是个强奸者吗;不仅是他,还有一同住在那间病房里的要求我们用女人换取食物的那些人,而他是他们的首领;你的妻子也受到了强暴;对,也受到了强暴;在她的女伴之前还是以后;之前;警督又在记事本上写了点儿什么,然后问,你是眼科医生,在你看来如何解释你妻子没有失明的事实;从眼科医生的角度,我的回答是没有任何解释;医生先生,你有一位非常奇特的妻子;是这样的,但不仅仅由于这个原因;被关进那个旧精神病院的人们后来遇到了什么事;发生了一场火灾,他们当中大部分人都被烧死,或者被倒塌的房子砸死了;你是如何知道房子倒塌的;很简单,我们在外面听到了;先生,你和你的妻子是如何得救的;我们得以及时逃出来;你们很走运;对,是她领着我们逃出来的;你提到的我们指的是哪些人;指我和其他几个人,曾经到我的诊所去过的那些人;他们都是谁;第一个失明的人,这个人我前面已经提到过,他的妻子,一个患结膜炎的姑娘,一个患白内障的长者,还有一个斜眼小男孩和他的母亲;所有这些人都在你妻子的帮助下逃过了火灾吗;所有这些人,除了小男孩的母亲,她与儿子失散了,没有被送进精神病院,过了几个星期我们恢复视力以后,她才找到了儿子;在这之前的一段时间里由谁照料小男孩呢;我们;你的妻子和你;对,是她照顾的,因为她看得见,对其他人,我们都尽量帮忙;这就是说,你们所有人共同生活在一个集体当中,由你的妻子作为向导;向导和物品供应者;你们确实走运,警督又重复了一遍;可以这样说;情况正常以后,你们与这一小组里的人还保持着联系吧;是的,这很自然;现在仍然保持着吗;对,但第一个失明者除外;为什么他是例外呢;他不是个和善的人;在何种意义上这样说呢;在所有意义上;这话说得太空泛;我承认是这样;不想详细谈谈吗;请你去与他谈谈,就会做出自己的判断;你是否知道他们住在哪里;谁;第一个失明者和他的妻子;他们分居了,离婚了。与她有联系吗;有,与她有联系;

与他没有吗；没有；为什么；我已经说过，他不是个和善的人。警督又拿起记事本，写上自己的名字，以免显得他在如此冗长的讯问中一无所获。现在要进入下一步了，进入这盘棋中最复杂也是最危险的一步。他抬起头，看看医生的妻子，正要说话，她却抢先开口了，先生您是警方的人，是警督，来到这里，亮明了警督身份，向我们提出了各种问题，说我曾经蓄谋杀人，这个问题我已经承认，但是没有证人证明那次谋杀，因为一些人已经死了，而且当时所有人都处于失明状态，况且还有一个事实，即今天没有人再想知道四年前发生的事，当时情况混乱不堪，所有法律均成了废纸，不过，先把这个问题放到一边，希望您告诉我们，究竟是什么原因让您到这里来的，我相信摊开底牌的时间到了，不要再拐弯抹角，直截了当地说说派您到这所房子里来的人真正关注的问题。直到此时此刻，内政部长赋予他的这项使命所要达到的目的，在警督头脑里都是非常清晰的，是调查空白选票现象与他面前这个女人之间是否存在某种关系，但是，她的质问，如此干脆，如此一针见血的质问，解除了他的武装，更为糟糕的是，他突然意识到，他没有勇气面对这个女人，如果垂着眼睛向她提出以下问题的话，他非陷入可笑得无地自容的深渊不可，难道夫人你不是一个颠覆运动的组织者，负责人和首领吗，这一运动把民主制度置于危险境地，即使称为垂死境地也不过分；什么颠覆运动，届时她会这样问；空白选票运动；你是说投空白选票是颠覆运动，她还会这样问；是的，如果数量过多的话；这些话写在哪里呢，写在宪法里，写在选举法里，写在十诫里，写在交通法规里，还是写在止咳糖浆的瓶子上呢，她会不依不饶地说；写在，写在，没有写在什么地方，但是任何人都必须明白，这是简单的价值等级和常识问题，首先是正常填写清楚的选票，其次是空白选票，再次是无效票，最后是弃权票，如果后几种选票中的一种超过了主流选票，如果到了需要我们要求人们谨慎行事的地步，那么我们会真的看到民主制度处于危险之中了；难道发生这样的事情是我的过错吗；这正是我在设法查清的；那么我是如何做到让首都大部分民众投空白选票的呢，莫非通过往各家各户门下面塞传单，深更半夜讲道或者念咒，往供水系统内投放化学产品，许诺每个买彩票的人都中头等奖，或者用我丈夫在诊所的收入收买选票吗；在所有人都失明的时候，夫人得以保持视力，却不能或者拒绝向我解释这是为什么；现在，这使我成了反对世界民主的罪人；这是我要设法查清的；那么您就查吧，调查结束之后再来告诉我，在此之前您再也不要指望从我口中听到哪怕是一个字了。哎呀，这是警督最不想看到的场面。他正准备说此刻没有更多问题了，第二天再过来继续讯问，这时候门铃响了。医生起身去看谁在叫门。他同警司一起返回了客厅，这位先生说他是警司，奉警督的命令到这里来；确实如此，警督说，但是今天的工作结束了，明天上午同一时间继续进行；但警督先生，您昨天对我们说的，对我和警员说的，警司鼓足勇气说，但警督打断了他，我说过的和没有说过的通通与现在无关；明天是我们三个人来吗；警司，你问的问题不合时宜，我的决定都是在适当的地点和适当的时间做出的，到时候会让你知道，警督没好气地回答说。随后他转身对医生的妻子说，明天，根据你的要求，我不会再拐弯抹角浪费时间，而是开门见山谈正事，对你来说，我要向你提出的问题的不寻常性，恐怕比夫人你在四年前没有失明这一事实对我来说更加不寻常，我指的是以下事实，四年前那场白色失明瘟疫中夫人你没有失明，而我失明了，警司失明了，你的丈夫也失明了，但夫人你没有，让我们看一看，这种情况是否验证了一个古老的谚语，做锅的人，就是为锅做盖子的人；这样说来，警督先生，您指的是锅了，医生的妻子以讥讽的口气说；指的是锅盖，夫人，是锅盖，警督一面回答一面往外走，感到如释重负，因为女对手送给他的回答让他走得还算体面。他感到头有点儿痛。

14

他们没有在一起吃午饭。警督忠实执行有控制的分散战术，在各自去找餐馆之前提醒警司和警员，不要再去前一天去过的地方，他自己也以身作则，严格执行本人下达的命令。他具有牺牲精神，在最后选定的那家菜单上标有三星的餐馆里，他的盘子里只放上了一颗星。这一次不是仅有一个碰头地点，而是有两个，警员在第一个地点等待，警司在第二个地点。这两个人很快发现上司精神不振，寡言少语，可能是与眼科医生及其妻子的会面进行得不顺利所致。鉴于两个下属在调查中都没有取得有价值的成果，在天佑保险与再保险公司召开的情报交流与分析会也不是一帆风顺。仿佛公务进展欠佳还不够，地下车库管理员的无礼诘问更让他们不安，汽车开进车库的时候，管理员说，先生们，你们是哪里的。当然，应当佩服警督的品质与职业经验，他没有失去自制，我们是天佑公司的，他生硬地回答，随后又以更加生硬的口气说，我们到应该停车的地方停车，停在属于我们公司的地方，所以，你的问话不仅不适当,而且缺乏教养;也许不适当,也许缺乏教养,但我不记得以前在这里见过各位先生;这是因为,警督回答说,你除缺乏教养之外,还是个记忆力极差的人,我这两位同事是公司的新人,第一次来,但我早就在这里了,现在你给我躲到一边去,因为我们的司机有点儿神经质,可能无意间把你撞翻。把车停好之后他们走进电梯。警员没有想到他可能犯了不谨慎的毛病,试图解释他神经没有任何问题,说进入警察队伍之前进行的检查中他被评为高度沉着冷静,但警督做了个粗鲁的手势,让他住嘴。现在,已经处在加固的墙壁,隔音的房顶和天佑公司的地板保护之下,他开始无情地训斥冒失的下属,你这个白痴,怎么不用脑子想想,电梯里可能安装了麦克风;警督先生,我难过得要死,真的没有想到,可怜虫结结巴巴地说;明天你不用出去,留下来看家,利用这个时间把我是白痴这四个字写五百遍;我是白痴,警督先生,请您;不要说了,别介意,我知道刚才的话说过头了,可是,地下车库那家伙实在把我惹恼了,我们一直想方设法尽量不走正门,避免抛头露面,可现在冒出这么个混账东西来;也许最好给他捎个口信,警司建议说,就像我们以前对看门人做的那样;会适得其反,现在需要的是不让任何人注意我们;我担心已经晚了,警督先生,如果城内有我们机关的另一个据点的话,最好搬到那里去;有倒是有,但据我所知,恐怕行不通;可以试一试;不,没有时间了,除内政部绝不会喜欢这个主意之外,这个案件十万火急,必须很快解决;允许我坦率地说几句吗,警督先生,警司问;说;我担心我们已经钻进了死胡同,更糟糕的是钻进了一个有毒的马蜂窝;你怎么会这样想;我不知道该怎样解释,但事实是我觉得像是坐在火药桶上,导火线已经点着,我感觉随时可能爆炸。警督刚刚好像在听他自己的思想说话，但职位和完成使命的责任不允许他离开履行义务这条笔直的道路，他说，我不同意你的意见，他用这几个字宣告此事已经结束。

现在他们围坐在今天吃早餐的桌子旁边，桌子上摊着打开的记事本，准备记下什么锦囊妙计。你先说，警督命令警员；我刚刚进屋，他说，就发现谁也没有事先通知那个女人；当然不会，我们早已约定所有人都要在十点半到达；我稍微迟到了一些，敲门的时候是十点三十七分，警员坦诚地说；现在这已经无关紧要，接着往下说，不要浪费时间；她让我进去，问我是不是可以给我送上一杯咖啡，我回答说可以，没关系，就当我是一个来访的客人，这时候我对她说，我受委派前来调查四年前发生在精神病院的事情，但我想还是不要马上提出盲人被杀的问题为好，于是把话题扯到了当时那场火灾的情况上，她对我们在四年之后重新提起人人都想忘记的事感到奇怪，我说，我们现在的想法是尽量多地记录一些资料，因为在我国的历史上，发生那个事件的几个星期不应当是一片空白，但是她装傻充愣，一副满不在乎的样子，提醒我要注意不协调的问题，对，不协调，她用的就是这个词，说我们的城市正在因为空白选票的事被隔绝，处于戒严状态，有人却想起来调查白色失明瘟疫时期出现的事情，我必须承认，警督先生，在第一时间我心里确实很慌乱，不知道该怎样回答，最后终于编造出一个解释，说这次调查早在空白选票事件以前就决定进行了，只是由于官僚手续问题拖延下来，到现在才得以开始，这时她说，对于发生火灾的原因她一无所知，或许是以前也可能发生的偶然事件，于是我问她是怎样逃生的，她开始说起医生的妻子来，对那个女人赞不绝口，说那是她这一生认识的最出色的女人,在一切方面都出类拔萃,我相信,要不是她,我就不会在这里跟你谈话了,她救了我们所有的人,不仅救了我们,她做得还多得多,保护我们,给我们找吃的,照顾我们;这时候我问她,她所说的我们指的是哪些人,她逐个说出我们已经知道的所有人的名字,最后还说她当时的丈夫也在那个小组之中,但关于前夫她不愿意多谈,因为三年前他们已经离婚,这就是谈话的全部内容,警督先生,我从中得到的印象是,从各方面看,医生的妻子都是一位女英雄,一个伟大的灵魂。警督装作没有听明白最后几个字的样子。佯装不懂就无须申斥警员了,因为这个下属形容为女英雄和伟大灵魂的女人是卷入了几桩重罪的嫌犯,在当前情况下可以定为危害祖国罪。他感到疲倦了,用低沉的声音让警司报告在妓女和戴黑眼罩的老人家里谈话的情况。如果说她曾经是妓女,我不认为她现在仍然是;为什么,警督问;她不像妓女的样子,没有妓女的举止,也没有妓女的语言特点和举止风格;你好像很善于观察妓女;请不要这样以为,警督先生,我只是有些常识,一点儿直接经验,尤其是有许多固有的想法;接着说下去;他们礼貌地接待了我,但没有请我喝咖啡;他们结婚了吗;至少两人都戴着结婚戒指;你看那老人如何;是个老人,这就说明一切了;这样说你就错了,老人们的一切都有待说明,往往只是因为没有向他们提问,他们才沉默不语;但这个老人没有沉默不语;这对他比较有利,好,继续说下去;我像这位同事一样,从火灾开始谈起,但很快意识到,这样谈下去是死路一条,于是决定改为正面进攻,我说警方收到一封信,信中描述了火灾以前精神病院里的某些违法行为,比如说一宗谋杀,我问他们对这件事是否有所了解,这时候她说,了解,不可能有谁比她了解得更清楚,因为她本人就是那个杀人的人;她说了用什么武器实施犯罪吗,警督问;说了,用剪刀;扎进了心脏;不,警督先生,是扎进了喉咙;还有什么,我不得不承认,我完全被弄糊涂了;我想象得出来;同一宗犯罪,突然间有了两个主犯;接着说;现在出现的是一幅恐怖的画面;火灾;不,警督先生,她开始如实地,近乎残忍地描述女人们是怎样在男盲人病房里遭受强暴的;在妻子讲述这一切的时候,他呢,他在做什么;他用那只独眼直愣愣地看着我,好像看透了我的五脏六腑;这是你的幻觉;不,警督先生,从那时开始我明白了,一只眼睛比两只看得更清楚,因为没有另一只的帮助,就必须独立地做一切工作;也许正因为如此,人们才说,在瞎子的国度里,独眼龙就是国王;也许是,警督先生;继续,接着说;她停下来之后,老人说他不相信我前面所说的造访的原因,他就是这样说的,造访的原因,不相信是来调查一场已经一点儿痕迹都没有了的火灾,或者来查清一桩无法证实的谋杀案的情节,他说如果再没有什么值得一谈的东西,就请我离开他们的家;那你呢;我提出我代表的是警察当局,到他们那里去是为了一项使命,无论如何也要完成;他呢;他回答说我大概是在首都唯一的一个执行公务的警方代表,因为不知道多少个星期以前警察队伍就已经全都消失得无影无踪了,因此他非常感谢我对他们夫妇安全的关心,还盼望来更多的人,他不能相信仅仅为了他们两个人,就专门派一位警察来;然后呢;局面变得困难了,我不能接着说下去,当时找到的掩护撤退的唯一方法是告诉他们要准备对质,因为根据我们掌握的绝对可靠的情报,那个病房里残暴的盲人头目不是她杀死的,而是另一个人,一个身份已经确定的女人；他们呢，他们如何反应；我觉得一开始他们害怕了，但老人立刻恢复了镇静，说在那里，在他的家里，或者在随便什么地方，都会有一个比警察更了解法律的律师和他们在一起；你真的相信你把他们吓怕了吗，警督问；我觉得他们确实害怕了，不过，当然我不太有把握；害怕，他们倒也可能害怕了，但无论如何不是为他们自己；那么，警督先生，为谁呢；为真正的谋杀者，为医生的妻子；可是，那个妓女；警司，我不知道我们是否有权这样称呼她；确实，那个家伙在信中检举的不是她，而是医生的妻子，不过，戴黑眼罩的老人的妻子肯定地说是她亲手杀的；医生的妻子确实是这桩罪案的主犯，她本人向我承认并确认了。警督的话说到这个份儿上，警司和警员理所当然要等待，等待上司就调查中了解到的情况做一个较为完整的通报，因为他本人对所有涉案人员都进行了调查。但是，警督只是说第二天再到嫌疑人家中讯问，然后再决定下面几步怎么做。那我们呢，我们明天干什么，警司问；跟踪，不外乎跟踪，你负责写信的家伙的前妻，不会有问题，她不认识你；那我呢，根据排除法，我自然负责老人和妓女了；除非你能证明她真是妓女，或者证明她曾当过而且现在仍然在当妓女，否则就把妓女这个词从我们的谈话中排除出去；是，警督先生；即便她是妓女，你也要想个别的办法，给她找个别的称谓；是，警督先生，用她的名字吧；名字已经写到我的笔记本上，你的笔记本上没有了；警督先生能不能告诉我她叫什么名字，这样我就不再叫她妓女了；不告诉你，我认为当前这还是机密；只有她的名字是机密，还是所有人的名字都是机密，警员问；所有人的；这样我就不知道该怎样称呼她了；你可以，比如说，你可以称她为戴墨镜的姑娘；

可是她不戴墨镜,这我敢发誓;每个人都戴过墨镜,一生至少戴过一次,警督一边回答,一边站起来。他弓着身子慢慢走进他用作办公室的房间,随手把门关上。我敢打赌,他去跟内政部联系了,请求指示,警司说;他这是怎么啦,警员问;和我们一样,感到不知道该怎么办;他好像不相信他正在做的事;那你,你相信吗;我执行命令,但他是长官,总不能发出让我们晕头转向的信号,事后却由我们承担后果,海浪打在巨石上的时候,受罪的总是贻贝;我非常怀疑这句话的准确性;为什么;因为我认为,水从贻贝下面流过的时候,它们非常高兴;我不知道,从来没有听到过贻贝笑;听我说,它们不仅会笑,还会放声大笑,只不过被浪涛声掩盖了,必须把耳朵贴近它们才能听到;哪里的话,你是在拿二级警员开心;这是消磨时间的方法,没有恶意,你不要生气;我觉得有个更好的办法;什么办法;睡觉,我累了,去上床睡觉;说不定警督会需要你;一个人脑袋撞了墙还去撞第二次,我不相信;大概你说得有理,警司说,我和你一样,也去休息一会儿,不过我会在这里留下一张纸条,说需要我们当中任何一个的时候就去叫我们;我认为这个主意不错。

  警督脱了鞋,直挺挺地躺在床上。他两只手的手指交叉垫在后脑勺下面,望着天花板出神,指望上面给他送来劝告,或者,如果不肯施此大恩,至少给他一个我们通常称为不承担风险的意见。也许因为经过隔音处理,天花板的耳朵聋了,所以什么话也没有对他说,也可能是在独自度过漫长时光之后,已经完全丧失了话语能力。警督开始回忆与医生的妻子和她丈夫进行的谈话,眼前一会儿是这张脸,一会儿是那张脸,那只狗见到他进去,立即哼哼地叫着站起来，听到女主人的声音才又趴下，一盏三个灯头的黄铜油灯使他想起当年父母家里也有一盏，与这个式样完全相同，但谁也不知道后来怎么不见了，这些回忆与刚刚从警司和警员嘴里听来的话混杂在一起，他扪心自问，现在自己干的是什么混账事情呀。他超越了电影里的侦探们最纯洁的信念，曾深信自己是在生死存亡的危险中拯救祖国，并且以这个信念的名义给下属们下达了一个又一个荒唐的命令，他们体贴他，没有怪他，他是在试图支撑一个蒙太奇，而这个用疑问构成的蒙太奇已经摇摇欲坠，每分钟都有倒塌的可能，现在他感到一个巨大的痛苦压在心上，他惊讶地问自己，这只海鹦，现在应该编造什么合理可信的情报送给那只信天翁，此时他大概正在急不可耐地问为什么迟迟没有消息。我对他说什么呢，他问自己，说对鱼鹰的怀疑已经确认，她的丈夫和其他人参与了阴谋活动，这时他会问那些其他人都是谁，我就说，有个戴黑眼罩的老人，给他起了个很传神的代号，叫狼鱼，一个戴墨镜的姑娘，我们可以称她为猫鱼，写信的那家伙的前妻呢，她的代号是针鱼，信天翁，如果你同意的话就用这些代号吧。警督已经站起身来，正在用红色电话机通话，是，信天翁，确实，我刚才向你提到的这些人都不是大鱼，他们只是运气好，遇到了保护他们的鱼鹰；关于这只鱼鹰，海鹦，你认为她如何；我觉得她是个正派，正常又聪明的女人，如果其他人说的一切属实，信天翁，那么我倾向于认为确实是这样，她是个绝对超凡脱俗的人；海鹦，她超凡到了用剪刀杀死一个人的程度；据证人们说，信天翁，被杀的人是个强奸者，从各个方面看都是个可恶的家伙；海鹦，你不要受迷惑，我认为事情一清二楚，为了应付某一天可能受到的讯问，这些人早已串通好，对发生的事约定了统一的说辞,他们用了四年的时间商量这个计划,根据你提供的情报,以及本人的推断和直觉,我以你想得到的任何东西打赌,这五个人构成了一个组织的分部,甚至可能是我们很久以来谈论的那条绦虫的脑袋;信天翁,我和我的同事们都没有产生这样的印象;如果你不改变想法,不产生这样的印象,海鹦,那么你就不可救药了;我们需要证据,信天翁,没有证据我们将一事无成;你们去寻找证据,海鹦,到各家严加搜查;可是,信天翁,只有法官批准,我们才能进行搜查;我提醒你,海鹦,这座城市处于戒严状态,居民的一切权利和保障均已停止;信天翁,如果我们找不到证据怎么办;我拒绝同意你找不到证据的说法,海鹦,我认为,作为一个警督你过分天真了,自从我就任内政部长以来,没有证据的,最后都有了;信天翁,您要求我做的事既不容易,也不令人愉快;我不是请求你做,海鹦,而是命令你去做;是,信天翁,无论如何我请求指出这一点,我们面对的不是一桩明显的犯罪,没有证据,被确定为嫌犯的人实际上也不是嫌犯,对其进行的一切接触,以及所有的讯问,都表明事实恰恰相反,表明那个人清白无辜;海鹦,被捕的人从照片看上去总是像个可能无罪的人,以后才会知道他就是罪犯;我可以提个问题吗,信天翁;提吧,海鹦,我会回答你,我一向乐于回答问题;如果找不到犯罪证据会怎么样;和找不到无罪证据一样;信天翁,这我应当如何理解;一些案件的判决书是在犯罪之前写好的;既然如此,既然我清楚地知道了您最终要的是什么,信天翁,我恳求您把我调离这项任务;你会被调离的,海鹦,我答应你,但既不是现在,也不是应你的要求,而是在本案结束以后,而本案只有依靠你和你的助手们卓有成效的努力才能结束，你听好，我给你五天，记住，五天，一天也不准多，要把那个分部的所有人的手脚捆得结结实实，然后交给我，鱼鹰和她的丈夫，后者真可怜，来不及得到个名字，还有现在浮上水面的那三条小鱼，狼鱼，猫鱼和针鱼，我想看到的是他们被不可否认，难以回避和无法辩驳的大量罪证压垮，海鹦，我想要的就是这个；我尽力而为，信天翁；严格按照我刚才的话去做，不过，为了不让你对我有个坏印象，而且我是，我确实是个通情达理的人，我认为你需要某些帮助才能圆满完成这项工作；信天翁，您会给我派另一位警司来吧；不，海鹦，我不会给你这种帮助，而是非常有效的，有效得多的帮助，如同从这里派去全部警察任你调遣一样；我不明白，信天翁；待锣声响起来的时候，你会头一个明白的；什么，锣声；海鹦，是发起最后攻击的锣声。电话挂断了。

警督从房间里出来的时候，时针指向六点二十分。他看到警司留在桌子上的便条，就在下面写了几个字，我有事处理，你们等我回来。然后他到地下车库，钻进汽车，车子发动之后朝出口处的斜坡开去。他在出口停下，打个手势让管理员过来。管理员还在为不久前的争执和受到天佑公司房客的粗暴对待心怀不满，提心吊胆地走近车窗，说了程式性的两个字，请讲；刚才我对你有点儿粗鲁；没关系，我们对这里的一切都习以为常了；我无意侮辱你；我也不相信先生有理由那样做；警督，我是警督，这是我的证件；请原谅，警督先生，我绝对没有想到，另外两位先生呢；年轻的是警员，另一个是警司；我明白了，警督先生，保证以后不再打扰，不过以前我也是出于好意；我们来这里进行一项调查工作，不过公务已经结束，现在我们像是在这里度假一样，与所有其他人一样，当然，为了你的安宁，我劝你要十分小心，请记住，警察永远不会因为度假而不是警察，这样说吧，你现在就像在血海的边上一样；我十分清楚，警督先生，但是，既然如此，恕我直言，您最好什么也不要对我说，眼看不见，心就感觉不到，不知道就像没有看到一样；我正需要向什么人发泄一下，正好你在旁边。汽车已经开始爬坡，但警督还有件事想提醒对方，一定要把嘴巴闭得紧紧的，不要让我将来后悔对你说过那些话。假如他此时返回地下车库出口，肯定要后悔，因为他会看到管理员正神秘兮兮地打电话，或许是在告诉妻子，他刚刚认识了一位警督，或许是在告诉看门人，那三个穿深色外衣，从地下车库直接上到天佑保险与再保险公司所在楼层的是些什么人，也许是前一种情况，也许是后一种，最为可能的是此次通话的真实内容永远不为人知。刚刚出去几米，警督把车停在人行道旁边，从外衣口袋里掏出记事本，翻到写着检举信作者当年那些伙伴的姓名和地址的那一页，随后又查看了城市交通图和地图，看到离他最近的是检举人前妻的住处。同时还记下了去戴黑眼罩的老人和戴墨镜的姑娘家的最佳路线。警督记得，他说这个名字指的是戴黑眼罩的老人的妻子时，警员满头雾水的样子，想到这里他笑了；可是她不戴墨镜啊，可怜的二级警员迷惑不解地说。我不够厚道，警督暗想，本该让他看看那组人的照片，照片上那个姑娘右臂沿身体下垂，手里拿着一副墨镜。他想起了福尔摩斯，亲爱的华生，你刚刚入门，必须具有警督的慧眼才能发现这一点。汽车又开动了。他心血来潮离开了天佑公司，心血来潮把自己的身份告诉了地下车库管理员，现在，心血来潮前往离婚的女人家里，心血来潮前往戴黑眼罩的老人家里，若不是曾经对医生的妻子和她的丈夫说过明天同一时间再去讯问，同样的心血来潮也会让他出现在他们的家里。讯问她什么呢，他想，比如对她说，夫人你被怀疑是一个颠覆运动的组织者，负责人和最高领导者，该运动旨在把民主制度置于严重危险之中，我这里指的是投空白选票的运动，你不要装傻，也不要问我这样说有何证据，那是白白浪费时间，应当由夫人你来表明自己清白无辜，这是因为，请夫人相信，在必要的时候，证据一定会出现，不过是编造一两个无可辩驳的证据而已，即使并不完全确凿，有几个临时对付着使用甚至很久以前的证据，对我们来说也就足够了，比如说，四年前全市所有人走路都跌跌撞撞，鼻子常常碰到路灯柱子上，那时候夫人你却没有失明，这是个无法理解的事实，抢在你回答说这两件事风马牛不相及之前，我现在就对你说，编过一个篮子的人就会编一百个，虽然所用的词语不同，但至少表达了我们部长的意见，部长的意见我必须服从，即便心里痛苦也要服从，夫人你会说一个警督的内心是不会感到痛苦的，那是你的判断，夫人，你可能对警督非常了解，但我敢保证对这个警督你一无所知，当然，我不是带着诚实的目的来向你说明真相的，可以说对夫人已经未审先判了，但这只海鹦，我的部长就是这样称呼我的，这只海鹦内心感到疼痛，并且不知道怎样解脱，听我的劝告，你认罪吧，即便没有过错也认罪吧，政府将来会告诉人民，他们是一次前所未有的集体催眠术的受害者，而夫人你是这一艺术的精灵，也许将来人们会觉得有趣，生活将返归原来的轨道，夫人你要过上几年铁窗生活，如果我们愿意，你的朋友们也可能到里面去，不过，你已经知道，需要修改选举法，取消空白选票，或者把空白选票作为事实上的有效票公平地分配给各个政党，使其得

215

票率不会发生变化，尊敬的夫人，百分比才是有用的，至于那些弃权而又未提交医生证明者，对付他们的最好办法是在报纸上公布他们的姓名，就像古时候把罪犯绑在广场的示众柱上一样，我之所以对你说这些话，是因为我觉得你是个好人，为了让你看到我多么同情你，我只告诉你，回想起四年前那场悲剧，我想，当时可能得到的最大幸福莫过于不失去部分家人，但我不幸已经失去了，除此之外就是与夫人你保护的那组人在一起，当时我还不是警督，是个失明的警司，只是个失明的警司，那样的话，视力恢复之后就会出现在被夫人你救了的那些人的照片上，你那只狗，见到我走进你家的时候也就不会对我哼哼地叫了，如果这一切以及更多的事情的确曾经发生，我就会以我的名誉向内政部长声明，他错了，告诉他说，一次那样的经历，加上四年的友情，足以清楚地了解一个人，结果，你看，我却作为敌人走进你的家里，现在不知道该怎样走出去了，是独自一人去向内政部长承认我这次任务失败，还是与你一起去，把你押进监狱。最后这些话已经不是警督想的了，现在他正忙着找一个停车的地方，暂时无暇提前考虑一个嫌犯的命运和他本人的前程。他又看了看笔记本，按了写信人前妻所住楼层的电铃。又按一次，再按一次，但楼门没有打开。当他伸出手来准备再试一次的时候，一层的一扇窗户里出现了一位上了年纪的女人，只见她一头鬈发，身穿宽大的便服，你找谁呀，她问；找住在二层右边的那位太太，警督回答说；她不在家，我好像看见她出去了；知道她什么时候回来吗；一点儿都不知道，如果想给她留口信就说一声，老人主动表示愿意帮忙；非常感谢，不用了，我改天再来。警督不会想到，一头鬈发的老太太会一直猜测，看来二层右边那个离了婚的女邻居已经开始接受男人们的拜访了，今天上午已经来过一个，不过从年龄看，现在这个足可以当她的父亲。警督看了一眼摊在旁边座位上的地图，发动了汽车，朝第二个目标开去。这一回没有女邻居从窗户里探出头来。楼梯的门开着，可以直接上到三楼，戴黑眼罩的老人和戴墨镜的姑娘就住在这里，真是奇怪的一对，失明日子里的无助使他们互相亲近了，这不难理解，但是，四年的时间过去了，如果说四年对一个年轻女子算不了什么，而对一个老人来说就是双倍的时间了。他们仍然在一起，警督想。他按响门铃，等了一会儿。没有人回应。把耳朵贴在门上听一听。里面没有一点儿动静。又按了一下，这次完全是出于习惯，并非指望有人回答。他走下楼梯，钻进汽车，嘟囔了一句，我知道他们在哪里。如果汽车里有直拨电话，接通内政部长，告诉部长他现在要去什么地方，他相信部长大概会这样回答，好样的，海鹦，这才叫工作，给我把那帮浑蛋当场抓住，不过你要小心，最好带人去，一个人对付五个不顾一切的江洋大盗，那是电影里才能看到的，何况你不会空手道，也不是能那样做的年龄了；放心吧，信天翁，我不会空手道，但懂得在做什么；进去的时候要拿手枪，镇住他们，把他们吓得屁滚尿流；是，信天翁；我马上开始安排给你授勋；不着急，信天翁，还不知道做完这件事能不能活着回去呢；别胡说，海鹦，这已经是铁板钉钉的事了，对你我完全相信，所以才指定你负责这项任务；是，信天翁。

　　街上的路灯亮了，晚霞滑向天边，夜幕即将降临。警督按响门铃，这没有什么可大惊小怪的，在多数情况下警察是按门铃的，并不总是破门而入。医生的妻子出来了。我本以为你明天才会来，警督先生,现在我不能接待你,她说,我们家里有客人;我知道他们是谁,不认识他们,但知道他们是谁;我不相信这个理由足以让我放你进来;请你;我的朋友们与你来这里的事情毫不相关;夫人你连我为什么事情来到这里都不知道,现在已经是让你知道的时候了;进来吧。

15

人们往往有这样的观念，认为一个警督的意识，出于他从事的职业和信奉的原则，对于理论上和实践中已经证实的毫无争议的事实，一般是相当顺从甚至屈从的，是什么就是什么，并且也完全具备必要的力量做到这一点。然而，也可能出现这样的情况，在那些兢兢业业的公务人员当中有这么一位，由于生活不幸，并且失去了一切希望，正处于腹背受敌的危险境地，或者说，在应该做和不愿意做之间进退维谷，当然，说实话，这样的警督并不多见。对于这位住在天佑保险与再保险公司的警督，这样的日子到来了。他在医生的妻子家里停留了不超过半小时，但这短暂的时间足够他向聚集在那里的几个担惊受怕的人披露，他的使命具有多么恐怖的背景。他说，他将尽其所能，把上司那令人提心吊胆的注意力从这个地方和这些人身上转移出去，但又不能保证有能力做到，他说，限令他在短短五天之内完成调查，并且事先已经知道，上司只同意他做出有罪的判断，另外，他还对医生的妻子说，他们想拿一个人当替罪羊，请原谅我使用这个显然不恰当的词语，这个人就是夫人你，你的丈夫可能受到牵连，至于其余的人，我不相信他们眼下有什么实际危险，你的罪过，尊敬的夫人，你的罪过不是杀死了那个男人，你的重罪是在我们所有人都成了盲人的时候你却没有失明，这件难以理解的事也可以忽略不计，但是，如果他们执意以此为借口，那就绝对不能忽略了。现在是凌晨三点，警督躺在床上辗转反侧。他正在为明天制订计划，一个个计划在脑子里反复出现，周而复始，挥之不去，现在又回到了起始点，告诉警司和警员，根据原先规定，我将去医生家里继续讯问他的妻子，提醒两个下属各自应负责的工作，跟踪那个小组中的其他人，但是，事情到了现在的程度，这已经毫无意义，当前必须做的是阻止或拖延事态的发展，编造调查工作取得的进展和遇到的困难，使之在不被过分察觉的情况下推进，同时又干扰内政部长的计划，指望以此让他所许诺的帮助起到作用。快到三点半的时候，红色保密电话机响了。警督猛地站起来，匆匆穿上带有警队标志的拖鞋，跟跟跄跄跑到放电话机的桌子旁边。还没有坐下来他就拿起听筒问道，哪位；这里是信天翁，另一端回答说；晚上好，信天翁，这里是海鹦；我有指示给你，海鹦，请记录；遵命，信天翁；今天上午九点，不是晚上，今天上午九点有一个人在北部边界第六号哨所等你，已经通知军队，不会有任何问题；我是否应当理解为，信天翁，理解为那个人是来接替我的；没有任何那样做的理由，海鹦，你的工作一直做得很好，希望你继续这样做下去，直到案件结束；谢谢，信天翁，您的命令是；我前边已经说过，上午九点有一个人在北部边界第六号哨所等你；是，信天翁，我已经记下了；把你对我说过的照片交给那个人，就是上面出现主要女嫌疑人的那张小组集体照，同时也要把仍然在你手中的那张附有地址的人员名单交给那个人。警督突然感到脊背冒出一阵凉气。可是，我在调查当中还要用到那张照片，他鼓足勇气说；我不相信像你说的那样需要，海鹦，那些东西对你已经没有用处，因为通过你自己和下属的工作你已经结识了那个团伙的所有成员；信天翁，您想说的是小组吧；团伙就是小组；是，信天翁，不过并非所有的小组都是团伙；海鹦，以前还不知道你如此关注定义的准确性，看来你很善于使用字典；请原谅我做的纠正，信天翁，我还感到有点儿头晕；你刚才正在睡觉吧；没有，信天翁，我正在考虑明天要做的事；那么你现在知道了，那个人明天在北部边界第六号哨所等你，他年龄与你相仿，系一条有白色斑点的蓝色领带，我估计边界军事哨所那里不会有很多与他衣着相同的人；我认识他吗，信天翁；不认识，他与你不在一个部门；啊；他的接头暗语是，噢，不，总是没有时间；我的呢，我的暗语是什么；时间总会来到的；很好，信天翁，一定执行您的命令，九点钟我在边界与他见面；现在你回到床上去，海鹦，利用今天晚上剩下的时间好好睡上一觉，我一直工作到现在，和你一样，现在也去睡觉；信天翁，我可以问一个问题吗；问吧，但不要拖得太长；那张照片与您答应给我的帮助有关系吗；祝贺你有远见，海鹦，确实什么事情都瞒不过你；那么，您的意思是说，有些关系；对，确实有关系，但不要指望我告诉你有什么关系，如果我说了，就会失去出其不意的效果；即使对我这个直接负责调查工作的人也如此吗；完全正确；这么说来，信天翁，您不再信任我；你在地上画一个正方形，海鹦，站到里面，在正方形的四条边之内的空间里我信任你，正方形之外我连我自己都不再信任,你调查的就是那个正方形,要满足于你所在的正方形和所进行的调查;是,信天翁;好好睡觉,海鹦,本星期结束之前你将收到我的消息;我在这里等着,信天翁;晚安,海鹦;晚安,信天翁。尽管有内政部长例行的祝愿,当夜剩余的短短的时间对他并没有多少用处,睡意迟迟不肯到来,大脑的走廊和门窗都紧紧关闭着,失眠女王在里面行使绝对统治权。他为什么要那张照片呢,警督一次又一次地问自己,他威胁说在本星期结束前我会得到消息,这究竟是什么意思,从一个一个的词来看倒也算不上什么威胁,但是那语气,对,那语气具有威胁性,一位警督以讯问形形色色的人物为业度过了半生,最后一定学会了如何在纷乱复杂的文字迷宫中找到通往出口的道路,也会有非常高强的辨别力,发现每个词在说出时产生的并在说出后拖在后面的阴影。高声说一遍这句话,本星期结束以前你将收到我的消息,人们一定能察觉,把狡诈的恐吓掺杂其中多么容易,带着腐臭气味的恫吓,活像父亲的幽灵在威严地呵斥儿子。警督很愿意想一些让情绪平静下来的事情,比如,我在做交给我的工作,执行接到的命令,没有任何害怕的理由,但在内心深处他却知道并非如此,此时他没有执行那些命令,因为他不相信医生的妻子只因为四年前没有失明这一事实,就应当为百分之八十三的首都选民投空白选票获咎,仿佛第一个特殊事件自动使她成为第二个特殊事件的责任人。连他也不相信,警督想,他只关心对准一个什么目标,如果这个目标错了,就再找一个,再找一个,以此类推,需要找多少就找多少,直到找对了才肯罢休,或者直到他企图说服的人虽然没有相信他的伟绩,但由于对他的翻来覆去不胜其烦,变得对他使用的手段和程序漠不关心为止。无论是第一种还是第二种情况，他都能赢得这一局。多亏有这把胡思乱想的万能钥匙，睡意才开了一扇门，溜进一个走廊，让警督做起梦来，他梦见内政部长逼迫他交出照片是为了把一根针扎进照片上医生妻子的眼睛，他一边扎一边哼着巫术咒语，以前你不瞎，要你将来瞎，以前你眼前白，以后你眼前黑，用这根针把你扎，前前后后都要扎。警督醒了，他极度悲伤，大汗淋漓，感到心脏剧烈地跳动，耳边还响着医生妻子凄厉的喊叫和内政部长哈哈大笑的声音；多么恐怖的噩梦，他喃喃自语，打开了灯，头脑里怎么能产生如此阴森可怕的东西呢。时针指向七点半。他计算了一下到达北部边界第六号哨所需要的时间，几乎想感谢那场噩梦对他的关心，及时把他唤醒了。他吃力地站起来，脑袋像灌了铅一样沉重，腿比脑袋更加沉重，几乎迈不开步子，最后总算艰难地走进了盥洗间。二十分钟后从盥洗间出来，冲了澡，刮了脸，他显得精神了一些，准备开始工作。拿出一件干净衬衫穿上。那个人系的是一条有白色斑点的蓝色领带，他想，接着去厨房把头一天剩下的一杯咖啡加热。警司和警员大概还在睡觉，至少没有听到里面有什么响动。他勉强吃下一块点心，又在另一块上咬了一口，然后回到盥洗间刷牙。现在他走进卧室，把那张照片及写着姓名地址的名单塞进一个中型信封，此前他已经把姓名和地址抄在另一张纸上了，到客厅去的时候听到两个下属睡觉的房间有些动静。他既没有等他们，也没有去敲门，而是迅速写下几行字，我必须早走，把车开走了，执行我布置的监视任务，注意力集中在两个女人身上，戴黑眼罩老人的妻子和写信人的前妻，如有可能就去吃午餐，我傍晚回来，望你们有成果。命令下得清楚，情况说得准确，井井有条，这位警督在艰苦的生涯中大概一向如此。他走出天佑公司，乘电梯到地下车库。管理员已经在那里了，向他问候早安，警督也回敬说早安，这时他想，此人是不是就睡在这里，看样子这个车库没有工作时间表。现在几乎八点一刻了，还有时间，他想，用不了半个小时就到那里，再者，我不应当先到，信天翁说得清楚明白，那个人九点钟在那里等我，因此我可以迟到一分钟，两分钟，或者三分钟，如果愿意的话可以中午再到。他知道不至于晚到那个程度，只要不先于对方到达就是了。也许守卫北部边界第六号哨所的士兵看到有人在分界线这边逗留会神经紧张，他一面想一面加速冲上斜坡。这是个星期一的上午，路上车辆不多，充其量二十分钟就能到北部边界第六号哨所。活见鬼，北部边界的第六号哨所在哪里呢，他突然高声问道。他现在就在北部，显然是北部边界，可是，第六号哨所，那个浑蛋六号哨所在哪里呢。内政部长以天下最轻松自然的语气说，六号哨所，仿佛那是首都著名的纪念碑或者被炸弹夷平的地铁站，是城内与众不同的地方，标志性建筑，尽人皆知，他自己也太愚蠢，竟然没有想到问一问，信天翁，那地方在哪里。沙漏上层的沙子转眼之间比先前少了许多，细小的沙粒争先恐后朝漏斗口跑去，时间和人一模一样，在一些场合人们拖着沉重的双腿踽踽前行，在另外一些场合又像扁角鹿似的飞跑，如同山羊一样跳跃，如果仔细研究就会发现，这种说法或许失之偏颇，因为猎豹才是这个世界上跑得最快的动物，但谁也不曾想到用另一种说法，又跑又跳像只猎豹，也许因为前一个比喻来自中世纪后期那个令人陶醉的时代，当时骑士们策马驰骋，还没有谁见过猎豹奔跑，甚至没有听说过这种动物的存在。语言都因循守旧，总是背负着沉重的档案，并且憎恶更新。警督把汽车停靠在路边，此时正在查看摊开在方向盘上的地图，焦急地寻找首都北部边界第六号哨所。如果城市布局规范，呈平行四边形，而不是菱形，那么找到它就相对容易些，就像信天翁那句冷冰冰的话，在值得他信任的空间范围之内，但城市的外形不规则，站在它的边缘，往一边望望，往另一边望望，已经不知道那边仍然是北边，还是已经成了东边或者西边。警督看看手表，大吃一惊，像是个正在等待上司训斥的二级警员。不能按时赶到了，不可能赶到。他尽量沉下心来，冷静地推断一下。按照逻辑，但是，逻辑从什么时候开始支配人的决定，应该是从北部最西端开始，按钟表的顺时针方向依次序给各个哨所编号，在这种情况下沙漏显然就派不上用场了。也许推断错了；可是，推断从什么时候开始支配人的决定，尽管这个问题不易回答，但在船上有一支桨总比一支也没有强，此外，书上也白纸黑字写着，乘坐停着的船无法旅行，所以警督在认为应当是六号哨所的地方画上一个小叉，开动了汽车。车辆稀少，朝远处望去，街上连警察的影子都没有，警督恨不得闯过前面出现的所有红灯。他不是在跑，而是在飞，脚几乎一直紧踩着油门，如果必须减速，也只是轻轻打一下转向，就像在电影上看到的汽车杂技一样，汽车互相追逐，使那些神经脆弱的观众身不由己地在椅子上上下颠动。警督从来没有这样开过车，以后也不会再这样开。已经过了九点钟，终于到了北部边界第八号哨所，士兵走过来问这个焦躁不安的司机有什么事，告诉他说这里是北部边界第五号哨所。警督嘴里迸出了一个脏字，准备掉头，但及时纠正了这个急躁的动作，问了一声去六号哨所往哪个方向走。士兵指了指东边，为了不留下疑问，又用最简单的话说，往那边。还好，有一条大致与边界平行的道路通往那个方向，只有三公里，一路通畅，连信号灯都没有，启动汽车，踩油门，刹车，转一个足以获得杂技大奖的猛弯，险些停在横穿马路的黄线上，那里就是，那里就是北部边界第六号哨所了。路障旁边，大概三十米外的地方有个中年男子在等人。看来他比我年轻得多，警督想。他拿起信封，下了汽车。看不到一个军人，他们大概接到命令，在两人确认身份和交接物品的仪式期间都躲了起来或者望着其他方向。警督手中拿着信封向前走去，他想，我不应该解释迟到的原因，如果我说，喂，早安，我耽误了时间，请原谅，查看地图的时候出了问题，你知道吗，信天翁忘了告诉我北部边界第六号哨所在什么地方，无须有多么聪明就会发现，如此冗长而又杂乱的句子会被对方误认为是说错了接头暗语，这样的话，结果是二者必居其一，要么对方叫来军人把我当作狡猾的挑衅者抓起来，要么他掏出手枪，将我就地正法，口中大叫着打倒空白选票，打倒暴动，处死叛徒。警督已经到了路障前面，那人看看他，一动不动，左手拇指插在皮带上，右手插在风雨衣口袋里，一切自然得像真的一样。他是带着家伙来的，带着手枪来的，想到这里，警督说，时间总会来到的。那人脸上没有微笑，眼睛也一眨不眨，他说，噢，不，总是没有时间，这时警督把信封交给他，也许现在该互道早安了，也许交谈几分钟，说说这个星期一上午天气晴朗宜人，但对方只是说，很好，现在你可以撤退了，我负责交到收信人手里。警督钻进汽车，掉转车头朝市内开去。他心中苦涩，有一种前所未有的失落感，于是试图用想象自我安慰，当初最好把一个空信封交给那个家伙，等着看看会有什么结果。内政部长一定会怒火冲天，大发雷霆，立即打电话来要求做出解释，而他呢，则会以天堂所有的圣徒，包括地上所有有望被谥为圣徒的人的名义发誓，按照您的指示，送去的信封里装着那张照片以及姓名和地址的名单，他说，我的责任，信天翁，我的责任在您的信使放下手枪那个时刻就终止了，真的，我清楚地看见他手里有手枪，他是把手从风雨衣口袋里抽出来接信封的；可是，送来的信封是空的，是我亲手打开的，内政部长肯定会大吼；信天翁，那已经不是我的事了，他像个完全问心无愧的人一样冷静地回答说；你想干什么，我清楚得很，内政部长又喊叫起来，你不想让我动你保护的那个女人一根头发；她不是我保护的人，她是个无辜的人，信天翁，她与你们指控的犯罪毫无关系；你不要再叫我信天翁，信天翁是你父亲，信天翁是你母亲，我是内政部长；既然内政部长不再是信天翁，那么警督也就不再是海鹦了；更准确地说，海鹦不再是警督了；一切都可能发生；好，你再给我送一张照片来，今天就要送来，你在听我说话吗；我没有照片了；可是，你会有的，如果需要，你不会只有一张；怎么做；易如反掌，到有照片的地方去，在你保护的那个女人家里，或者在其他两家，你肯定不会试图说服我，让我相信失去的那张照片是仅存的一张。警督摇摇头，他不是傻瓜，给他空信封也是枉然。几乎到了市中心，这里自然显得稍微热闹些，但并不过分，没有到熙熙攘攘的程度。可以看出街上的行人都有些担心，但同时又显得很平静。对于这明显矛盾的现象警督并不在意，通过感觉发现的东西无法用语言解释，这是事实，而这个事实并不意味着没有感觉到，并不意味着没有通过感觉发现。比如，正往那边走的那个男人和那个女人，看上去他们互相喜欢，互相爱慕，看上去很幸福，刚才还在微笑，但是，他们不仅有自己的担心，而且可以说，他们清楚而平静地意识到这一点。看上去警督也有担心的事，或许正是这个原因，或者仅仅是另一个矛盾，促使他走进这家咖啡馆，吃一顿让他开心的真正的早餐，让他忘记天佑保险与再保险公司重新加热过的咖啡和又干又硬的面包，现在他刚刚点了天然鲜橙汁，烤面包片和名副其实的牛奶咖啡。侍者把盘子放在他面前，按照老式的习惯做法，面包片包在餐巾纸里，防止变凉，警督满怀怜悯地对面包片说，但愿发明你的人能进天堂。他要了一份报纸，头版是清一色的国际新闻，与当地无关，只有一条例外，外交部发表声明，称政府正在准备就首都的异常局势与多个国际组织磋商，从联合国开始，到海牙法庭结束，中间有欧洲联盟，经济合作与发展组织，石油输出国组织，北大西洋公约组织，世界银行，国际货币基金组织，世界贸易组织，国际原子能机构，国际劳工组织和世界气象组织，还有一些次要的或者正在酝酿成立过程中的组织，这里不再提及。信天翁大概很不满意，似乎有人要抢走他嘴里的巧克力，警督想。他的目光离开报纸，好像突然需要眺望远方，又自言自语，说不定这则消息就是那个人出乎意料地执意要他交出那张照片的原因，那是个从不肯被别人超越的人，一定在策划什么阴谋，非常可能是一场肮脏的阴谋，肮脏到极点的阴谋，他若有所思地低声说。后来他又想，这整整一天都归自己安排，可以做点儿愿意做的事。任务早已安排好，他本人的工作毫无用处，此时警司和警员一定躲在某个门洞或者大树后面，等待第一个从家里出来的人，警司愿意看到的无疑是戴墨镜的姑娘，至于警员，由于再没有别的人，他只好满足于跟踪写信人的前妻。对于警司来说，最糟糕的情况莫过于出来的是戴黑眼罩的老人，这倒也不是像人们想象的那样，跟踪一个年轻漂亮的女人显然比跟在一个老头子屁股后面更具诱惑力，而是因为独眼人的视力是正常人的两倍，没有另一只眼睛分散注意力或者固执地要看另一件东西，我们此前已经强调过，但一定要多次重复，免得可怜的真理被人们遗忘。那么，我做什么呢，警督暗自问道。他叫来侍者，交还报纸，结清账目，离开了咖啡馆。在方向盘前坐下来的时候看了一眼手表，十点半，他想，很好，正是约定的第二次讯问的时间。他确实想过，这个时间很好，但说不清为什么很好，对什么很好。如果愿意的话，他可以返回天佑公司，休息到午餐时间，甚至稍微睡上一会儿，弥补一下昨天那个可恶的夜晚遭受的失眠之苦，与内政部长艰苦的对话，噩梦，还有医生的妻子在眼睛被信天翁扎伤的时候发出的惨叫，但是，想到回天佑公司，关在阴森森的四面墙壁之中，他顿时感到厌恶，在那里也无事可做，更不想去检查库存的枪支弹药，按照原来的想法和书面报告中所写的，这是警督不可推卸的义务。已经是上午，仍然保持着一些清晨特有的灿烂阳光和清新空气，这时间散散步再好不过了。他下了车，开始步行，一直走到这条街的尽头，往左拐到了一个广场，穿过广场之后走进了另一条街，到了另一个广场，他想起来了，四年前是个盲人的时候，他曾挤在众多的盲人当中听一些同样失明的人发表演说，他们的声音还在那里回荡，如果真的能够听到，那也是最近在这些地方举行的政治性群众集会的声音，右翼党在第一个广场，中间党在第二个，至于左翼党，他们没有别的办法，只能在差不多位于城门之外的一块空旷的平地上，这好像是他们的历史宿命。警督没有停住脚步，继续往前走，不知不觉来到了医生及其妻子居住的街道，但事发突然，他一时没有反应过来，啊，这是他们那条街。他放慢脚步，沿着街道的另一边往前走，到了离医生家所在的楼房大约二十米的时候，楼门开了，医生的妻子带着狗走了出来。警督赶紧转过身去，走近一个橱窗，一边佯装观看，一边等待着，如果医生的妻子往这边来，就能在橱窗玻璃上看到她映出的身影。她没有过来。警督小心地朝相反的方向看了一眼，医生的妻子已经往那边走去了，狗跟在她身边，没有拴狗链。警督心里想，应当跟踪她，正如二级警员和警司此时正在做的那样，在全城跟踪嫌疑人，身为警督，他有义务那样做，而他父母的名誉也不至于被玷污，上帝知道那个女人现在到哪里去吗，带着狗出来可能是为了掩护自己，或者狗的项圈里装着密信，当年有多少只圣伯纳犬的脖颈上挂着盛白酒的小木桶，虽然每个小木桶里装的酒很少，但不知道挽救了多少条在冰雪覆盖的阿尔卑斯山上因为迷失方向而面对死亡威胁的生命，那是个多么惬意的时代。嫌疑人，如果我们愿意继续这样称呼的话，没有走得太远。在一个街区有一座略显荒废的花园，冷清得像城市当中被遗忘的村庄，里面巨木成荫，有几条粗沙路和几个花坛，做工粗糙的长椅漆成绿色，花园中间有一泓湖水，湖中有座女人雕像，身体前倾，拿着空水罐的手伸向湖面。医生的妻子坐下来，打开手提包，从里面抽出一本书。在她把书打开阅读之前，那条狗乖乖地待在那里，一动不动。待她目光离开书本，命令说，去吧，狗立刻跑开，去到它必须去的地方了，到底去了哪里，按照从前委婉的说法，是去一个谁也不能代替它去的地方。警督从远处望着，回想起早餐后的疑问，我要做什么。在五分钟的时间里，他一直躲在树木后面等着，幸运的是那只狗没有跑到这边来，否则它可能会认出他，这次就不会只是哼哼地叫了。医生的妻子并不是在等什么人，只不过像许多人一样到街上遛遛狗而已。警督径直向她走过去，故意让脚下的粗沙发出响声，最后在离她几步远的地方停下来。医生的妻子仿佛舍不得停止阅读，慢慢抬起头，看了看。开始的一刻她似乎没有认出对方，一定是由于没有想到会在这里见到他，然后才说，我们一直在等你，但你没有到，我的狗急着出来，我就带它来街上了，我丈夫在家，我没有回家的时候他可以接待你，当然这指的是你不十分着急的情况下；我不着急；那么你先走，我随后就到，只是为了给我的狗一点儿时间，人们投了空白选票，狗对此没有任何过错；如果你不介意，既然有这个机会，我倒愿意与你在这里谈谈，没有其他人在场；那我呢，如果没有想错的话，我相信这次讯问，我仍然使用了这个词，我相信这次讯问应当像上次一样，我丈夫也应该在场；这不是什么讯问，我不会从口袋里掏出记事本，也没有隐藏的录音设备，此外，我向你承认，我的记忆力已经大不如前，很容易忘事，尤其是在我没有说让它记下听到的话的时候；我还不知道记忆力有听觉；那是第二听觉器官，外面的器官只管把声音传送到内部；那你想做什么；我已经对你说过，愿意与你谈谈；关于什么；关于本市正在发生的事情；警督先生，我非常感谢你昨天下午来到我家，告诉我们，也告诉我的朋友们，政府里有些人非常关注四年前医生的妻子没有失明的现象，而现在看来她是一个反国家的阴谋的组织者，这样，坦率地说，除非你还有什么与此有关的事情，我不觉得我们还有什么谈话的必要；内政部长要求我把你和你丈夫以及你朋友们的那张照片交给他，为了送那张照片，今天上午我到一个边界哨所去了一趟；你总是有事情要告诉我，无论如何，用不着劳心费力跟踪我，直接去我家好了，路你已经认识；我没有跟踪，没有像同我一起参加这项调查的警司和警员那样，躲到一棵大树后面或者假装读报，等着你从家里出来然后跟踪，不错，我打发他们去跟踪你的朋友了，这只是为了让他们有事可干，没有别的意思；你的意思是说，你来到这里是出于巧合；完全正确，随便出来走走，偶然经过那条街，看见你出来了；把你来到我居住的街道说成纯属偶然，这过于牵强，令人难以置信；你怎样看待这件事都行；不管怎么说，如果你愿意，就叫作幸运的偶然吧，没有它，我不会知道照片已经在内政部长手里；我也会利用别的机会告诉你；他为什么想要那张照片呢，不知道我是否过分好奇了；我不知道，他没有告诉我，但我相信绝对不是为了干什么好事；如此说来，你不是来对我进行第二次讯问的，医生的妻子问；如果依我个人的意愿，明天不是，后天不是，永远不是，对这件事的原委，需要知道的我全都知道了；你必须向我解释清楚，请坐，不要像湖面上那个拿着空水罐的女子那样，一直站着。那只狗突然出现了，从一丛灌木后面出来，一面叫一面径直朝警督跑去，警督下意识地往后退了两步；不要害怕，医生的妻子说，顺手拉住了狗的项圈，它不会咬你的；你怎么知道我怕狗呢；我不是巫婆，是你在我家里的时候我注意到的；你注意到的事真不少；注意到的事确实不少，安静，这最后两个字是对狗说的，它已经停止吠叫，现在嗓子里发出的是连续的沙哑的声音，像没有调好低音符的管风琴发出的悲鸣，更加令人不安。你最好坐下，让它明白先生你不会伤害我。警督提心吊胆地坐下，一直保持着距离，他问道，它的名字叫安静吗；不，叫忠贞，不过对我们和朋友们来说，它是舔眼泪的狗，我们给它起名叫忠贞,这个名字短一些;舔眼泪的狗,为什么;那是四年前,每当我哭的时候,它都来舔我的脸;白色失明症的时候吗;对,是在白色失明症的时候,这是那些悲惨日子里的第二桩奇事,第一桩是一个本该有义务失明的女人没有失明,然后就是这只富于同情心的狗来舔她的眼泪;这种事真的发生过,还是我在做梦呢;警督先生,我们梦见的东西也会真的发生;但愿并非一切全都如此;你这样说有什么特殊原因吗;没有,只是说说而已。警督说了谎,他没有让自己说出的另一句话是,但愿信天翁不来扎你的眼睛。狗走过来,嘴几乎碰到了警督的膝盖。它看着警督,两只眼睛在说,我不会伤害你,不要害怕,那一天她也没有害怕。这时候警督慢慢把手伸过去,摸摸狗的脑袋。他多么想大哭一场,让泪水顺着脸颊流下来,也许奇事会再度发生。医生的妻子把书收进手提包,然后说,我们走吧;到哪里去,警督问;如果没有什么重要事情,去和我们一起吃午餐;你确定吗;确定什么;愿意让我坐在你的餐桌边;对,我确定;不担心我在欺骗你吗;你眼中的泪水告诉我,不会。

16

警督回到天佑公司已经是晚上七点多钟，两个下属正在等他。看得出来，他们心情不大好。你们今天过得怎么样，给我带来什么新消息，他以振奋甚至近乎喜悦的口气问，装出一副兴趣盎然的样子，但我们比任何人都清楚，其实他并没有这种感觉。这一天过得很不好，至于新消息，那就更加糟糕了，警司回答说；还不如叫我们躺在床上睡大觉呢，警员说；给我说说，怎么回事；我一辈子从来没有遇到过这么荒唐，这么不合情理的调查，警司开了第一炮。如果警督表示同意，说一声你还不知道底细，那倒也未尝不可，但他选择了沉默。警司接着说，十点钟我到了写信那家伙的女人的那条街；对不起，是以前的女人，警员赶紧纠正说，在这种情况下称她为以前的女人还不够正确；为什么；因为说以前的女人意味着她不再是女人了；事情不正是这样的吗，警司反问道；不对，女人仍然是女人，只不过不再是夫人了；好，那就这样说，十点钟我到了写信那家伙的前夫人的那条街；这就对了；夫人这个词听起来可笑，还有点儿自以为高贵的味道，你向别人介绍你妻子的时候，肯定不至于这样说，这是我的夫人。警督打断了他们的争论，这事留待以后再说，谈重要的事；重要的事，警司接着说，重要的事，我在那里一直待到将近中午，她还没有出来，在一定意义上说我也不感到奇怪，城市的组织已经乱了套，有些企业已经关闭或者半日制工作，人们不需要早起；但愿我也能这样，警员说；可是，她究竟出来了没有，警督开始不耐烦了，问道；出来了，准确地说是十二点十五分出来的；用准确这个词有什么特殊原因吗；没有，警督先生，我当时看了看表，这很自然，是十二点十五分；接着说下去；我立刻跟上她，并且一直用一只眼睛看着来来往往的出租车，唯恐她趁我不注意钻进其中一辆，把我甩在马路中间不知道如何是好，但没有过多久我就发现，无论到哪里去，她都步行；到哪里去了；现在你该笑了，警督先生；我不信；她走了半个多小时，步子很快，跟上她真不容易，好像在进行体能训练一样，出乎意料的是，我突然发现自己到了戴黑眼罩的老人和戴墨镜的姑娘住的那条街，啊，就是那个妓女；警司，她不是妓女；如果现在不是，过去曾是，一码事；在你头脑里是一码事，而在我头脑里不是，你是在同我说话，我是你的上司，要用我能听懂的方式；既然这样，我就称她为前妓女吧；称他为戴黑眼罩的老人的女人，就像你刚才说写信那家伙的女人一样，你看，我在学习你的说法了；是，先生；你到了那条街上，后来怎么样；她进了他们住的那栋楼房，不出来了；那时你在做什么，警督问警员；当时我正在隐蔽，她进入楼里以后，我就去和警司商量下一步的战术；结果呢；我们决定尽可能在一起工作，警司说，我们还商定，如果遇到不得不再次分开的情况该怎样行动；以后呢；已经到了吃饭的时间，我们利用这个机会；去吃午饭了；没有，警督先生，他已经买了两份三明治，给了我一份，这就是我们的午饭。警督脸上终于露出了微笑，对警员说，应当给你发勋章，警员觉得受到信任，放开胆量回答说，有些人干事不多，却得了勋章；你不会想到你说得多么有道理；那么您就把我列入这个名单吧。三个人都笑了，但没过多久警督的脸又阴沉下来，问道，接下来又发生了什么事；两点半的时候所有人都出来了，大概在家里吃了午饭，警司说，我马上警觉起来，因为我们不知道老人有没有汽车，至少他没有使用，也许正在节约汽油，我们跟在他们后头，这工作由一个人来做都很轻松，由两个人做会怎么样，就可想而知了；跟踪到哪里结束的；在一家电影院，他们去看电影了；你们检查过影院有没有其他出口吗，他们可能在你们不知不觉的情况下从那个出口溜出去；还有一个门，不过已经关了，为了谨慎起见，我告诉他监视那扇门半小时；那边没有人出去，警员说。对这出喜剧，警督已经感到厌烦，他用严肃的口吻命令说，说说其余的事，给我说得简单一点儿。警司用诧异的目光看看他，其余的事，警督先生，其余就没有事了，电影放完以后他们一起出来，上了一辆出租车，我们上了另外一辆，一上车我们就向司机发出了那个经典的命令，我是警察，给我紧跟那辆车，于是又转了一圈，写信那家伙的妻子第一个下了车；在什么地方；在她居住的那条街，我们已经对您说过了，警督先生，我们没有带回什么新消息，后来出租车把其他人送回了家；那你们呢，你们做了什么；我留在了第一条街，警员说；我留在第二条街，警司说；然后呢；然后就没事了，他们当中再没有人出来，我还在那里等了将近一个小时，最后上了一辆出租车，经过另一条街的时候带上同事，我们两个人一起回到这里，是刚刚才回来的；所以说，无用的工作，警督说；看来是这样，警司说，不过有趣的是，这事儿开始得不错，比如说写信那家伙，对他的讯问不算白费力气，甚至有点儿让人开心，那可怜虫不知道该把尾巴塞到哪里，结果夹在两条腿中间了，但后来不知道怎么回事，我们陷入了泥坑，我是说我们牵扯到里面了，警督先生，这事您知道得比我们多，因为您曾两次讯问直接嫌疑人；哪些人是直接嫌疑人，警督问；首先是医生的妻子，其次是她的丈夫，我觉得这非常清楚，他们既然分享同一张床，也就应当共同分担罪过；什么罪过，警督先生和我知道得同样清楚；我们设想一下，假如我不知道，你来解释解释；造成我们所处的局势的罪过；什么局势；空白选票，城市戒严，地铁爆炸；你真的相信你说的这些话吗，警督问；我们正是为这件事来进行调查，抓捕罪犯的；你的意思是说，医生的妻子；是的，警督先生，我认为内政部长对这件事下达的命令相当明确；内政部长没有说过医生的妻子是罪犯；警督先生，我只不过是个警司，也许永远升不到警督，但我从干这一行的经验中知道，半个词能说出一个完整的词说不出来的意思；一旦有了空缺，我将支持你晋升警督，可是，在此之前，真相要求我告诉你，对于医生的妻子，不是用半个词，而是要用完完整整的一个词，这个词就是无辜。警司瞥了一眼警员，向他求助，但后者像刚刚被催眠了一样，一脸茫然，看来不能指望他了。警司小心翼翼地问，警督先生的意思是我们要两手空空离开这里；我们也可以把两只手插在口袋里离开嘛，如果你更喜欢这样表达的话；这样，我们就这样向部长交差吗；既然没有罪犯，我们也造不出来；希望您能告诉我，这句话是您说的还是部长说的呢；我相信这不是部长的话，至少我没有亲耳听到他这样说过；从进入警察队伍以来，我也从来没有听他这样说过，警督先生，在这件事上我保持沉默，不再开口。警督站起身，看了看手表，说道，你们到饭馆去吃饭吧，中午几乎什么都没有吃，大概饿了，但不要忘记把发票带回来让我签字；先生您呢，警员问；我中午吃得很好，如果想吃了，房间里面总有茶水和饼干可以垫补一下。警司说，出于对您的尊重，警督先生，我不得不告诉您，我非常担心您；为什么；我们是下属，不会有什么事，充其量受到训诫处罚，而先生您不同，您是警督，有责任保证这次调查的成功，但看来您已经下定决心宣布失败了；我来问你，说一个被告无辜就是调查失败吗；是这样的，如果筹划此次调查是为了把一个无辜者变成罪人的话；刚才你还在信誓旦旦地说医生的妻子是罪犯，现在又几乎要把手放在福音书上发誓，说她是无辜的；也许是把手放在福音书上发誓，但绝不是当着内政部长的面；我理解，你有你的家庭，你的职业，你的生活；是这样，警督先生，如果您愿意的话，还可以加上一点，我缺乏勇气；我和你一样，也是人，我不会让自己走得太远，只是劝你从此以后好好保护我们这位二级警员，我有个预感，你们两个人将来非常需要互相照顾。警司和警员说，再见，先生；警督回答说，美餐一顿，别着急。门关上了。

警督到厨房喝杯水，然后走进卧室，床还没有收拾，穿过的袜子丢在地上，这里一只，那里一只，脏衬衫胡乱甩在椅子上，还没有到盥洗间去看，那是天佑保险与再保险公司迟早需要解决的问题，秘密机构当然要严守秘密，但可以为暂时住宿的探员安排一个女性助手，兼任管家，厨师和卧室的用人。警督猛地扯下床单和被罩，往床垫上打了两拳，把衬衫和袜子卷起来塞进一个抽屉，卧室的凌乱景象稍有改善，但是，任何一个女性都会做得更好。他看看表，时间正合适，结果如何很快就会知道。他坐下来，打开台灯，拨通了电话。接通信号响到第四声的时候，对方有人接听了，传来一个字，说；我是海鹦；这里是信天翁，说；我来向您汇报这一天的行动，信天翁；我希望听到令人满意的结果，海鹦；这取决于什么样的结果被视为令人满意，信天翁；我没有时间也没有耐心听你唠叨题外话和细枝末节，海鹦，开门见山地谈主要内容；请允许我先问您一个问题，信天翁，带去的东西是否收到了；什么东西；上午九点，北部边界第六号哨所；啊，收到了，完好无损，对我非常有用，海鹦，到时候你会知道用处有多大，现在说说你们今天都做了些什么；没有多少好说的，信天翁，几次跟踪行动和一次讯问；一部分一部分地说，海鹦，跟踪的结果如何；几乎没有任何结果，信天翁；为什么；在跟踪的所有场合，信天翁，我们定为二线嫌疑人的行为举止都绝对正常；那么，对一线嫌疑人的讯问呢，海鹦，我记得他们是由你负责的；为了尊重真相；你刚才说什么，我没有听清；为了尊重真相，信天翁；你现在说这个，海鹦，是什么意思；这是开始讲话的许多方式中的一种，信天翁；那么，请你不要讲什么尊重真相，简单明了地告诉我，如果你已经可以确认情况，就不要拐弯抹角，直截了当地告诉我，那个医生的妻子，我眼前照片里的这个人，是有罪的；她承认了一项谋杀罪，信天翁；你完全知道，由于多种原因，包括欠缺罪证，我们对此不感兴趣；是这样的，信天翁；那么你就直接谈正题，回答我，是否肯定医生的妻子对有组织的空白选票运动负有责任，甚至她也许是整个组织的头目；不，信天翁，我不能肯定；为什么，海鹦；因为在这个世界上的所有警察当中，没有任何一个能够发现哪怕最小的迹象来为这种指控提供依据，信天翁，我自认为是他们当中的最后一员；你好像忘记了我们曾经的约定，海鹦，你要培植必要的证据；如果您允许的话，信天翁，我要问一句，在这样的案件中能培植出什么证据呢；这个问题过去和现在都不是我的事，海鹦，我已经把它留给你去判断了，当时我还相信你有能力圆满完成使命；在我看来，得出结论认为一个嫌疑人没有犯下被指控的罪行，就是警察最圆满地完成了一项使命，信天翁，我是怀着极为尊敬的心情对您说这些话的；从此刻开始，我认为这场代号游戏已经结束，你是警督，我是内政部长；是，部长先生；为了看看我们还能不能最终达成谅解，我现在使用一种与刚才不同的方式提出问题；是，部长先生；你愿不愿意把个人信念撇在一边，肯定医生的妻子有罪，直接回答，愿意还是不愿意；不愿意，部长先生；是不是掂量过这句话可能产生的后果；掂量过了，部长先生；很好，那么你记下我刚刚做出的决定；我在听，部长先生；告诉警司和二级警员，命令他们明天上午返回，九点钟必须到达北部边界第六号哨所，那里有人等他们并陪同他们到这里来，那个人年纪与你相差不多，打着有白色斑点的蓝色领带，你们已不再需要在那里使用的汽车，由他们开回来；是，部长先生；关于你；关于我，部长先生；在接到新的命令之前继续留在首都，相信新的命令很快就到；那么，调查工作；你自己说过没有什么好调查的了，嫌疑人是清白的；是这样，部长先生，这确实是我的信念；那么你的问题已经解决，不能有什么抱怨；我留在这里做什么；什么事都没有，不做任何事情，可以散散步，散散心，看看电影，看看话剧，参观博物馆，如果愿意的话，邀请你的新朋友共进晚餐，由内政部买单；我不明白，部长先生；我给了你五天的时间进行调查，现在期限尚未结束，或许结束之前你的头脑中还能点亮不同的灯光；我相信不会，部长先生；尽管如此，五天就是五天，我是说话算数的人；是，部长先生；晚安，警督，睡个好觉；晚安，部长先生。

  警督放下电话。现在，他从椅子上站起来，走到盥洗间。他要看看刚刚被断然辞退的这个人的脸。那个词并没有被直接说出来，但可以一个字母一个字母地从所有其他词语当中显示出来，包括那句祝他睡个好觉在内。他并不吃惊，他太了解内政部长了，也知道因为没有执行从他那里得到的指示自己必将付出的代价，指示包括明确的指示，也特别包括心照不宣的指示，不过事实上两者都同样清楚明白，真正令他吃惊的倒是从镜子里看到的这张脸竟然如此平静，皱纹消失了，一双眼睛变得清澈而且炯炯有神，这是一张五十七岁的男子汉的脸，他的职位是警督，刚刚经受了一场火的考验，如同又接受了一次洗礼。好主意，洗个澡。他脱下衣服，站到淋浴喷头下面，任凭水随意流下来，没有什么好担心的，由内政部付账，然后慢慢涂上香皂，再放水冲走身上残余的污秽，这时候回忆把他驮在背上回到了四年前，当时所有人都失明了，在市内游荡，又脏又饿，为了一口吃的他们不顾一切，哪怕是一块发了霉的硬面包，或者其他任何可以吞咽至少可以咀嚼的东西，只要能从中吸出一点儿汁液，用来欺骗饥饿的肠胃，他想象着医生的妻子带领着一小群不幸的人顶风冒雨走遍全市，那是六只迷路的羔羊，六只从巢中掉下来的小鸟，六只刚刚出生的盲眼小猫，也许在那些日子里的某一天，他曾在某一条街上和他们相遇，或许他们因为害怕拒绝了他，或许他因为害怕拒绝了他们，那是个各人自寻生路的时代，在别人没有抢劫你之前先抢劫别人，在别人没有打你之前先打别人，根据盲人的法则，最危险的敌人就是离你最近的人，他想，并不只是在没有眼睛的时候，我们才不知道往哪里走。热水唰唰地流到头上，肩上，顺着身体往下流，带着咕嘟咕嘟的声音消失在下水道里。洗完澡，他用印有警察徽记的浴巾擦干身体，收起挂在衣架上的衣服，回到了卧室。穿上一件干净内衣，这是剩下的最后一件了，不得不继续穿，一项仅仅五天的任务用不着带得更多。他看看表，差不多九点钟。他走到厨房，烧水沏茶，把装在灰色小纸袋里的茶叶投入水中，按照使用说明等了几分钟。糕饼好像是用花岗岩加糖做成的，用力咬成几块，然后再慢慢嚼碎。现在开始小口地喝茶，他喜欢绿茶，但这里提供的是红茶，而且是陈年的旧茶，已经完全失去了茶叶的味道，不得不勉强凑合，天佑保险与再保险公司给过往客人提供茶叶已经算得上过分奢华了。部长讥讽的话仍然在耳边回响，我给了你五天的时间进行调查，现在期限尚未结束，结束之前散散步，散散心，看看电影，由内政部买单，他问自己，今后会出什么事情呢，命令他返回中心，以无能力执行外部勤务为由让他伏在办公桌上整理文件，一位警督沦落为区区一名抄录员，这就是他的未来，或者强制退休，被人们彻底遗忘，只有在死去的时候他的名字才被提到，然后从人员登记册上删除。吃完茶和点心，他把又湿又凉的小茶包扔进垃圾箱，洗净咖啡杯，捡起掉在桌子上的糕饼渣。做这一切的时候他都聚精会神，为的是与纷乱的思绪保持距离，在问清它们携带着什么之后才让它们一个一个地进来，因为对于思想，无论多么小心也不为过，其中有些思想忸怩作态，带着虚伪的天真出现在我们面前，然后，这时已经太晚了，暴露出它心术不正的本来面目。他又看了看表，差一刻十点，时间过得真快。他离开厨房，走进客厅，坐在沙发上若有所思，等待着什么。听到门锁响动，他醒了。警司和警员走进来，看上去他们酒足饭饱，不过举止节制，无可挑剔。两个人向他道了晚安之后，警司代表两个人为回来晚了一些表示抱歉。警督看了看表，过了十一点，还不算晚，他说，问题是明天你们必须早起，可能比你们原来想的还要早；有新任务吗，警司一面问，一面把一包东西放在桌上；如果可以称为任务的话，警督说。他停顿了一下，又看看表，接着说，上午九点，你们必须带着你们所有的东西到达北部边界第六号哨所；为什么，警员问；你们被调离了这项调查任务；这是您的决定吗，警督先生，警司表情严肃，问道；是部长的决定；为什么；他没有对我说，但你们不用担心，我相信绝对不是针对你们的，他会向你们提出大量问题，你们知道如何回答；这就是说，警督先生不和我们一起走，警员问；对，我留下；您独自一个人继续调查吗，警司问；调查已经结束；莫非在没有任何具体成果的情况下就结束了；既没有具体成果，也没有抽象成果；这我就不明白了，为什么您不和我们一起走，警司说；部长的命令，我在这里一直待到他给的五天期限后，也就是说到星期四；然后呢；也许他讯问你们的时候会说；讯问，讯问什么；关于调查是如何进行的，关于我是如何领导这次行动的；可是，既然警督先生刚才对我们说调查已经结束；对，但是也可能想通过另一种途径继续进行，不过无论如何都与我无关了；我还是一点儿都不明白，警员说。警督站起身，走进办公室，拿出一张地图，在桌子上铺开，为此还把那包东西往旁边挪了一挪。北部边界第六号哨所在这里，他用食指指着地图说，不要弄错，部长说在那里等你们的人和我年龄相仿，但显得比我年轻多了，不难辨认，他系一条蓝色领带，领带上有白色斑点，昨天我与他碰头的时候还要互相对暗号，我估计这次不需要了，至少部长没有提到；我不明白，警司说；很清楚，警员补充道，我们要去北部边界第六号哨所；我不明白的不是这个，不明白的是为什么我们走，而警督留下；部长自有他的道理；部长们总是有道理；但从来不说出来。警督说话了，不要再费口舌争论了，最好的态度还是，不要求解释，在能得到解释的情况下不对解释提出怀疑，因为做出解释的情况极为少见，而且往往都是谎言，几乎无一例外。他十分小心地把地图折起来，好像突然想起一件事，他说，你们把汽车开走；您连汽车都不留下吗，警司问；市内不缺公共汽车和出租车，再说，步行有利于健康；我越来越糊涂了；没有什么可糊涂的，亲爱的，我接到命令，执行命令，你们也是这样，任何分析和考虑都丝毫不能改变眼前的现实。警司把桌上那包东西往前推了推，他说，这是我们带回来的；里面是什么；这里准备的早餐太差了，我们买了些不同的糕饼，新出炉的，还有一点儿优质奶酪和黄油，以及火腿和切片面包；你们带走也行，留下也可以，警督笑着说；如果您同意，明天我们一起吃早餐，余下的留在这里，警司也笑了。大家都笑了，警员是陪着他们笑的。现在三个人都严肃下来，不知道说什么好。最后还是警督开了口，向下属们告别，我要去睡觉了，昨天晚上没有睡好，今天一天又很乱，从北部边界第六号哨所的那件事开始；那件事是什么事，警督先生，警司问道，我们不知道你到北部边界第六号哨所去做什么；对，我没有告诉你们，没有找到机会，根据部长的命令，我把那组人的照片交给一个系着有白色斑点的蓝色领带的人，也就是你们明天上午要去见的那个人；部长要那张照片干什么；用他本人的话说，到时候我们就会知道；我感到气味不对，不会是什么好事。警督点点头，好像在表示同意，然后接着说，后来我偶然走到了医生的妻子住的那条街，在他们家吃了午饭，最后，我和部长谈了话；我们对您十分尊敬，警司说，但有一件事我们永远不会原谅您，我是以我们两个人的名义说话的，因为我们已经就这件事进行过交谈；什么事；您一直不想让我们去那个女人家里；你去过她家里；对，去过，但马上被赶出来了；你们说得对，警督承认这一点；为什么呢；因为我害怕；怕什么，我们又不是什么猛兽；害怕那股无论如何也要找到罪犯的固执念头，使你们不能现实地看待眼前那个人；您太不信任我们了，警督先生；这不是信任不信任的问题，更像是发现了一处宝藏，总是想把它保存好，只留给自己，不，不要胡思乱想，这不是感情问题，你们可能那样想，但不是那么回事，其实我担心的是那个女人的安全，我曾想过，参与讯问她的人越少，她就越安全；简单点儿说吧，少绕圈子，请您原谅我大胆直言，警员说，您曾经不信任我们；是这样，真的，我承认，曾经不信任；您无须抱歉，警司说，您已经得到原谅，尤其是因为您的担心是合理的，我们可能会像两头大象冲进一家瓷器店那样，毁掉里面的一切。警督打开那包东西，拿出两片面包，夹上两片火腿，笑着解释说，我承认，我真的饿了，只喝了一杯茶，那些该死的糕饼险些把我的牙硌碎了。警员到厨房里拿来一听啤酒和一个杯子，警督先生，放在这里了，这样您吃面包的时候咽得顺当些。警督坐下来，一面惬意地吃着火腿三明治，一面喝啤酒，仿佛在清洗灵魂，吃完之后他说，现在好了，我要去睡觉了，希望你们睡得好，谢谢你们的夜宵。他一步一步朝卧室走去，到了门口又停住脚步，转过身来说，我会想念你们的。他停顿了一下，补充说，不要忘记你们去吃晚饭的时候我对你们说过的话；您指的是哪些话，警督先生，警司问道；我有个预感，你们将来非常需要互相照顾，希望你们既不要受甜言蜜语的欺骗，也不要落入许诺职务迅速升迁的圈套，为这次调查结果负责的人是我，与其他任何人无关，只要你们说的是真相，拒绝接受与你们的实话不符的以所谓真相为名说出的谎言，你们就没有背叛我；好的，警督先生，警司答应道；你们要互相帮助，警督说，随后又补充了一句，这就是我对你们的全部期望，对你们的所有请求。

17

　　警督不想利用内政部长的慷慨大方。他既没有去剧院和电影院消遣，也没有去博物馆参观，只有吃午饭和晚饭的时候才离开天佑保险与再保险公司，而且在饭馆付账以后总是把发票和小费一并留在桌子上。他没有再去医生家里，也没有理由回到与舔眼泪的狗和解的花园，那条狗的正式名字叫忠贞，在那座花园里，他曾就有罪和无辜与狗的女主人眼睛对着眼睛心灵对着心灵交谈。他也没有去关注戴墨镜的姑娘和戴黑眼罩的老人以及第一个失明者的前妻在做什么。对于第一个失明者，即那封肮脏得令人呕吐的检举信的写信人和这一系列灾难的始作俑者，如果在路上碰到那个家伙，毫无疑问，他一定会立刻走到路的另一边。其余的时间，从上午到下午，一个小时接一个小时，他全都守候在电话机旁边，即便在睡觉的时候，耳朵也彻夜警惕着。他相信内政部长迟早会打电话来，否则就无法理解为什么要他等到调查规定的五天期限结束，直到最后一分钟，或者更为确切地说，直到将他熬为渣滓。最正常的做法是给他下一道命令,让他返回机关,然后立即公开算账,强制退休或者解职,但经验告诉他,对于内政部长那充满鬼点子的头脑来说,正常显得过分简单了。他想起了警司的话,我感到气味不对,不会是什么好事,这话说得平平淡淡,但意味深长,他记得,是在他说他去过北部边界第六号哨所,把照片交给了系着有白色斑点的蓝色领带的那个男人的时候,警司说了那句话,他还想到,问题的关键大概真的在那里,在那张照片上,虽然他不能想象以何种方式以及是为了什么。这缓慢的等待有其清晰可见的期限,不像人们为了言辞生动常说的那样无尽无休的等待,下面这些思想大都是在一种连续而难以抵御的似睡非睡的迷蒙状态中出现,半警惕着的意识偶尔会把他从那种状态中惊醒,剩余的三天期限是否已经过了,星期二,星期三,星期四,月份牌上的三张纸像是被午夜缝在一起,难以撕下来,后来又粘在手指上,变成了一团黏黏糊糊,奇形怪状的时间贴在柔软的墙壁上,墙壁竭力排斥时间,同时又把时间吮吸进去。终于熬到了星期三,已经是夜里十一点三十分,内政部长打来电话。他没有问候,没有道晚安,没有问警督身体如何,没有说独自一人是否寂寞,没有说他是不是已经讯问过警司和警员,一起讯问的还是单独询问的,用温和的交谈还是严厉的威胁,只是像不抱任何目的一样毫不经意地甩出一句,我想你会有兴趣读一读明天的报纸;报纸我每天都读,部长先生;祝福你,你是个消息灵通的人,即使如此,我还是强烈向你推荐明天的报纸,不可不读,你会做出判断的;我一定读,部长先生;也要看看电视台的新闻,千万不要错过;天佑公司这里没有电视机,部长先生;可惜了,但我觉得这样也不错,反而更好,就不必想方设法摆脱留在头脑中的困难问题了,不管怎样,你可以去拜访新近结识的任何一个朋友,建议他们把那个小组的人全都召集起来,共同欣赏精彩表演。警督没有回答。他本可以问一问从下一天开始他会受到什么纪律处分,但最后他选择了沉默不语,他的命运显然掌握在内政部长手中,既然如此,就任凭他宣布判决,并且他相信,如果他问了的话,得到的也一定是一句干巴巴的回答,比如说,别着急,明天你就知道了。警督突然意识到,沉默早已超过了它在正常的电话交谈中持续的时间,在正常通话中,句子与句子之间的停顿和间歇一般是短暂的,或者说极为短暂。他没有对内政部长别有用心的建议做出反应,看来部长并没有放在心上,仍然保持着沉默,好像故意留下时间,让对方考虑如何回答。警督谨慎地开口了,部长先生。脉冲电流把这四个字沿着电线送到远方,但另一端没有传来任何生命的信号。原来信天翁已经把电话挂断了。警督放下电话,离开卧室。他走到厨房里,喝了一杯水,这不是他头一次发现,与内政部长谈话使他产生近乎焦躁的干渴,好像在谈话的全部时间内他的五脏六腑都在燃烧,现在他不得不急着去扑灭体内的大火。他走到客厅,坐在沙发上,但没有在那里待多久,三天来经历的半昏睡状态消失了,听到部长说出第一个字的时候便烟消云散了,现在,那些事儿,当情况混沌不清,需要花费大量时间占用大量空间去解释去确定的时候,人们出于懒惰,习惯于笼统地称为那些事儿,现在那些事儿开始飞快发展,不到终点不会停步,可是,什么是终点,什么时候到达终点,如何到达终点,终点在哪里。有些事情他可以肯定,用不着请教大名鼎鼎的侦探们,用不着请教梅古雷,用不着请教波洛,也用不着请教福尔摩斯,就能知道明天的报纸会刊登什么。等待已经结束，内政部长不会再打来电话，即使还有什么命令，也将通过某个秘书或者直接由警察局下达，五天五夜，一天不多，足以让一个负责一项艰难的调查工作的警督，变成一个断了线被扔进垃圾堆里的木偶。这时候他又想到，还有一项义务有待履行。他在电话簿上找到一个名字，与住址核对一下，然后拨了一个号码。接电话的是医生的妻子，请讲；晚上好，我是警督，请原谅我在夜里这个时候给你打电话；没关系，我们从来不早睡；你是否记得我在花园里和你谈话时说过，内政部长要求我把你们那个小组的照片交给他；记得；我有一切理由认为，那张照片将刊登在明天的报纸上，并且在电视上播出；我不问您为什么，但我记得您对我说过，内政部长要那张照片绝对不是为了什么好事；对，但无论如何我也没有想到他会以这种方式使用它；他想干什么呢；明天我们就会看到报纸除展示照片之外还会做什么，但我猜想，他们会给你打上犯人的烙印示众；因为四年前没有失明吗；你清楚地知道，对于所有人都失去视力唯独夫人你没有失明的事实，内政部长高度怀疑，而现在，从这种观点出发，这一事实就成了再充足不过的理由，认为你要对正在发生的事情负全部或部分责任；您指的是空白选票；对，空白选票；荒唐，不折不扣的荒唐；我从所从事的职业中懂得，发号施令的人不仅不会在我们称为荒唐的事情面前却步，还会进一步利用荒唐的事情麻痹人们的良知，毁灭人们的理性；您看我们应该怎么办；隐藏起来，消失掉，但不要到你的朋友家里，你们在那里不会安全，他们很快就会受到监视，即使现在还没有；说得对，无论如何，我们绝对不能让决定收留我们的人冒任何风险，刚才我还在想，给我们打电话是否会对您不利；不用担心，这条线路是安全的，全国很少有比这条更安全的线路了；警督先生；请讲；我想向您提个问题，不知道是否可以；问吧，不要怀疑；您为什么要为我们做这些事情，为什么帮助我们；很简单，因为许多年前在一本书上读到过短短的一句话，本来我已经忘记了，但这些天它又回到了我的记忆当中；一句什么话呢；我们出生的那一刻，仿佛为一生签署了一个契约，但可能有一天我们会问自己，是谁替我签署的；这段文字确实漂亮，发人深思，那本书的书名是；真不好意思，我记不起来了；记不得书中更多的内容，连书名也忘了，那就算了吧；连作者的名字也不记得了；这些词，这样出现，可能以前没有任何人说过，它们运气很好，没有互相丢失，有人把它们集合起来，谁知道呢，如果我们善于把一些分散的单个词语集合起来，这个世界是不是会更体面一些；我怀疑这些不起眼的可怜词语能否再次相聚；我也怀疑，但梦想是廉价的，并不费钱；我们等着看那些报纸明天说什么吧；等着看吧，我已经做了最坏的准备；不论接下来会发生什么，请你考虑一下我对你说过的话，隐藏起来，消失掉；我会跟我丈夫谈谈；但愿他能说服你；晚安，感谢您所做的一切；没有什么好谢的；您要小心。挂断电话以后，警督问自己，说这条线路是安全的，全国很少有比这条更安全的线路，好像这是自己的东西一样，是不是太愚蠢了。他耸耸肩，自言自语地说，这有什么关系，没有任何东西是安全的，没有任何人是安全的。

他没有睡好，梦见无数词语形成的乌云奔逃，散开，他拿着逮蝴蝶的网追赶它们，一面追赶，一面祈求，停一停，不要动，等等我。这时候词语们突然停下来，聚拢到一起，堆积到一起，好像蜂群等待落到蜂巢上一样，他高兴地喊起来，把网撒了出去。逮住的是一份报纸。这个梦不好，但信天翁会来扎医生妻子的眼睛更糟糕。他醒得很早。草草收拾了一下就下了楼。这次他不再从地下车库经过，不再经过那扇绅士之门，走的是普通的门，可以称为平民百姓之门，看见看门人蜷缩在小屋里，他点点头表示问候，如果在外面遇到他，也许会说句什么，但现在说话已没有必要，他不过是个匆匆过客，这指的是他自己，不是指看门人。街上的路灯还亮着，商店两个小时以后才开门。他找到了一间报刊亭，是那种最大的各种报纸最齐全的报刊亭，站在那里等着。幸亏没有下雨。路灯熄灭了，整座城市顷刻间陷入最后的短暂的黑暗之中，很快，随着眼睛适应了这一变化，随着清晨头一缕浅蓝色的晨光落到街上，黑暗消散了。配送报刊的卡车开过来，卸下一个个包裹之后沿着固定线路开走了。报刊亭的雇员打开包裹，开始根据收到的报纸份数整理，从左到右，从多到少。警督凑过去，道声早安，然后说，每种报纸给我拿一份。趁雇员把报纸装进塑料口袋的空当，他看了一眼那一排报纸，除了最后两种，其他的都在通栏大字标题下面刊登了那张照片。这个报刊亭今天早晨销量不错，来了一位有身份的神秘顾客，我们提前说明，这一天其余的时间与早晨没有不同，除右边那两小摞卖出的数量没有超过平时之外，其他报纸均告售罄。现在警督已经不在那里，他拦住在最近的街角出现的第一辆出租车，慌忙钻进去，说了天佑公司的地址，在为路程太近而请求原谅之后，便从塑料口袋里抽出报纸，打开。集体照片上，有一个箭头指向医生的妻子，旁边是一个圆圈，里面有她的放大头像。各报的黑色或红色标题是，阴谋终被曝光，这个女人四年前没有失明，空白选票之谜被揭开，警方调查初见成果。光线不好，行进在碎石路上的汽车又不停地颠簸，他看不清报上的小字。不到五分钟的工夫，出租车停在大厦门口。警督付了车资，把找回的零钱放回司机手里，迅速走进大厦。他像一阵风一样从看门人身边走过，没说一句话，匆匆钻进电梯，急躁情绪几乎让他频频顿足，快走，快走，而电梯是机器，穷其一生接送人们上上下下，听他们交谈，听几句没有说完的自言自语或者低声哼唱走了调的片断，还有按捺不住地叹息和心神不定地嗫嚅，它装作与这一切无关，按规定时间上升下降，这是它的宿命，如果你急不可耐，去爬楼梯好了。警督终于把钥匙塞进了天佑保险与再保险公司门上的锁眼，把灯打开，朝桌子奔去，他曾在这张桌子上摊开本市地图，也曾与已经离去的助手们最后一次共进早餐。他的手不停地颤抖。他强迫自己慢慢读，逐字逐句，不要跳行，终于读完了那四份刊登那张照片的报纸上的相关新闻。各报刊登的内容完全相同，只是风格上稍有变化，用词上略见差异，假如它们能像数学一样计算出个平均文，很可能与内政部的写手们炮制的原文正好吻合。写手们那篇千古奇文的内容大致如下，祖国首都的机体之内出人意料地产生了一个毒瘤，它是以空白选票运动这种神秘而怪异的形式出现的，我们的读者都知道，这次空白选票的数量之多，超越了所有民主政党得票的总和，政府当时把隔离毒瘤和使其萎缩的工作交给了时间，因为时间能征服一切，化解一切。现在，一个最大的喜讯传到本编辑部，让人不能不喜出望外。一位警督，一位警司和一位二级警员表现了警察机关的侦查才干和坚韧不拔的精神，出于安全方面的原因我们未得授权透露他们的姓名，他们揭露的极有可能是那条绦虫的脑袋，它的一个个节片危险地麻痹并破坏了本市大多数适龄选民的公民意识。根据相当可靠的证人证实，这个与一位眼科医生结婚的女人令人极为惊诧，在四年前把我们的国家变成盲人国度的那场可怕的瘟疫中，只有她得以逃脱，警方认为她可能是造成这场新失明症的罪犯，好在新的瘟疫仅限于首都，但它已经把最为危险的堕落和腐败的病毒带入了我们的政治生活和民主体制。只有一个阴险的头脑，它足以与人类过往的历史中最凶恶的罪犯相匹敌，才能孕育出这样一枚，据可靠消息，这样一枚被共和国总统先生生动地形容为在吃水线下向民主巨轮发射的鱼雷。情况就是如此。如果将来如一切迹象所表明的那样，能够毫无悬念地证明那个医生的妻子有罪，那么所有遵纪守法的公民一定会要求对她施以最严厉的法律制裁。请大家来看看现在的情形。由于在四年前的事件中与众不同，这个女人本来可能成为我们科学界最重要的研究对象，从而在眼科医学史上占有突出的地位，但现在她却作为国家和公众的敌人受到憎恶。她还不如当年失明。

这最后一句带有明显的威胁性，听起来像是一纸有罪判决，这无异于在写，她还不如当年没有出生。看到这里，警督的第一个冲动是给医生的妻子打个电话，问她是否已经看了这些报纸，尽量给她一点儿安慰，但脑海里马上冒出的另一个念头阻止了他，对她的电话监听可能已经不分昼夜，百分之百监控。至于天佑公司的电话，不论是红色话机还是灰色话机，就更不用说了，直接与国家特殊电话网相连。他翻了翻另外那两份报纸，它们都对这个事件不置一词。现在我该怎么办，他高声问道。他又回到那则新闻上，重新看了一遍，感到其中有一点很是奇怪，没有登出照片里的人员姓名，尤其是医生的妻子和她的丈夫。这时他才发现，照片的文字说明是这样的，用箭头标出者为女嫌疑人。看起来是医生的妻子在失明症期间保护了这一伙人，虽然这一事实还没有完全被确认。据官方消息，身份确定工作进展顺利，结果可望于明天公布。警督低声说，说不定他们还想知道小男孩住在哪里，好像这对他们还有什么用处。随后，他进一步想，现在看来，在没有同时采取其他措施的情况下公布照片，似乎没有任何意义，因为所有这些人都可能像我本人建议的那样，利用这段时间从人们的视野中消失，但是，内政部长是个喜欢表演的人，成功地抓获一个人能增加其政治分量，扩大其在政界和党内的影响，关于其他措施，最为可能的是这些人的住所已经处于二十四小时的监视之下，内政部长有足够的时间让他的探员渗入城内，编织起相关的控制网络。不过，无论这些想法多么正确，都无法回答他的问题，现在我该怎么办。可以打电话给内政部长，因为现在已经是星期四，借口想了解将会给他什么纪律处分，但毫无用处，他相信部长不会接听，随便打发一个秘书告诉他说，可以与警察局联系，警督先生，信天翁与海鹦之间嘀啾鸣叫的时代已经结束了。那么，我怎么办，他又问自己，乖乖地留在这里腐烂，直到有谁想起我的时候打发人来收尸，或者设法离开本市，但这个时候最可能的是各个边界哨所都接到了严格的命令，不许我通过，我该怎么办。他又看了看那张照片，医生和妻子站在中间，左边是戴墨镜的姑娘和戴黑眼罩的老人，右边是写信的家伙和妻子，斜眼小男孩像个足球运动员一样蹲在他们前面，那只狗趴在女主人脚下。他又看了一遍照片的文字说明，可望于明天公布这些人完整的身份资料，明天，明天，明天。这时，一个决心冒出来，占据了他的整个身心，但随后又出现了一个谨慎的念头，对他说这是个极端疯狂的举动，你要小心，谨慎的念头对他说，不要惊醒沉睡的龙，在它醒着的时候靠近是愚蠢的。警督从椅子上站起来，在客厅里转了两圈，回到摊着报纸的桌子旁边，又看了看用白色线条圈起来的医生妻子的头像，那道白线好像是绞索，此时，全城人一半在读报，另一半坐在电视机前，看播音员在第一档新闻节目中播出的内容，或者在听广播电台预告明天将公布那个女人的姓名，不仅是姓名，还有住址，为的是让公众知道这个恶人的巢穴建在哪里。于是警督出去把打字机搬来，放到桌子上，叠好报纸，推到一边，坐下来开始工作。他用的信纸上方有天佑保险与再保险公司的徽记，如果不是明天，那么肯定是后天，控方将代表国家拿走信纸作为他的第二项犯罪的证据，即把公共行政当局的文具用于个人目的，而上述材料的专用性质和用于阴谋活动的特点必将构成该犯罪的两个加重情节。警督正在打字机上写的是近五天来发生的事件的详尽报告，从星期六凌晨同他的两位助手秘密穿过首都封锁线起，一直到今天，到给收信人写信的此刻为止。当然，天佑公司有一台复印机，但警督觉得，尽管现代化的复印技术保证即使猛禽鹰隼的眼睛也不能发现两者的区别，但把信的原件送给一个人，而把档次低得多的复印件送另一个人，这种做法显得不够有教养。警督属于这个世界上倒数第二代还在吃面包的人，因此保留着一些对形式的尊敬，这就意味着，打完第一封信以后，他还要全神贯注地用打字机在另一张纸上抄一遍。第二封信仍是副本，毫无疑问，但制作的方法不同。写完之后，他把两封信叠好，分别放进两个同样印有天佑公司徽记的信封，封好之后再分别写上地址。当然，信将亲手递交，这种细心而高雅的做法会使收信人明白，天佑保险与再保险公司发来的信件至关重要，对其提供的信息应当极为关注。

现在警督又要出去了。他把两封信装进上衣里面的口袋，根据天气预报，今天的天气是这个季节可望遇到的最为宜人的，肉眼也能证实这一点，打开窗户就能看到，蓝蓝的天空有几片零散的白云缓缓飘过，尽管如此，警督还是穿上了风雨衣。这样做可能还有一个强有力的理由在起作用，实际上，风雨衣，尤其是配有腰带的风雨衣，是古典侦探的明显标志，至少从雷蒙德德·钱德勒塑造出马洛的形象之后便是如此，甚至到了这样的程度，只要看到一个帽檐下垂，风雨衣衣领竖起的人走过，人们就会立即喊叫，那是亨弗莱·鲍嘉，并向他的衣领和帽子的镶边投去赞叹的目光，任何一个警匪生死大战之类的书籍的读者都对此十分清楚。但这位警督不戴帽子，光着脑袋出门了，这是现代模式使然，即憎恶生动别致，就像人们说的，甚至不问你是否还活着就一枪打死你。他下了电梯，走过看门人的小屋，看门人朝他点点头，现在到了街上，来实现今天上午要完成的以下三件事，吃已经推迟了的早餐，去医生的妻子居住的那条街上走走，把写好的信交给收信人。第一件事在这家咖啡馆里解决了，一杯牛奶咖啡，几片黄油烤面包，面包不像前一天的那样松软，那样油腻，但我们用不着大惊小怪，生活就是这样，得到一些东西，失去另一些，对于这种黄油烤面包，现在热衷的人已经少而又少了，不论就制作者还是消费者而言均是如此。请原谅一个口袋里装着炸弹的人所做的这些粗俗的美食学评论。饭吃了，钱也付了，现在他大步向第二个目标走去。走到那里差不多用了二十分钟。进了那条街，他放慢脚步，装出一副漫不经心的样子，他知道，如果有警察监视，很可能认出他，但他满不在乎。如果他们当中有人看到他，会向直接上司报告，直接上司向他的上司报告，他的上司向警察局长报告，警察局长向内政部长报告，可以肯定，信天翁一定会用他那刺耳的嗓音吱吱地叫起来，我已经知道的事用不着报告，只报告我需要知道的，比如，那个该死的警督在干什么勾当。街上的人比往常多一些。有几小群人站在医生的妻子住的那座楼前，他们都住在这个街区，痴迷于搬弄是非，这在某些情况下并非有害，而在另一些情况下则是不祥之兆，他们手里拿着报纸找到被指控的女人的住处，觉得这个女人似曾相识，或者偶尔打过交道，或者是治疗眼疾时在她丈夫的诊所见过。警督已经看到了监视者，一个混进人数较多的一伙人当中，另一个装出一副懒洋洋的样子靠在一堵墙上看体育杂志，仿佛在文字世界里没有任何更加重要的东西。他看的是杂志而不是报纸，这不难解释，对于监视者来说，一本杂志足以保护自己，而遮挡住的视野却小得多，一旦突然需要跟踪某人，就迅速塞进口袋。这些警察都知道，他们从幼儿园就开始学习。而此时眼前这几个便衣警察并不了解从那边过来的警督与他们从属的内政部长之间正经历着暴风骤雨，还以为警督也参与本次行动，前来检查是否一切都按计划进行。这毫不奇怪。虽然警察局某些高级别的人员已经在窃窃私语，说内政部长不满意警督的工作，其证据是他的助手奉命返回，留下他独自一人在那里休闲，还有人说他已经靠边站，但上述流言没有传到下层警员的耳朵里。不过，应当说明，免得大家忘记，那些窃窃私语的人并没有准确了解警督为什么还在首都，而回到总部的警司和警员直至现在仍保持沉默。有趣但不能称得上开心的，是看着那些警察怎样神秘兮兮地走近警督，撇着嘴低声告诉他说，这边没有动静。警督点点头，看了看四楼那套房子的窗户，就离开了，心里一直在想，明天，姓名和住址公布之后，这里的人会多得多。他看见前面不远处过来一辆空驶的出租车，示意其停下。他上车后道声早安，从口袋里掏出那两个信封，念了念收信人地址，问司机，哪个地址比较近；第二个；那好吧，请把我送到那里。司机旁边的座位上有一份叠着的报纸，正是那份报纸，头版上方是震撼人心的血红色标题，阴谋终被曝光。警督内心产生了一个想法，想问一问出租车司机对今天报纸上刊登的消息有什么看法，但他随即放弃了这个念头，担心带有过分询问的口气会暴露他的职业。他想，这是职业意识强迫症。倒是司机首先进入了这个话题，我不知道先生您怎么想，但是我觉得，说那个女人没有失明纯粹是胡说八道，为了多卖几份报纸编造出来的天字第一号胡说八道，既然我失明了，我们大家全都失明了，那个女人怎么可能还看得见，这种谎话没人相信；那么，说她造成了空白选票这件事呢；又是一派胡言，女人就是女人，不会掺和这类事，要是男人嘛，倒是有点儿可能，现在说是个女人干的，呸；我们不久就会看到这件事怎样结束；在这桩事的油水榨干以后，他们马上就再编造一桩，这是常有的事，先生您连想都想不到手握这方向盘能学到多少东西，我再给您讲一件；请说，请说；与所有人的看法相反，后视镜不仅用于观察后面来的车辆，还用于查看乘客的灵魂，我敢打赌，您从来没有想到过这一点；你这话吓我一跳，真的，我从来没有想到过；是啊，正像我说的那样，这方向盘教给我许多东西。听到这番泄露玄机的话，警督觉得还是谨慎为好，不再往下谈，直到司机把车停下，说一声，到了，他才鼓起勇气问，关于后视镜和灵魂的事，是不是适用于一切车辆和所有司机；只适用于出租车，亲爱的先生，只适用于出租车，司机斩钉截铁地回答说。

警督进了大楼，走到接待台前说，早安，我代表天佑保险与再保险公司，希望与社长先生谈谈；如果您来这里是为了保险业务，也许与一位经营人员谈谈为好；你说得完全对，原则上是这样的，但我来贵报不是为了纯技术性事务，所以必须直接与社长先生谈；社长先生不在报社，估计下午之前不会来；那么，你看我应该和谁谈，谁最合适呢；我想应当是编辑部主任；既然如此，麻烦你帮我通报一声，请记住，说天佑保险与再保险公司求见；不想把姓名告诉我吗；说天佑公司就够了；啊，我明白，公司名称中含有您的名字；正是这样。接待员打电话，说明情况，挂断电话以后说，马上就会有人来接，天佑先生。几分钟过后来了一个女人，我是编辑部主任的秘书，请跟我来。他跟着女秘书穿过一道走廊，心情平静，但是，突然之间意识到这一步考虑不周，过于鲁莽，他觉得腹部受到重重一击，喘不过气来。还有时间退出，随便找个什么借口请求原谅，真糟糕，我忘记带一份极为重要的文件，没有它不能与主任先生谈话，但这不是真话，文件就在这里，就在外衣里面的口袋中，警督先生，酒已经斟满，现在除了喝下去没有别的办法。女秘书请他走进一间陈设简朴的小客厅，几只旧沙发像是来到这里就为了平平淡淡地度过漫长的一生，小客厅中间的桌子上放着几份报纸，书架上的书显得有些凌乱。请坐，主任先生请您稍等片刻，他正忙于处理一件事情；很好，我等一等，警督说。这是他的第二次机会，如果现在离开，沿着把他带入罗网的这条路回去，他还能够脱身，就像在后视镜里看到自己灵魂的人一样，他觉得他的灵魂不够理智，灵魂不该把人拖进万劫不复的深渊，恰恰相反，应当阻止他们，让他们好自为之，因为灵魂一旦离开人体，几乎总是要迷失方向，不知道向何处去，并非只有坐在出租车的方向盘后面才能学到这些东西。警督没有走，现在酒已经斟上了，斟上了。编辑部主任走进来，请原谅，让您等这么长时间，手头有件事处理到一半，无法脱身；没关系，您能接见，我非常感谢；根据他们对我说的，您的事情似乎属于行政范围，尽管如此，请告诉我，天佑先生，我在哪方面能为您效劳。警督把手伸到口袋里，拿出第一个信封，请您读一读里面的信件，我将非常感谢；现在吗，编辑部主任问；是的，现在，不过首先我应当告诉您，我不叫天佑；那么，您的名字；读完信您就会明白。编辑部主任撕开信封，打开折叠着的信纸，开始读信。他刚读了前几行就停住了，迷惑不解地望着面前这个人，仿佛在问他，更明智的做法是不是到此为止。警督打个手势请他继续读下去。直到把信读完他再也没有抬头，恰恰相反，随着一句一句往下读，他的头仿佛埋得越来越低，再也抬不起来，好像看见了生活在万丈深渊中的那些骇人听闻的生灵以后，再也不能以原来那张编辑部主任的脸出现在人世间。他精神恍惚，默默不语，最后才慢慢抬头看了看警督说，请原谅我冒昧地问一声，先生您是谁；信上有我的签名；对，我看到了，名字在这里，但名字只不过是一个词语，完全不能解释它所代表的那个人；我更倾向于不告诉您，不过我理解您需要知道；既然如此，请说吧；不，在您以名誉担保这封信会在您的报上刊登之前，我不会告诉您；社长不在，我无权许诺；接待厅的人告诉我社长下午才会来报社；确实，是这样，大概四点钟；那么我到时候再回来，但是我现在应该让您知道，我随身还带着一封与这封完全相同的信，准备在你们对此事没有兴趣的情况下交给另外一位收信人；我想是另一家报社；是的，但绝不是刊登了那张照片的报纸中的任何一家；我明白，但无论如何，对于那家报纸是否愿意承担传播您描述的这些事实必然会产生的风险，您不可能有把握；我没有任何把握，我是把赌注压在两匹马上，冒的是两匹皆输的风险；我相信，如果您赢了的话，风险会更大；如果你们决定刊登的话，也是如此。警督站起身，我四点一刻再来；请带上您的信，因为我们之间还没有任何协议，我不能也不应该把信留下来；谢谢，这样我就不用向您讨还了。编辑部主任用小客厅的电话接通了女秘书，对她说，陪这位先生到门口，记住，他四点一刻再来，你到门口去接，并陪他到社长办公室；是，先生。警督说，那么，再见了；对方回答说，再见。两人握手告别以后，女秘书把门打开，让警督先过去，请跟我走，天佑先生，她说。到了走廊上，她又说，请允许我说句话，您是我一生中遇到的第一个叫天佑的人，我想都没有想过会有人叫这样的名字；现在你已经知道了；一个人名叫天佑，大概挺有意思；为什么；因为真的很好玩，名字叫天佑；这确实是最好的回答。他们到了接待厅。我在约定的时间在这里等您，女秘书说；谢谢；再见，天佑先生；再见。

　　警督看看表，还不到下午一点，现在吃午饭还太早，此外，胃里的咖啡和黄油烤面包片仍在提醒，他没有食欲。他上了一辆出租车，对司机说了星期一与医生的妻子会面的那座花园的地址，最初的念头不一定要永远原封不动地照办。他原本没有想再回到这个花园，但还是来了。然后他会步行，像个在静静巡视的警督，看看街上聚集了多少人，说不定还会与那两个负责监视的警员就职业相关的问题交换一下意见。他穿过花园,在拿着空水罐的女子塑像前停下脚步,望了片刻。你们把我丢在这里了,她好像在说,今天,我已经没有用处了,只能看着这潭死水,以前有一段时间,用来雕塑我的石头白白的,泉水日夜不停地从这个水罐里流淌出来,他们从来没有告诉过我那么多水是从哪里来的,我只是站在这里让水罐倾斜着就是了,可现在,一滴水都流不出来,他们也不来告诉我为什么就这样完了。警督喃喃地说,孩子,这就像生命一样,不知道为了什么开始,也不知道因为什么结束。他在水里蘸湿右手手指,放到嘴里。他没有想这个举动有什么含义,但是,如果有人在旁边望着,肯定会说他在亲吻湖水,那水算不上干净,因湖底的淤泥而变成绿色,像生活一样肮脏。手表的指针没有前进多少,还有时间在树荫下坐一坐,但他没有停下,再次沿着与医生的妻子一起走过的路走去,进了那条街,眼前的景象完全变了,现在几乎寸步难行,人们不再是三五成群,整条街人山人海,交通完全阻断,好像附近所有的居民全都走出了家门,来观看什么神灵显圣。警督把站在楼门口的两个警员叫过来,问在他离开的这段时间是否有什么新情况发生。他们说没有新情况,也没有任何人出来,窗户一直关着,只是告诉他有两个陌生人,一男一女,从楼梯上到四楼,问那家的人是不是有什么需要,那家人说什么都不需要,感谢他们的关心。没有别的事吗,警督问;就我们知道的,没有别的事,其中一个警员说,这样的话,写报告就容易了。他提到报告,一下子斩断了警督已经展开的想象的翅膀,他本来打算爬上四楼,按下门铃,自报家门说,是我,进去以后马上讲述最近发生的事情,他写的信件,与报社编辑部主任的谈话,然后医生的妻子会对他说,和我们一起吃午饭吧，他会吃的，这个世界也就会太平无事了。不错，太平无事，两个警员会这样书写报告，一位警督曾和我们见面，后来他上到四楼，过了一个小时才下来，那里发生了什么事，他一句话也没有对我们说，我们的印象是他下来的时候已经吃过午饭。警督到另外一个地方去吃饭了，吃得很少，甚至不曾注意端到眼前的盘子里的食物，三点钟，他又来到那个花园，看着手里拿空水罐的女子塑像，她仿佛还在等待奇迹出现，水重新涌出来。三点半到了，他从凳子上站起身，向报社走去。还有时间，用不着叫出租车，如果乘出租车，他会不由自主地看后视镜里的自己，后视镜了解他的灵魂，这已经够他难受的了，而且他不能肯定灵魂不会从镜子里出来对他说些什么不中听的话。他走进报社的时候还不到四点一刻。女秘书已经来到接待厅，社长先生在等您，她说。这次她没有加上天佑先生那几个字，也许他们已经告诉她，那不是他的名字，现在她正为先前说的那几句善意的话感到失落，觉得受了委屈。他们沿着原来的走廊往前，但这次走到了尽头，往右拐的第二个门上有个小小的标牌，上面写着，社长室。女秘书轻轻地敲敲门，里面有人回答，请进。她先走过去，扶住门，让警督进去。编辑部主任对女秘书说，谢谢，暂时你没有别的事情了，她立即转身离开了。感谢您同意与我谈话，社长先生，警督首先开口；主任先生已经简要地向我介绍了您的问题，我非常坦率地承认，可以预见，有效地传播此事极为困难，但当然，无论如何，我非常乐于看一看文件的全文；就是这封信，社长先生，警督说着把信封递过去。我们坐下吧，请给我两分钟的时间。读信的时候，他没有像编辑部主任那样低下头去，但抬起眼睛的时候，可以看出他不知所措，忧心忡忡，先生，您是谁，他显然不知道编辑部主任已经问过这个问题；如果您的报纸同意刊登您手里的这封信，您就会知道我是什么人，如果不同意，那么我就把信收回，离开这里，除感谢您为我浪费的时间之外，不再说一句话；我已经告诉我的社长，先生您还有一封同样的亲笔信，打算交给另一家报社，编辑部主任说；说得对，警督回答，另一封就在我这里，如果我们达不成协议，我今天就去递交，绝对必须在明天发表；为什么；因为明天也许还来得及阻止一桩冤案发生；您指的是医生的妻子；对，社长先生，他们不择手段，想让她成为我国当前所处的政治局势的替罪羊；他们一派胡言；这话您不要对我说，而是应当对政府说，对内政部说，对您那些按照他们的旨意写文章的同行说。社长和编辑部主任交换了一下眼神，说，正如您可以估计到的，对我们来说，您的文章不能像您撰写的那样发表，包括所有细节；为什么；您不要忘了，我们生活在戒严状态下，新闻检查人员的眼睛死死盯着各种报刊，尤其是像我们这样的报纸；刊登这个东西等于报纸在当天被查封，编辑部主任说；那么，就没有任何事情可做了，警督问道；我们可以试一试，但对于能产生什么效果，我们没有把握；怎么办，警督又问。在飞快地与编辑部主任再次交换目光之后，社长说，到了先生您清楚地告诉我们您是什么人的时候了，不错，信上有个名字，但不能表明那不是伪造的，事情很简单，您可能是警方派出的奸细，来试探我们，把我们牵扯进去，我并非说一定是这样，请注意，我只想表明，如果先生您不表明身份，而且不在现在表明，那么我们的谈话无论如何也不能继续进行下去。警督把手伸进口袋，请看，说着他把警官证递给社长。社长脸上的表情瞬间从将信将疑变成了目瞪口呆，什么，先生您是警督，社长问；您是警督，编辑部主任从社长手里接过警官证看了看，大惊失色，战战兢兢地问；对，警督从容地回答说，现在我相信可以继续谈话了；如果您能原谅我的好奇，社长问道，是什么使您迈出了这一步呢；我自己的原因；至少告诉我其中一个原因，让我相信这不是在做梦；我们出生的那一刻，仿佛为一生签署了一纸契约，有一天我们可能会问自己，是谁替我签署的，我问过自己，回答就在这张纸上；您是否意识到您可能会遭遇到什么事；意识到了，我已经有充分的时间考虑这一点。一阵沉寂之后，警督又开口了，你们说过可以试一试；我们想使用一个小花招，社长说，他示意编辑部主任接着往下说；我们的想法，编辑部主任说，我们的想法是刊登他们今天已经刊登的东西，不过方式显然不同，删除令人生厌的辞藻，在最后部分掺进您带来的内容，此事不易，但无论如何我也不认为不可行，问题在于技巧和运气；就是把宝押在负责新闻检查的公务人员的心不在焉甚至懒惰上，社长补充说，但愿他以为那条消息已经是旧闻，用不着再从头看到尾；我们有多少胜算呢，警督问；坦率地讲，胜算不大，编辑部主任说，我们必须满足于现有的可能性；如果内政部想知道你们的消息来源呢；开始的时候我们会拿出职业秘密做挡箭牌，当然，这在戒严状态下对我们不会有很大用处；如果他们穷追不舍，如果他们威胁你们呢；那么，不论我们多么不愿意，也必须透露，没有别的办法，显然我们将受到惩罚，但最沉重的后果将落到您的头上，社长说；很好，警督回答说，现在，既然我们都已经知道可能会面临什么，就让我们继续往前走，如果祈祷能有点儿用处，那么我将诚心祈祷，但愿读者不像我们对新闻检查人员所希望的那样，也就是说，希望读者们从头到尾读完那条消息；阿门，社长和编辑部主任齐声说。

五点钟刚过，警督出了报社大门。正好有一辆出租车停下来，乘客下了车，他本来可以乘坐，不过还是选择了步行。奇怪的是，他现在感到心中愁云尽扫，一身轻松，仿佛切除了正在慢慢噬咬他体内某个主要器官的异物，拔除了嗓子里的鱼刺，取出了胃里边的钉子，切除了肝脏上的毒瘤。明天所有的牌都会在桌面上摊开，捉迷藏的游戏随即结束，因此，如果那条消息得以发表，或者在不能发表的情况下被人告知内政部长，毫无疑问，这位部长会立刻明白矛头指向何人。想象的骏马似乎要跑得更远，甚至已经迈出了令人不安的第一步，但警督及时勒紧了嚼环，今天就是今天，我的骏马，我们明天再看吧。他本来决定返回天佑公司，却突然感到两条腿非常沉重，神经像经过长时间绷紧的橡皮圈突然松弛下来，急需合上眼睛睡上一觉。只要有出租车出现就抓住它，他想。载着客人的出租车一辆一辆过去，有一辆空驶的没有听到他的喊声，看来不得不长途跋涉了，当他几乎拖不动两只脚的时候，终于来了一辆，像一艘救护船捞起了一个行将淹死的海上遇难者。电梯亲切地把他送到第十四层，门顺利地打开了，没有遇到障碍，沙发像欢迎亲朋好友一样接待了他，短短几分钟之后，警督已经伸直双腿沉沉入睡，或者如生活在还相信存在安稳的时代里人们常说的那样，安安稳稳地睡着了。警督依偎在天佑保险与再保险公司这个母亲的怀抱里，享受着与她的名字和特性相称的安宁，美美地睡了一个小时，醒来以后身上增添了新的力量，至少他觉得是这样。他伸伸懒腰，感到外衣口袋里的第二个信封还在，里面是没有交出去的那封信。

也许犯了一个错误,把赌注全都压在了一匹马上,他想,但很快就明白,同样的谈话不可能进行两次,从这家报纸到另一家报纸,讲述同样的故事,重复讲述将失去其真实性。既然这样,就顺乎自然,他想,翻来覆去没有用处。他走进卧室,看见答录机的指示灯在不停地闪动。有人曾来过电话,留了言。他按下按钮,首先出来的是接线员的声音,然后是警察局长的话,请记录,明天上午,九点钟,重复一遍,九点钟,不是二十一点,曾和你一起工作的警司和二级警员将在北部边界第六号哨所等你,我应当告诉你,除你的任务因为其负责人欠缺科学技术能力而取消之外,你留在首都已经被认为不适宜,这是内政部和我本人的意见,我还要补充一点,警司和警员受命把你带到我面前,如果你拒不服从,他们可以实施逮捕。警督站在那里,死死盯着答录机,然后抬起手,像与某个远去的人告别一样,慢慢按下了删除键。接着,他走进厨房,从口袋里掏出信封,在酒精中浸湿,折叠成倒V字形,放在洗手池里,点火烧掉。一股水流把灰烬冲进了下水道。做完这件事之后返回客厅,他把所有的灯全都打开,开始慢慢阅读报纸,特别关注的是他寄托了自己命运的那份报纸或者那个人。时间到了,他过去打开冰箱,看看里面有没有什么可供他做个类似于晚餐的东西,但立即放弃了这个念头,这种可能极为鲜见,鲜见这个词在这里既不表示新鲜,也不表示珍贵。他们应当为这里购置一台新冰箱,他想,这一台已经尽了它应尽的力量。他走出去,在街上看到的第一家餐馆草草吃了点儿东西,然后返回天佑公司。第二天他必须早早起床。

18

电话铃响起的时候，警督已经醒了。他没有起来接听，相信是警察局的什么人提醒他九点钟必须前去报到的命令，注意，九点钟，不是二十一点，在北部边界第六号哨所。他们很可能不会再打来电话，其中的原因不难理解，警察在其职业生涯中大量使用我们称为推断的脑力劳动，即所谓逻辑推理，不知道在个人生活中是否也是如此，如果他没有接电话，他们会说，那是因为他已经在来这里的路上了。他们大错特错。警督确实已经起床，确实去了盥洗间，为了身体清洁，也为了心里轻松，确实已经穿好衣服，即将出门，但不是为了拦住路过这里的头一辆出租车，对透过后视镜望着他的司机说，请把我送到北部边界第六号哨所；北部边界第六号哨所，对不起，我不知道在什么地方，莫非是个新街道；是个军事哨所，这里有张地图，我指给你看。没有，这样的对话绝不会进行，现在不会，永远不会，警督现在要做的是买报纸，正是因为想到这件事他昨天晚上才早早上床，不是因为需要休息，不是为了按时到达北部边界第六号哨所与什么人见面。路灯还亮着，报刊亭的雇员刚刚摘下挡板，开始摆放本周的杂志，这项工作的结束像是一个信号，路灯灭了，配送卡车来了。警督走近报刊亭，雇员还在按照我们已经知道的次序摆放报纸，不过，已经看得出来，原先卖得最少的那两家报纸中的一家却与平常发行量最多的几家在份数上几乎持平。警督觉得这是个好苗头，但是，紧随着满怀希望的愉悦感而来的是强烈的打击，前面那几种报纸头版上的鲜红色大字标题是不祥之兆，令人心惊肉跳，例如，女杀人犯，这个女人杀了人，女嫌犯另有他罪，四年前的谋杀，等等。警督昨天拜访过的那家报纸照例排在末尾，标题别出心裁，是一句问话，我们还不了解什么。这个标题模棱两可，既能表示这个，也可意味那个，对于对手来说也是如此，但警督情愿将其视为放在黑洞洞的峡谷出口的一个小小的灯笼，引导着他焦急的脚步。每种报纸各给我一份，他说。报刊亭的雇员露出笑容，他想，看样子又为将来争取到了一位好顾客，马上把报纸装进塑料口袋，交到顾客手里。警督环顾一下周围，想找出租车，等了将近五分钟，没看到一辆，于是决定步行返回天佑公司，我们已经知道，这里离天佑公司不远，但是他负担沉重，重过手中装满字词的塑料口袋，或许把整个世界扛在肩上更容易一些。但是，运气不错，为了抄近路，他钻进一条狭小的街道，看到了一家简朴的老式咖啡馆，这类咖啡馆的主人因为实在无事可做很早就开门营业，而顾客们上门是为了确认这里的一切和过去一模一样，各种东西还留在原来的地方，米面烤饼仍然散发着亘古不变的香味。他在一张桌子旁坐下来，要了一杯牛奶咖啡，问他们是否做黄油烤面包片，当然，不要人造黄油，受不了那种味道。牛奶咖啡来了，还勉强说得过去，但烤面包片就不同了，直接出自一位只差一步没有发现点金石的炼金术士之手。他更加关心的是今天的消息，急不可耐，还没有在椅子上坐稳就把报纸打开了，只扫了一眼他就发现，昨天的花招取得了成果，新闻检查人员被文章中熟悉的言辞所蒙蔽，根本没有想到，对于自认为熟悉的东西也必须十分小心，因为在已知背后隐藏着一连串未知，其中最后一个未知很可能无法解决。不管怎样，不应当抱有太大幻想，这份报纸不会在报刊亭里待整整一天，甚至可以想象，内政部长挥动着报纸气急败坏地吼叫，立即给我扣押这肮脏东西，给我调查清楚，是谁散布了这些消息，这句话的后半部分是顺口说出来的，他比任何人都清楚，只有一个人能够做出这种泄密和背叛行为。于是警督决定，尽量到各个报刊亭转一转，了解一下这种报纸卖出多少，看看买报人脸上的表情，看看他们是直接去读那条新闻还是迷失在其他无关紧要的消息当中。他迅速地瞟了一眼那四种大报。毒害公众的工作仍在进行，手法简单粗劣，但很有效果，二加二等于四，永远等于四，如果你昨天做了那样的事，今天一定要做相同的事，任何胆敢怀疑第一件事必定导致另一件事的人，就是法制和秩序的敌人。他付了钱，表示感谢，离开了咖啡馆。首先去的是他本人买报纸的报刊亭，他高兴地看到，他最关心的那一摞比原来矮了很多。有意思，不是吗，他问报刊亭雇员，这一摞卖得很多；好像有一家电台提到这份报纸上的一篇文章；一只手洗另一只手，两只手洗脸，警督神秘地说；你说得对，雇员回答，其实他并没有弄明白两者之间有什么关系。为了不在寻找报刊亭上浪费时间，警督总是在一个报刊亭打听距离最近的另一个在什么地方，或许因为其可敬的仪表，他总是得到详细的回答，但他也发现，每个雇员都喜欢问问他，难道那里会有什么我这里没有的东西吗。几个小时过去了，警司和警员在北部边界第六号哨所等得不耐烦，向警察局请示怎么办，警察局长报告了内政部长，内政部长向政府首脑报告，政府首脑则回答说这不是我的问题，而是你的问题，你去解决。于是，预料中的事情发生了，警督到了第十个报刊亭的时候，发现那种报纸没有了。他装作买报的样子要一份那种报纸，雇员说，你来晚了，不到五分钟以前全被他们拿走了；拿走了，为什么；他们到处收那种报纸；收报纸，怎么回事；这只不过是扣押的另一种说法；为什么，那家报纸登了什么惹得他们来扣押；是与搞阴谋的女人有关的什么事情，你看这些报上说的，好像她杀了一个男人；不能帮我找一份吗，劳驾您了；没有了，就是有也不能给你；为什么；谁知道先生你是不是警察，到这里来试探试探，看我会不会中你的圈套；你说得有理，我们见过这个世界上比这个更坏的事情，警督说完就离开了。他不想回到天佑保险与再保险公司去接听上午的电话，肯定还有一些别的电话，问他到什么鬼地方去了，为什么不接电话，为什么不执行上午九点到北部边界第六号哨所报到的命令，但实际上他也无处可去，医生的妻子家门前大概已经人山人海，高呼口号，一些人支持，另一些人反对，最大可能是所有人都支持，另一些人是少数，他们肯定不愿意冒遭到辱骂或更残酷对待的风险。他也不能去刊登那篇文章的报社，如果报社大门口没有便衣警察，那么他们一定在附近什么地方，打电话也不行，因为一切通话肯定都被监听，想到这里他终于明白了，天佑保险与再保险公司也一定受到监视，各个酒店都接到通知，这座城市里不存在任何能收留他的地方，即便有心也不能收留。他估计警察已经到过报社，对社长软硬兼施，社长不得不说出这一颠覆性消息的提供者的身份，甚至意志不支，交出了那封印有天佑公司徽记的信，那是一封在逃警督亲自打出的信。他累了，但仍然拖着两只脚踽踽前行，天气不算太热，他却已经大汗淋漓。总不能一整天无所事事，在这些街道上走来走去消磨时间，这时候他突然感到一个巨大的欲望，去手拿水罐的女子塑像所在的花园，坐在水池边上，用手指尖蘸一蘸绿色的池水，再把手指放到嘴边。然后，然后怎么办，他问道。然后，大脑一片空白，他回到迷宫似的街道，迷失方向，往回走，走，还是走，毫无食欲地吃饭，只是为了支撑着身体不至于倒下，到一家电影院消遣两个小时，看一部小绿人时代征讨火星的冒险片，出来之后面对下午强烈的阳光眨眨眼睛，再去另一家影院消磨两个小时，在尼摩船长的潜水艇里航行两万里，但他马上又打消了这个念头，因为这座城市出现了奇怪的现象，一些男男女女到处散发小纸片，行人收到以后立即藏进口袋里，就在刚才有人给了警督一张，原来是被扣押的报纸刊登的那篇文章的复印件，标题是，我们还不了解什么，文章字里行间讲述了五天以来的真实故事，这时候警督再也控制不住，竟然像个孩子似的站在那里放声大哭起来，一位年龄与他相仿的妇女走过去问他是不是不舒服，是不是需要帮助，他只能摇摇头，说没什么，他很好，请不要担心，非常感谢。常言说无巧不成书，就在此刻，有人从这座楼的高处某一层撒下一把纸，又是一把，接着还有一把，下面的人都举起胳膊去抓那些像鸽子一样盘旋着飘下来的纸片，有一张落到警督的肩膀上，停留片刻后滑落到地上。终于看到了，还没有彻底失败，这座城市仍然掌控着事态的发展，开动了几百台复印机，现在，一群又一群生气勃勃的青年男女把复印的文章塞进家家户户的信箱，或者敲门送给居民，有人问这是不是广告，他们回答说，是的，先生，是广告，世界上最好的广告。这些快乐的事给警督注入了新的灵魂，仿佛通过魔术而不是通过巫术，使疲劳一扫而空，他成了另一个人，正在这些街道上大步前进，有了一个完全不同的头脑，能冷静地思考，能看清原来模糊的东西，对原来视为铁定的结论，只要稍加思索便将其破解，得以修正，例如，作为一个秘密基地，天佑保险与再保险公司绝不可能受到监视，派警员前去窥视会导致该地的重要性和意义受到质疑，另一方面，事情还没有严重到把天佑公司转移到其他地方才能解决问题的地步。这个新的否定性结论又在警督的思绪中投下风暴的阴影，随后得出的结论虽说还不能让他完全安下心来，但至少有助于他解决严重的居住问题，或者说今天晚上到什么地方睡觉的问题。目前的情况只消几句话就能解释清楚。内政部和警察局发现其人员单方面切断了与他们的联系，当然会感到恼火，但这并不是说他们不再对他身在何处有兴趣，不想知道必要时能够在哪儿找到他。如果警督决定在本市消失，如果像逃犯和避难者通常做的那样藏到某个阴暗肮脏的角落，尤其是，如果他竟然与同谋者一起建立了一个进行颠覆活动的组织网络，他们确实一定要找到他，而且非把他干掉不可，但是建立这种组织网络的工作极为复杂，不是六天就能完成的，而六天正是警督停留在这座城市的时间。因此，他们绝不可能派人来监视天佑公司的两个出口，恰恰相反，一定会敞开大门任他自由进出，归家的天性让豺狼返回巢穴，让海鹦飞回岩洞。警督还可以睡在那张熟悉而温暖的床上，估计他们不会深更半夜到那里去，拿精巧的万能钥匙打开房门，把他叫醒，用三把手枪枪口对着他，让他束手就擒。我们说过多次，生活中有非常倒霉的时候，一边下雨另一边刮风，警督眼下正处于这种境况，不得不做出选择，要么像个流浪汉一样，在花园的大树下面，在手拿水罐的女子的注视下熬过这个夜晚，要么回到天佑保险与再保险公司，铺上皱皱巴巴的床单，盖上破旧的毛毯，舒舒服服睡上一夜。到头来这通解释并不像我们前面说过的那么简洁，但是，既然希望大家对情况有个清楚的了解，我们就不能不对相关的每个变数做应有的考虑，不偏不倚地详细分析安全和风险方面的诸多矛盾因素，以便根据从一开始就应当知道的原则得出结论，为了避免去萨迈拉赴约，也用不着跑到巴格达。把这一切统统放上天平去权衡，警督不再耗费时间称量到最后一毫克，最后一个可能，最后一种假设，就径直上了一辆出租车，前往天佑公司，现在已经是傍晚时分，前面的人行道在树荫下显得凉爽了，水流进水池的声音也焕发出生机，突然间变得清晰，让过往行人惊奇地顾盼。街上已经看不到任何丢弃的纸张。尽管如此，可以发现警督的神情有些忧虑，事实上也不乏担心的理由。他本人的推理和在漫长的警察生涯中积累的知识使他得出结论，在天佑公司，今天晚上不会有被监视或受到突然袭击的危险，但这并不意味着萨迈拉不在其应在的地方。这番思考让警督紧紧握住手枪，他想，不管怎样，要利用电梯上行的时间打开扳机。出租车停下来，我们到了，司机说，这时候警督才看到汽车挡风玻璃上贴着一张那篇文章的复印件。虽然担惊受怕，但他遭受的痛苦是值得的。大楼前厅空无一人，看门人也不在，这是干净利落地进行谋杀再好不过的场所，匕首直接刺入心脏，身体摔倒在石板地上发出沉闷的扑通声，门关上了，一辆挂着假车牌的汽车开过来，带上杀人者开走了，没有比杀人和被杀更简单的事情了。电梯就在底层。现在正在上行，把他送往第十四层，里面一连串清晰的咔嚓声表明，一件武器已经子弹上膛，做好了射击准备。走廊里不见人影，各办公室都已关门。钥匙在锁眼中轻轻转动，门开了，几乎没有发出任何响声。警督转过身，用背部把门顶开，打开灯，到各个房间走走，打开所有能容得下一个人的橱柜，往床下面看看，拉开窗帘。一个人都没有。他感到些许荒谬，如此虚张声势地握着手枪瞄准不存在的事物，但正如人们常说的，保证安全，保证寿终正寝，正如他应当从天佑保险与再保险公司的名字中知道的，不仅要保险安全，而且要再保险更安全。卧室里答录机的灯亮着，显示有两个来电，也许一个来自警司，请他小心，另一个来自信天翁的秘书，或者两个都是警察局长打来的，他正为一个亲信变节而气急败坏，虽然选择和任用人员并非他的责任，但他也为自己的前途感到担忧。警督把那组人的姓名地址表放在眼前，上面有他写上的医生家的电话号码，他拨打了这个号码。没有人接听。又拨打了一次。拨打了第三次，仿佛在发出什么信号一样，响过三声之后他就将其挂断。他拨了第四次，这一次终于接通了，对方说，请讲，是医生的妻子干巴巴的声音；是我，警督；啊，晚上好，我们一直在等您的电话；你过得怎么样；一点儿都不好，在二十四个小时里我变成了头号公敌；造成这种情况，而我参与其中，非常抱歉；报纸上登的那些东西不是先生您写的吧；说得对，我还没有到那种地步；有一份报纸在今天刊登的文章，以及人们散发的数以千计的复印件，也许有助于让那些无稽之谈大白于天下；但愿如此；看来您不抱太大希望；

希望，我当然抱有希望，但尚需时日，当前的状况一时半会儿不能解决；我们不能继续这样生活下去，关在房子里，与坐牢无异；一切能做的事我都做了，只能对你说这些；您不再来这里了吗；他们交给我的任务已经结束，我接到了回去的命令；希望我们能再见上一面，并且是在幸福的日子里，如果还有幸福日子的话；看来它们在半路上走失了；谁走失了；幸福的日子；您的话让我更加沮丧；有些人被击倒之后仍然站着，夫人你就是他们当中的一位；这种时候，我多么想让别人帮我站起来；很遗憾，我没有办法给你提供这种帮助了；我想，您给予的帮助要比您所以为的多得多；那只是你的印象，不要忘记，你是在同一个警察说话；我没有忘记，但问题是我已经不再把您视为警察；谢谢你这番话，现在我必须告别了，某一天再见；某一天再见；请小心；我同样提醒您；晚安；晚安。
警督放下了电话。他面临着一个漫漫长夜，如果失眠不来造访，除了睡觉没有别的办法度过。说不定明天就来抓他。没有按照他们下达的命令去北部边界第六号哨所报到，所以要来抓他。也许他删除的其中一个电话录音说的正是这件事，也许是通知他，派来逮捕他的人将于早上七点到达这里，任何反抗的企图只能使他罪加一等。当然，他们有这里的钥匙，用不着万能钥匙。警督苦苦思索着。他身边有拿来就能射击的武器，能够抵抗到最后一颗子弹，或者至少抵抗到第一发催泪弹射进他所在的堡垒之前。警督还在苦苦思索。他坐到床上，往后一仰，躺下去，闭上眼睛，恳求睡意不要迟迟不来。我清楚地知道夜幕尚未降临，他想，天空还有些亮光，但是我想睡觉，想沉沉入睡，不受梦境欺骗，像永远被关进一块黑色巨石，如果不能睡更长时间，至少让我睡到明天早晨七点钟他们来叫醒我的时候。睡意听到了他无助的呼唤，快步跑到那里停留了片刻，随后离开了，以便他脱衣服上床，但马上又回来了，丝毫没有耽误，为的是整夜留在他身边，把梦境驱赶到远方，驱赶到幽灵的世界，那里是它们在水与火之中不断繁衍的地方。

　　警督醒来的时候已经是九点整。他没有哭，说明入侵者没有施放催泪弹，手腕上没有手铐，也没有手枪顶着脑袋，我们一生不知道有多少次被恐惧折磨得痛苦不堪，但到头来这种恐惧却既无依据，又无理由。他像往常一样起床，刮脸，洗澡，然后出门，打算到前一天吃早餐的地方喝杯咖啡。顺便买了当天的报纸。我还以为您今天不会来了，报刊亭雇员像熟人一样亲切地说；这里缺一种，警督提醒说；今天没有出，配送公司也不知道什么时候恢复出版，也许下星期吧，好像对他们征收了一大笔罚款；为什么；因为那篇文章，就是复印了许多份的那一篇；啊，好；这是您的塑料口袋，今天只有五份报，您要少读一些了。警督表示感谢，然后就去找那家咖啡馆。他已经记不起那条街在什么地方，每迈出一步都感到食欲增加，想到烤面包片，嘴里的口水越来越多，我们原谅这个男子汉吧，第一眼看上去他很贪吃，这不成体统的表现与年龄和身份都不相符，但应当想到昨天他是空着肚子上床睡觉的。终于找到了那条街和那家咖啡馆，现在他已经坐在桌子旁边，一边等待一边扫了一眼那几份报纸，好对各报的内容有个大致的印象，我们记下那些黑色和红色的大字标题，祖国的敌人发动新的颠覆行动，是谁开动了复印机，模棱两可的消息带来的危险，复印费用来自哪里。警督慢条斯理地吃着，细细品尝到最后一点儿面包屑，甚至咖啡牛奶也比前一天的味道更浓，吃完以后，身体恢复了活力，精神却提醒他说，从昨天以来你就亏欠着小花园和小湖的情分，亏欠着湖中的绿水和手拿倾斜水罐的女子的情分，你是多么想到那里去呀，但你最后没有去；好，我现在就去，警督回答说。他付完钱，收起报纸就上路了。本来可以叫一辆出租车，但他更愿意步行。没有任何事要做，这是一种消磨时间的方法。到了花园，他坐在曾和医生的妻子一起坐过的凳子上，他就是在这里真正认识了舔眼泪的狗。他看着湖水和手里拿着倾斜水罐的女子。大树下面还有一丝凉意。他用风雨衣的衣襟盖住腿，舒舒服服地坐好，满意地感叹了一声。系着有白色斑点的蓝色领带的男人从后边走过来，朝他的脑袋开了一枪。

两个小时以后，内政部长召开记者招待会。他身穿白色衬衫，打黑色领带，脸上表情极为沉痛。桌子上摆满了麦克风，唯一的装饰是一杯水。他的后面，像往常一样，挂着一面似乎正在沉思的国旗。女士们，先生们，下午好，内政部长说，我请诸位来到这里，是为了告诉诸位一个不幸的消息，受我派遣去调查一个颠覆活动集团的警督于今天死亡，该集团的头目，正如诸位知道的，已经被检举出来。不幸的是，警督不是正常死亡，而是死于精心策划的谋杀，考虑到只用一颗子弹就达到了行刺的目的，毫无疑问，这是罪大恶极的职业杀手所为。无须多说，所有迹象都清楚地表明，这是颠覆分子进行的又一项罪恶的行动，他们仍然在我们不幸的首都破坏民主制度正常运作的稳定性，这就是说，他们仍然在无情地攻击我们祖国政治，社会和道德的完整性。我相信无须我强调指出，被谋杀的警督刚刚为我们树立的崇高典范不仅应当永远受到我们的衷心尊敬，而且将永远得到我们最深切的怀念，所以，今天是个万民同悲的日子，从今天开始，他的不幸牺牲使他在祖国烈士纪念堂里占有一个光荣的位置，像在那里的所有烈士一样永远注视着我们。我代表我国政府,与所有认识这位我们刚刚失去的杰出人物的人一起,对他的去世表示沉痛的哀悼,同时向全国公民保证,政府决不会沮丧,一定要继续斗争,打击阴谋分子的卑劣行径和其支持者不负责任的行为。还有两点必须说明:第一,应警督生前请求,在此次调查中与他合作的警司和二级警员,已经被调离该项任务,以保护他们的生命安全;第二,对于这个纯洁正直的人,这个我们刚刚不幸失去的为祖国服务的典范,政府将考虑一切法律可能性,将尽快破例向他追授祖国为使其增光的儿女颁发的最高勋章。今天,女士们,先生们,对于善良的人来说,今天是个悲伤的日子,但是,我们的责任要求我们高呼奋发向上,勇往直前。一个记者举起手来,要求提问,内政部长已经起身离去,桌子上只剩下那杯没有动过的水,麦克风还在录音,记下人们对死者表示哀悼的静默,后面的国旗还在不知疲倦地思考。随后的两个小时,内政部长与他最亲密的顾问一起制订了一个行动计划,其主要内容是,让警察的精锐部队潜回城内,身穿便服,不得有暴露他们所属队伍的任何痕迹。这就默认了当初让首都处于无警戒的状况是个极其严重的错误。现在纠正错误还为时不晚,内政部长说。正在这时一个秘书过来说,总理请内政部长立即到其办公室谈话。内政部长嘀咕了一句,政府首脑完全可以选择别的时间,但他没有办法,只能从命。他让顾问们留下来对计划做最后的润色,自己离开了。内政部长的座驾在警车的护送下开到总理府所在的大楼,用了整整十分钟,他在第十五分钟的时候走进了总理办公室,下午好,总理先生;下午好,请坐;叫我前来的时候我正在制订一项计划,以纠正我们做出的从首都撤出警察的决定,我想明天可以把计划送来;不必送来了;为什么,总理先生;来不及了；计划已经基本完成，只需稍加润色；恐怕你没有听懂我的话，我说来不及，意思是明天你就不再是内政部长了；什么，他发出的这一声爆发性惊叹显得不够尊重对方；我说的话你完全听到了，大概不需要重复一遍；可是，总理先生；我们还是废话少说，从此刻起，你的职务终止了；不应当这样粗暴，总理先生，请允许我对你说一句，用这种莫名其妙的专横方式回报我对国家做出的贡献，必须有个理由，希望你告诉我，为什么会这样残忍地把我解职，对，残忍地，我不收回这个副词；你在这次危机中的所作所为是一连串的错误，我不一一列举，需要就是法律，这我能够理解，为达目的不择手段，我也能够理解，但总得有个条件，即目的能够达到，法律必须执行，而先生你既没有执行法律，也未能达到目的，还有现在的警督之死；他是被我们的敌人谋杀的；请你不要给我演戏了，我在这里干的时间太长了，不会相信荒诞不经的故事，恰恰相反，你说的那些敌人有一切理由把警督塑造成他们的英雄，而没有任何理由把他杀死；总理先生，没有别的办法，那个人成了危险分子；我们以后会和他算账，但不是现在，把他杀死是个不可饶恕的愚蠢举动，现在，好像还不够乱似的，人们已经上街示威了；没有关系，总理先生，我的情报；你那些情报一文不值，一半民众已经上街，另一半很快就会去；我敢肯定，总理先生，未来将表明我是正确的；既然现在否定了你的正确，未来也帮不了你多少忙，好了，请走吧，此次谈话已经结束；我应该把眼前工作进行的情况告诉我的继任人；此事我将派人处理；可是，我的继任人；你的继任人是我，担任过司法部长的人也能胜任内政部长，我立刻上任，这是内部事宜，不得外传。

19

　　当天上午十点，我们看到两个便衣警察走上四楼，按下电铃。开门的是医生的妻子，她问，你们是谁，有什么事；我们是警察，奉命带你丈夫去接受讯问，你用不着说他出去了，骗不了我们，你的家已被监视，所以我们毫不怀疑他就在家里；你们没有任何理由讯问他，被指控犯下所有罪行的是我，起码到现在为止是这样；这与我们无关，我们接到严格的命令，带走医生，而不是医生的妻子，所以，如果你不想让我们强行进入的话，就去把他叫来，还有，立刻把这只狗拴好，不要让它惹出什么事来。女人关上门。过了一会儿，门又打开，丈夫和她一起来了，他问，你们要干什么；带你去接受讯问，我们已经对你妻子说过，不会再用这一天剩余的时间重复说过的话；带证件了吗，拘捕令在哪里；本市处于紧急状态，拘捕令没有必要，至于证件，这是我们的警员证，你看是不是顶用；我要先换换衣服；我们当中一个人陪你去；你们怕我逃走，怕我自杀吗；我们只是执行命令，没有其他意思。一个警员进去了，在里面待的时间不长。不论我丈夫到哪里，我都跟他一起去，女人说；我已经对你说过，夫人你不能去，留下，不要强迫我做出令人反感的事来；还能有什么比你现在做得更加令人反感的呢；啊，有，有，你想不到，马上就有，他转向医生说，戴手铐，伸出手来；请你不要给我戴这东西，我以名誉担保不会试图逃跑；快，把手伸出来，不要胡扯什么名誉了，很好，这样就更好了，更保险。女人拥抱着丈夫，一面亲吻一面哭着说，他们不让我跟你去；放心吧，你会看到，天黑以前我就回来；快快回来；我会回来的，亲爱的，我会回来的。电梯开始下行。

十一点钟，系着有白色斑点的蓝色领带的男子上了一栋楼房的楼顶平台，这栋楼几乎正对着医生的妻子和她丈夫居住的楼房的背面。他带着一个长方形的油漆木箱。里面是一件拆开了的武器，带望远镜瞄准器的步枪，但用不着使用瞄准器，因为对于一个优秀射手来说，这样的距离不可能脱靶。也无须使用消声器，但在当前的情况下，出于道德方面的原因，系着有白色斑点的蓝色领带的男子一直认为，使用这种设备是对受害人极端的无礼。武器组装好了，每个零件各就各位，子弹已经上膛，对于这类目标，这是件再好不过的工具。他选好射击位置，开始等待。此人极有耐心，从事这个行业多年，总是把活儿做得干净利落。医生的妻子迟早会到阳台上来。不过，为应付等待时间过长的情况，他随身带着另一件武器，一个普通的弹弓，就是人们用来扔石头，特别是用来打碎玻璃窗的那种玩意儿。听到玻璃窗被打碎的声音，谁也不会不赶紧跑过来看看是哪个淘气孩子干的。一个小时过去了，医生的妻子还没有出现，她一直在哭，可怜的女人，但现在要来喘口气了，她没有打开临街的窗户,因为那边总是有人在看,还是后面好,自从有电视以来后面总是比前面安静得多。女人走近铁栏杆,两只手放在上面,感到了一丝凉意。我们不能问她是不是听到了接连两声枪响,她死了,躺在地上,鲜血流出来,滴到身下的阳台上。狗从里面跑出来,它闻了闻女主人的脸,接着又舔了舔,然后把脖子伸向高处,发出一声令人毛骨悚然的吠叫,但立即被另一声枪响打断了。这时候一个盲人问,你听到什么响动了吗;三声枪响,另一个盲人回答说;但是还有一只狗在叫;已经不叫了,大概是因为第三声枪响;很好,我讨厌听狗叫。

《复明症漫记》与《失明症漫记》
（代译后记）

一九九八年的诺贝尔文学奖得主若泽·萨拉马戈自称"讲故事的人"，在其代表作《失明症漫记》中，他以非凡的想象力虚构了一个离奇的故事：某个没有名字的城市突然暴发"失明症"，男女老少陆续失明，被当局关进废弃的精神病院，由军警严加看管。人人惊恐不安，度日如年。萨拉马戈以浓墨重彩描绘出几位被塞进其中一个病室的人物，他们同样没有名字，只有职业或绰号：医生、医生的妻子、第一个失明者、第一个失明者的妻子、戴黑眼罩的老人、戴墨镜的姑娘、斜眼小男孩……他们当中唯有医生的妻子奇迹般地没有失明，伪装成盲人默默地帮助难友，成为他们的领袖和灵魂，并且为读者见证了他们经历的种种苦难，特别是一伙盲人恶棍垄断食品分配权，强迫女盲人服"淫役"的残暴行为，以及难友们蒙受的其他屈辱和他们进行的挣扎、反抗……应当感谢萨拉马戈，故事竟然有个圆满的结局，让善良的人们战胜恶魔，活了下来，恢复了视力，重见天日，并且相互成为亲密的朋友！

作为《失明症漫记》的姊妹篇,《复明症漫记》的故事发生在"失明症"过后的第四个年头。萨拉马戈又开始讲故事了。四年前复明的市民似乎欣逢盛世,衣食无忧,即将参加一人一票的选举。医生、医生的妻子、戴黑眼罩的老人、戴墨镜的姑娘、斜眼小男孩……重新在故事中出现,只不过医生的妻子由一号人物变成了二号人物,把原来的地位让给了"警督",一个同样没有姓名只有职务的新人。

谁能料到,"复明"也成了病症,社会病症。又是一个寓意深刻、动人心弦的故事!

其实,文学翻译只是我的业余爱好,我的本职是新闻工作。一九六四年从北京广播学院(现中国传媒大学)外语系葡萄牙语专业毕业以后,我一直在中国国际广播电台葡萄牙语部从事翻译、编辑、记者和播音工作。"四人帮"倒台、"文化大革命"结束以后,也曾阴差阳错担任了几年行政职务,但始终没有离开过葡萄牙语方面的业务。改革开放后,一是由于个人兴趣,二是因为别无他能,开始利用业余时间翻译一些葡萄牙语的文学和历史著作,其中包括若泽·萨拉马戈的《修道院纪事》。不承想一发而不可收,获得了中国首届"鲁迅文学奖·全国优秀文学翻译彩虹奖"和第二届"全国优秀外国文学图书奖",还有巴西圣保罗文艺评论家协会颁发的"国外最佳翻译奖"。一九九七年还获得葡萄牙总统若热·桑帕约授予的"绅士级功绩勋章"。

二〇〇一年年初,我退休了,离开了钟爱一生的对外广播事业,不能再主持《北京夜话》和《中国成语》等节目,不能再面对话筒与葡萄牙语国家的听众谈古说今。这时候，澳门终审法院邀请我去担任院长办公室翻译顾问。因为在二十世纪末曾参与《中华人民共和国澳门特别行政区基本法》葡萄牙语版的定稿工作，我对法律还是有兴趣的，就答应了。合同定的是为期两年，结果一去就是五年多。

二〇〇七年初离开澳门回到北京。自改革开放以来，上班忙工作，下班从事文学翻译，没有周末，没有节假日，没有时间孝顺老人，没有时间关心家庭，现在年近古稀，一些老年病随之而来，于是下定决心，脱离葡萄牙语，过真正的退休生活。

几年时间，能经常去看望年迈的母亲，跟老人家唠叨唠叨陈年旧事，在家里也学着买买菜，做些洗碗倒垃圾之类技术含量不高的家务活，读多年来想读而没有时间读的书，特别是朋友们赠送的译作或著作，上上网，看看电视和报章杂志，过得还算悠闲。

当时也知道了萨拉马戈出版《复明症漫记》的事，也曾闪过再作冯妇的想法，继续翻译的念头像小虫子在心里蠕动一样，与刚刚戒烟的时候看到别人吞云吐雾的那种感觉非常相似。不过，我还是按住了内心的冲动，理由有二：第一，我不是职业翻译家，文学翻译只是业余爱好；第二，这一点更为重要，我是个急性子，管不住自己，只要一开始翻译就会废寝忘食，不顾一切，打断悠闲的日子。

直到二〇〇八年的一天，一位葡萄牙语界的老朋友前来探望，没寒暄两句就从手提包里掏出一本葡萄牙道路出版社二〇〇四年版的《复明症漫记》，甩在我的写字台上，直截了当地说：萨拉马戈的小说现在只有两部译成了中文，《失明症漫记》和《修道院纪事》，都是你翻译的；这本《复明症漫记》是《失明症漫记》的姊妹篇，你不翻译谁翻译？《失明症漫记》你是利用业余时间完成的，仅用了不到一年的时间，现在你不用上班了，用几年的时间翻译《复明症漫记》，够轻松的吧？难道会影响到你的生活节奏？

快人快语，振聋发聩。听人劝，吃饱饭，只要安排得当，鱼与熊掌亦可兼得。

就这样，《复明症漫记》的翻译悄悄开始了。守口如瓶，不考虑出版，绝对不着急，不打乱原有的生活节奏。首先像普通读者一样把原书看了两遍，便着手"先啃骨头后吃肉"。衷心感谢电脑这个科技产物，让我能以特别的方式翻译：看一段，如果觉得不难，就跳过去，看下一段；如果觉得难，称得上"难啃的骨头"，就翻译……每天一两个小时，最多三个小时，有时候还整整一周不打开电脑。就这样，直到二〇一一年五月，新经典文化有限公司的编辑来商量《修道院纪事》和《失明症漫记》再版一事，才向他们透露还有一本《复明症漫记》："骨头"已经啃完，"肉"也吃掉大半。他们欣然同意出版。这就是《复明症漫记》的翻译长达四年，与《失明症漫记》的再版同步出版的故事。

现在，读客文化再版《失明症漫记》《复明症漫记》和《修道院纪事》三部小说，适逢作者萨拉马戈百年华诞，衷心祝贺。

还应当再次提醒读者，萨拉马戈的作品风格独特，即使葡萄牙语国家的读者也认为阅读不易，需要多读几遍方能体味其妙处所在。标点符号的使用也是萨拉马戈的一个特点。葡萄牙语和汉语一样，也有逗号、句号、问号、叹号、引号、省略号等，而萨拉马戈的作品，至少在这三部书的六十多万字中，只有两种：逗号和句号。人物对白通过首个字母大写来表示开始。而译成中文却不能照方抓药，否则贻笑大方。道路无法逾越，只能绕行，在译文中增加了一个分号。我曾当面与萨拉马戈谈及此事，他耸耸肩膀，摊开双手说：两种文字差别太大，这是没有办法的办法。

在《失明症漫记》中文译本第一版"译后记"的最后，我曾写道："莫非我的文学翻译生涯就此终结？《失明症漫记》难道是我的最后一部译作？"

看来，这本《复明症漫记》才是我翻译的最后一部小说。

范维信
二〇二二年于北京

萨拉马戈诺贝尔文学奖获奖演说[1]
人物如何当上师父，而作者成了他们的学徒

我这一生中认识的最有智慧的人目不识丁。凌晨四点，当新一天的希望仍在这片法属的土地上磨蹭时，他从草垫子上翻身起床，走向田野，把六七头猪带到草场。猪的繁殖力养活了他和他的妻子。我的外公外婆生活拮据，靠着小规模的猪崽繁育谋生，猪崽断奶后卖给地处里巴特茹省[2]的阿济尼亚加村的邻居们。他们的名字分别叫杰罗尼莫·梅林霍和乔瑟法·柴辛哈，两人都是文盲。当冬夜的寒气足以让屋内罐子中的水结冰时，他们走进猪圈，把体弱的猪崽抱回屋里放在自己的床上。在粗毛毯子之下，人的体温帮助小动物们度过严寒，挽救了它们必死的命运。尽管他们俩都是和蔼可亲的人，但他们的作为并非出于一颗怜悯之心：他们没有多愁善感，也没有华丽辞藻，心之所系是保护他们的每日食粮。这对于他们而

1　© The Nobel Foundation 1998
2　葡萄牙历史上的一个省份，今属圣塔伦区。

言是自然而然的，为维持生计他们学会了不去思考无用的东西。多少次我帮助外公杰罗尼莫放牧猪群；多少次我在房屋附近的菜地里挖土，劈柴生火；多少次我一圈一圈地转动抽水泵的大铁轮，从公用水井中取水，肩挑回家。多少个凌晨，我同外婆带着耙子、麻袋和绳子，悄悄躲开守护玉米地的男人，去收集残茬碎叶给家畜当褥草。有时候，在炎热的夏天夜晚，晚饭后外公会对我说："若泽，我们俩，都去无花果树下睡觉。"村里还有其他两棵无花果树，但是那一棵，当然是历经了无数岁月，最高大，也最古老的那棵，才是家中的每个人心中所指的那棵无花果树——或多或少是修辞学中所谓的借代，一个我多年后才遇到并了解其定义的学术词语……在夜的沉静笼罩之下，在高高展开的树枝中间，一颗星出现在我的视野中，然后又慢慢躲进树叶背后，与此同时我把目光转向另一侧，看到蛋白色的银河渐渐呈现，像一条无声息流过空旷天际的河，我们村里仍然称其为"通往圣地亚哥之路"。睡意迟来，黑夜里走进了我外公讲了又讲的故事和事件中的人物：传奇、幽灵、恐怖、奇特片段、古老的死亡、棍石冲突、祖先的遗言，说不尽的记忆中的传言，让我不想入睡，同时又轻轻地牵我进入梦乡。我从来不知道我睡着时他是否陷入沉默，或者还在继续讲他的故事，以便不留下尚未给出的解答，因为在他讲述时故意留出的大多数停顿中，我必定会提出"接下来发生了什么"的问题。也许他为自己重复这些故事，为了不忘记它们，或者添入新的细节使之更加丰满。不用说，在那个年纪——我们每个人在某个时候都那样，我想象中的杰罗尼莫外公是掌握世界上所有知识的大师。当鸟鸣声伴随着第一道晨光将我唤醒时，他已不在我的身旁，赶着牲畜去了野地，留下我继续睡觉。接着我就起身，卷起粗毛毯子，光着脚——我在村里总是光脚行走，直到十四岁——头发上仍然沾着草叶，从院子耕种过的一边走到房子旁盖着猪圈的另一边。我的外婆在我外公之前早已起身，给我端上一大碗咖啡和几片面包，问我是否睡好。如果我告诉她听了外公的故事做的噩梦，她总会消除我的担忧："别当回事，梦里的东西都是假的。"当时我觉得，虽然外婆也是个非常聪明的女人，但还没能达到外公的高度，身旁陪伴着外孙若泽，躺在无花果树下的外公，是个用几句话就能让整个宇宙旋转起来的人。许多年之后，我外公已经离开人世，我也已长大成人，那时我才意识到，其实我外婆也是相信梦的，不然的话就很难解释她说的话。一天晚上她坐在现已独居的小屋门口，盯着头上最大和最小的星星，说道："世界真美好，可惜我要死了。"她没有说她害怕死去，而是说死去很可惜，就好像她那劳碌无度、备尝艰辛的一生，几乎在最后的时刻获得了至高无上的临终告别的恩宠，获得了向她揭示的美的慰藉。她坐在小屋门前，与我能想象的整个世界中的所有其他人都不同，因为他们是可以与猪崽共享床铺，视其为自家孩子的人，也因为他们为离开人世感到悲伤，觉得世界很美。这个杰罗尼莫，我的外公，养猪人和讲故事的人，感觉到死神即将前来将他带走时，向院子里的树木一一告别，流着眼泪与它们拥抱，因为他知道自己再也无法见到它们了。

很多年以后，我第一次提笔将我的外公杰罗尼莫和外婆乔瑟法写入作品中（至此我尚未提及，据许多认识她的人说，外婆年轻时是个相貌出众的女子），当时我才终于意识到，我正在将普通人转化为文学人物：这也许是我不让他们从记忆中淡去的方法。我用铅笔一遍一遍地描绘他们的面容，不断改变记忆，不断为单调乏味且无休无止的日常劳作添加色彩和光亮，就好像在不稳定的记忆的地图上创造栖居生存于此的那些人，表现这个国家超自然的非现实。同样的心理态度，在记忆中唤起某个北非柏柏尔人祖父迷人而神秘的形象之后，引导着我用差不多如下的文字描述一张我父母的老照片（已有近八十年的历史）："两人都站着，漂亮而年轻，面对着摄影师，脸上显露出隆重而严肃的神情，也许是镜头即将捕捉他们不再会拥有的形象的那一片刻在照相机面前的恐慌，因为随后而来的一天不可改变的将是另外一天……我母亲将她的右手肘倚靠在高高的柱子上，右手拿着一朵花，缩向身体。我父亲用手臂搭着我母亲的背，长茧的手出现在她的肩膀上方，像只翅膀。他们在一条树枝花纹的地毯上腼腆地站立着。撑开的帆布假背景上是模糊不清的新古典主义建筑，显得格格不入。"我这样结束："会有一天我将讲述这些事情。这些事情无足轻重，但对我则不然。一个北非柏柏尔人的老祖父，一个养猪的老外公，一个异常漂亮的外婆；严肃但不失英俊的父母，照片中的一朵花——我还在乎什么家族谱系？还有什么更好的大树我可以倚靠？"

这些文字是我大约三十年之前写下的，没有其他目的，仅仅为了重建和记录那些造就了我、与我最亲近的人的生活的瞬间，相信不用对那些人做任何其他解释，便可让人知道我来自何处，是何种材料制成，又一点一点地变成了什么。但我的想法终究是错误的。生物学并不决定一切，至于遗传基因，它进行如此长途旅行的路径一定非常神秘……我的家族谱系（原谅我妄自尊大使用这样一个字眼，而实质上却是如此微不足道）不仅缺少时间和人生连续遭遇促成的从主干衍生的那些枝条，还缺少帮助其根系深深扎入地下土层的人，缺少能够辨清其连贯性和果实风味的人，也缺少展开和加固树冠使之成为候鸟栖居与筑巢之地的人。当我试图用文学的颜料对我的父辈和祖父辈进行描绘，用新的、不同的方式表现我人生的建筑者，把他们从有血有肉的普通人转化为人物时，我并没有意识到走进了一条小道。在这条小道上，我后来塑造的人物，还有其他真正的文学人物，将会建构，将会带给我材料和工具。这些东西最终，不管是好是坏，够与不够，是获益还是受损，总体而言太匮乏，但某些方面又太丰盈，造就了我现在认为是自己的那个人：那些人物的创造者，同时又是他们自己所创造的。在某种意义上甚至可以这么说，一个字母接一个字母，一个词接一个词，一页接一页，一本书接一本书，我成功地在我自己身上植入了我塑造的人物。我相信没有他们，我不可能成为今天的我；没有他们，我的人生也许不会成功超越一张蹩脚的草图。或者像一个众人憧憬却无法兑现的许诺；或者是一场前程可观但到头来一事无成的人生。

现在我清晰地认识到那些人是我人生的师父，他们是最真诚地教会我以艰辛劳作来面对生活的人。我看到我的小说和剧本中的几十个人物跃出纸面，此时正从我眼前大步走过。我相信自己作为故事叙述者，那些笔墨创造的男人和女人，是按我的心念导出的，服从我作为作者的意愿，像会说话的木偶，而他们的行为，就如我操控他们时施加的力量和牵动绳索那样对我全无影响。这些师父中的第一位无疑是个平庸的肖像画师,我姑且简单地称其为H,是一则标题为《油画与书法手册》的故事中的主要人物。我觉得这一则故事可以合理地称作双重成长小说(小说人物的成长,但从某个层面说也是作者的成长故事)。这个人物教会我简单的诚实,即看到、认识到自己的不足而不带愤怒或挫折感:由于我不能,也无意,跨出自己耕作的小片田地,留下的可能性只有朝下挖下去,直到根部,直到我自己的同时也是世界的根源。请原谅我如此大言不惭。当然,努力产生的结果价值如何,不是由我来做出评定的。但是今天我认为,自那以后我的所有作品都遵循了那个目标与原则,这一点显而易见。

接着走过来的是阿兰特乔的男人和女人,与我外公杰罗尼莫和外婆乔瑟法同属被诅咒的土地上的兄弟。这些原始的农民家贫如洗,在只配得上被称作恶劣的工作条件下劳作,不得不出卖自己手臂的力量,以换取一份工资,其生活与我们自豪而满足地称为——依情况而定——有教养或文明的人们精致、神圣、高贵的生活相比不啻天渊。他们是我熟知的普通人,那些受到教会——既是政权和地主的同谋也是受惠者——蒙骗的人,那些永远是警察关注对象的人,那些无数次武断的虚假正义的无辜受害者。在书名为《从地上站起来》(*Levantado do Chão*)的小说中,农民贝德韦瑟一家三代人经历了从二十世纪初到一九七四年推翻了独裁统治的四月革命。这些从地上站起来的男人和女人,开始是真实的人,后来成了小说形象。我学会了耐心,相信时间,信任时间,让时间同时建构并摧毁我们,以便为再一次摧毁而重新建构。我唯一无法确信是否能欣然接受的，是艰辛的人生经历转化成了那些男人和女人的善德：一种对待生活的自然节制态度。二十余年之后，那些从生活中学得的教益在记忆中依然栩栩如生，在头脑中完好保存，每天都能感到它在我精神上的存在，像持续不断的召唤：我没有失败，至少还没有，阿兰特乔广袤无际的平原催我多多进取，给我接近崇高荣耀的榜样的希望。时间将会做证。

我能从一个生活在十六世纪的葡萄牙人身上得到什么教益呢？此人出版了《诗韵集》（*Rimas*），在《卢济塔尼亚人之歌》（*Os Lusíadas*）中描述了荣耀之争，船难和民族的幻灭，绝对是我们文学中最伟大的诗歌天才，不管这样的评价会给自称为"超级卡蒙斯"的费尔南多·佩索阿带来多少悲痛。所有我能从中学习并得到适合于我的教益的，简简单单就是路易斯·瓦·德·卡蒙斯纯粹的人性。比如说一个作者以不乏自尊的谦卑，一家一家去敲门，寻找愿意出版他书写之作的人，在此过程中遭受抱有身份和种族偏见的不学无术之人的轻视，受到一个国王和他有权势的随从轻蔑的冷落，受到这个世界款待来访诗人、空想家和傻瓜同样的一如既往的嘲讽。每个作者的人生中至少曾经有过一次，或将会遭遇，尽管他没有写过诗作《流逝河水的岸边》（*Sôbolos rios*），路易斯·瓦·德·卡蒙斯的经历……踌躇于贵族、国王随从和宗教裁判所的审查中间，或昔日的爱恋和未老先衰的幻灭中间，或写作的痛苦和完成创作的喜悦之间。是这个病恹恹的男人，从众人前往寻求发迹的印度两手空空归来；是这个瞎了一只眼睛、灵魂受创的人，是这个与任何财富无缘、在王宫里博不到任何女士倾心的人，却把一部名为《这本书我该怎么办？》（*Que farei com este livro?*）的剧作搬上了舞台。该剧的结尾重复了另一个唯一真正重要的问题，一个我们无法知道是否最终会有充分答案的问题："这本书你们该怎么办？"他同样以这种不失自尊的谦卑，胳膊下夹着一部杰作的书稿，不公正地被全世界拒绝。不失自尊的谦卑也相当固执地等待着了解，到了明天，我们写的那些书的目的将是什么，同时马上怀疑它们是否会留存一段时间（多久）。等待着给予我们肯定的理由，或者自己给自己的理由。受骗最深的人是允许别人欺骗自己的人。

又有两个人朝我走来，那个男人在战争中失去了左手，那个女人来到这个世界时就携带着能够看透他人皮肤的神奇魔力。他的名字叫巴尔塔萨尔，绰号"七太阳"；她被人称为布里蒙达，后来也被叫作"七月亮"。因为书中这么写道，天上有个太阳，那么必须有个月亮，只有两者和谐地出现并通过爱两相结合，地球才能成为宜居之地。还来了一个名叫巴尔托洛梅乌·洛伦索的耶稣会传教士，此人发明了一台能够飞上天空的机器，助推飞行的不是任何燃料，而是人的意愿。人们说意愿可以成就任何事情，但意愿不能，或者不知如何，或者至今尚不愿意成为带来普惠或普遍尊重的太阳和月亮。这三个葡萄牙傻瓜来自十八世纪，彼时迷信泛滥，宗教审判之火熊熊燃烧，一个爱慕虚荣、妄自尊大的国王大兴土木，下令建造一座修道院、一座宫殿和一座大教堂，让世人惊叹不已。这一想法也基于一个非常小的可能性，那就是世界具有足够的眼力可以看到葡萄牙，有了布里蒙达的眼睛，可以看到隐藏的东西……朝这里又走来了成千上万的男人，脏手上长满老茧，身体疲惫不堪，年复一年……又出现一块又一块的石材，工程浩大的修道院外墙，巨大的王宫厅堂，石柱与壁柱，高耸入云的钟塔，悬空的大教堂穹顶。此时音乐声悠悠传来，是意大利音乐家多美尼科·斯卡拉蒂拨弦的大键琴，他茫然不知此时应该表现欢乐还是悲泣……这就是《修道院纪事》的故事，得益于多年前同他外公杰罗尼莫和外婆乔瑟法一起生活时学到的东西，这位学徒作者在其中写下了一些类似的不乏诗意的话语："除妇人之谈外，梦是牵住世界在轨道上运行的力量，但梦也用月亮为世界加冕，这就是为什么男人头脑中的天空如此恢宏，除非男人的头脑就是唯一的天空。"诚心所愿吧。

关于诗歌，那个少年已经略有所知，他是从里斯本技术学校的课本中学得的。他在该校受训，为他的劳工生活做准备：当技工。他在公共图书馆度过长长的夜晚，与诗歌大师相遇。他随意阅读，从目录中翻寻，没有人提供指导，也没有人提出建议，全凭着水手的想象创造他发现的每个地方。《里卡尔多·雷耶斯离世那年》的创作始于技术学校的图书馆中……在那里，有一天年轻的技工（他将近十七岁）发现一本名为《雅典娜》的杂志，里面有里卡尔多·雷耶斯署名的诗歌。由于他对自己国家的文学地图知之甚少，他以为真有个名叫里卡尔多·雷耶斯的葡萄牙诗人。但是他很快发现这个诗人其实是费尔南多·诺各伊拉·佩索阿，他编造出子虚乌有的诗人姓名发表作品。他将其称为"异名者"，这个词在当时的词典中尚不存在，正因如此，那位文学学徒难以知晓它所指何物。他把不少里卡尔多·雷耶斯的诗歌熟记在心（"追求伟大，你需要／着眼于面前的细微"[1]）；但是尽管年少无知，不明事理，他仍然无法接受一个崇高的头脑真的能够不带悔恨写出如此残忍的诗行："智者安于世界现状。"后来，那位学徒已白发苍苍，自己也更加明智，斗胆写了一部小说向这位写颂歌的诗人展示一九三六年的世界状况，让他度过生命中的最后几天：纳粹军队占领了莱茵区，佛朗哥向西班牙共和政府发起战争，萨拉查政府建立葡萄牙法西斯组织。他以这种方法告知："我沉静悲悯、优雅多疑的诗人，这就是世界的现状。观赏吧，睁眼看吧，既然安坐是您的智慧……"

《里卡尔多·雷耶斯离世那年》以如下悲伤的描写作为结尾："在这里，海洋终止，陆地等待着。"就这样，葡萄牙不再有新的发现，命定永久地等待着甚至不可想象的未来；只有往常忧伤的思乡曲，同样古老的思愁，还有一点儿……那时，那个学徒有了新的想象，可能仍然有办法重新将航船送出海洋，比如说，移动一片陆地，将陆地送入海洋。作为历史上葡萄牙人对欧洲鄙视的集体愤怒的直接后果（更准确地说是我自己愤怒的结果），我当时创作了长篇小说——《石筏》——关于整个伊比利亚半岛摆脱了欧洲大陆，变成一块巨大的漂浮的岛屿，不用桨，不用帆，不用螺旋推进器，完全自行朝南向漂行，"石头和土地的巨块，满载着城市、村庄、河流、树林、工厂、灌木丛和田地，带着人和动物"驶向一个新的乌托邦：半岛的人们与大西洋另一边的人们举行文化会议，因此反

---

[1] 该处译文为此文作者新译。

抗——我的策略非常过分——美国在那个地区实施的令人窒息的统治……从一个双重乌托邦的视野,可以在这部政治小说中看到一个更加宽泛的人类的比喻:欧洲,整个欧洲应该移向南方以帮助平衡世界,作为对先前和当下的殖民主义伤害的补偿。也就是说,欧洲最终是个道德喻指。《石筏》中的人物——两个女人、三个男人和一条狗——在半岛漂行于大洋的过程中持续穿越旅行。世界正不断变化,他们知道必须找到自己将要充当的新角色(更不用提那条狗了,它与其他狗类不同……),对他们而言,这就够了。

那时,学徒想起在他创作生涯以前,他曾干过校对员的职业,也就是说,如果在《石筏》中他修订了未来,那么现在动手修正过去可能也不是个坏主意。这引向了一部名为《里斯本围城史》的长篇小说的创作,其中一名校对员正核对一本同名的书,但不是小说,而是一本真正的历史著作时,因看到"历史"如何越来越不足以让人惊奇,感到无聊,决定将书中的"非"改为"是",以肯定取代否定的内容,从而颠覆"历史真理"的权威。雷蒙多·席尔瓦,那个校对员,一个简单的普通人,与大众的不同之处在于他相信所有事情都有看得见的一面和隐藏的一面,除非我们看得见事情的两面,不然就对事物一无所知。他同历史学家讨论了这一方面:"我必须提醒您,校对员都是很严肃的人,在文学和生活上都有丰富的经验。**请别忘了,我的书关系着历史**。然而,由于我无意指出其他方面的矛盾,以鄙人之见,先生,所有不是文学的东西都是生活。**历史也一样?**历史尤其如此,这么说并没有冒犯之意。**还有绘画和音乐,音乐自诞生以来**

就不断抗拒，反反复复，试图摆脱文字的羁绊。我认为这是出于嫉妒，但最终还是甘愿称臣。还有绘画。好吧，现在绘画只不过是用画笔描述的文学。我相信您没有忘记人类在学会书写很久之前，就已经开始绘画了。您熟悉'如果你没有狗，带着猫去打猎'这个谚语吗。换言之，一个人如果不会书写，那么就像个孩子那样去描，去涂。您试图说明什么，换句话说，文学在诞生之前就已经存在。是的，先生，就像人一样，可以这么说，到来之前已经存在了。您给我的印象好像找错了职业，您应该成为一个哲学家，或者历史学家，您具有这两个专业所需的天赋和气质。我缺少必要的训练，先生，一个没有经过专业训练的普通人能成就什么，我带着正常基因来到这个世界就已经算是幸运的了，但是现在处于夹缝生存的状况，而且没有受过小学之后的教育。您可以以自学者的身份标志自己，通过自己的刻苦努力取得成果，没有什么不光彩的地方，昔日的社会以自学成才者为荣。已经不一样了，社会进步让这种现象不再可能，现在人们对自学者不屑一顾，只有那些写娱乐诗和消遣故事的人才有资格被称为自学成才，祝他们好运。至于我自己，我无须隐瞒自己对文学创作并无特殊专长的事实。当个哲学家，伙计。您真有幽默感，先生，具有出色的反讽天赋，我心中不解，您为何投身于历史研究，那可是一门严肃且深奥的科学。我只在真实生活中挖苦讽刺。我总认为历史不是真正的生活，文学是，其他都不是。但历史在还不能称其为历史的时候曾经是真实生活。所以您相信，先生，历史就是生活。当然，我相信。我的意思其实是历史曾经是真实生活。那是不容置疑的。如果没有删除键，我们会变成怎样，校对员叹了口气说。"说明这一点全无必要,那位学徒与雷蒙多·席尔瓦一起学会了质疑。时机将临。

也许学会质疑的课程帮助他度过了创作《耶稣基督眼中的福音书》的历程。的确如他所说,书名来自一个视觉上的幻象,但或许有人会提出这样的问题:新作是不是那位校对员清醒思考的范例,因为此人长期以来一直在打理着新小说得以冒芽的土壤。这一回情况有所不同,不是从《圣经·新约》的书页背后寻找对照,而是把强光投射到书页的表面,就像细察一幅油画那样,用低光凸显其油彩的起伏和交错的痕迹,观察低凹的阴影。这一次,在福音派人物的围观之下,那位学徒就是这样阅读的,就好像这是对无辜者进行大屠杀的第一次描述,而读过之后,他无法理解。他无法理解为什么在人们听到创始者最初宣告教派成立的前三十年,就已经有了该教的殉道者;他无法理解为什么唯一有能力作为的人不敢去拯救伯利恒的孩子们的性命;他无法理解约瑟与家人从埃及归来之后没有了最起码的责任感、自责和负罪感,甚至连好奇心也丧失殆尽,甚至无人能找到辩解的理由:伯利恒的孩子们有必要去死,以便拯救基督的性命。这里统领所有凡俗和神圣事务的简单常识都提醒我们,上帝不会派他儿子,尤其不会派他带着救赎人类罪孽的使命降临人间,在两岁那年面临被希律王的士兵砍下头颅而死的命运……由于情节跌宕,那位学徒带着崇高的敬意写下的那篇《福音》中,约瑟将意识到自己的罪责,接受自己犯下罪孽的惩罚,充满悔恨,几乎没有抵抗就被带去处死,就好像这是留下的最后可做的事情,与世界结清账目。结果是,那位学徒的《福音》并不是又一篇具有教化意义的圣人与天神的传奇,而是几个困于权力争斗却无法获胜的凡人的故事。耶稣将会继承他父亲曾穿着走过许许多多乡村道路的那双蒙着尘土的凉鞋,也会继承他父亲不幸的责任感和负罪感。这种负罪感永远不会离他而去,甚至隐含在他的十字架上方大声说出的话中——"诸位,原谅他,因为他知道自己做了什么",意指派他去往该处的上帝,但如果在最后的痛苦中他依然记得赐予他血肉之躯的生父,也许也是说给他听的。如你所见,当他在那部异端邪说的《福音》中写下耶稣与记录者之间于圣殿交谈的最后话语时,这位学徒已经完成了长距离的旅行:"负罪感是一头吞食了父亲又吃幼崽的狼,接着很快会轮到你。你怎么样,以前被吞食过吗?不仅吞吃,还呕吐出来。"

如果查理曼大帝没有在德国北部建造修道院,如果那座修道院不是明斯特城的源头,如果明斯特城没有为其第十二个百年庆典安排一场关于恐怖的十六世纪中新教安曼教徒与天主教徒之间战争的戏剧演出,那么,那位学徒就不会去写他那部《以上帝的名义》的戏剧作品。又一次,在除了一丝理性之光没有任何其他帮助的情况下,那位学徒必须穿过能轻易挑起人类互相杀戮的、令人费解的宗教信仰迷宫。他又一次看到偏狭的丑陋面罩,那种偏狭在明斯特城疯狂发作,玷污了双方都声称誓死捍卫的事业。因为这不是以两个敌对上帝的名义进行战争的问题,而是在同一个上帝的名义下的战争。明斯特的安曼教徒与天主教徒都被自己的信仰蒙住了眼睛,无法理解所有证据中最显而易见的证据:待审判日到来之时,双方上前接受他们在人世间的所作所为应得的褒奖或惩罚,上帝——如果他裁决的尺度多少接近人类的逻辑——就不得不接受他们进入天堂,理由十分简单,因为他们都抱有对他的信仰。明斯特的恐怖屠杀让那位学徒得到教益:尽管给出了无数许诺,宗教从来不是用来把人们团结在一起的,所有战争中最荒诞的是宗教圣战,因为即便上帝希望如此,也不能向自己宣战……

失明症而已。那位学徒心想:"我们患了失明症。"他坐下来开始写《失明症漫记》,希望提醒可能阅读该书的人,如果我们亵渎生活的尊严,我们也就扭曲了理智;而人的尊严每天都会受到我们世界中权势者的侮辱;普遍的谎言已经替代了多元的真理;人一旦失去来自其他成员的尊重,他也就不再尊重自己。接着,那位学徒就好像试图驱除理智蒙昧产出的怪兽,开始写所有故事中最简单的故事:一个人寻找另一个人,因为他意识到生活没有向人类提出任何其他重大要求。这本书就是《所有的名字》。虽然并未写出来,但是我们所有的名字都在那里。那些活着的人的名字和死去的人的名字。

我在此归总。希望阅读这些稿纸的声音成为我的人物共同呼声的回响。事实上我没有他们所发出的呼声之外的其他声音。如果对您来说仅为管窥蠡测,请原谅我,但对我而言则是所有。

一九九八年十二月十日

(虞建华 译)

一九九八年诺贝尔文学奖颁奖典礼致辞[1]

国王陛下、殿下、女士们、先生们：

有一类作家犹如猛禽，在同一块领地上方不断盘旋，一本书接着一本书出版，为建构一幅合理清晰的世界图景持续推进。若泽·萨拉马戈属于相反类型的作家，他似乎不断想要创造出新的世界和新的风格。在长篇小说《石筏》中，他让伊比利亚半岛脱离大陆，漂浮着进入大西洋，打开的视野提供了对社会进行讽刺性描述的丰富的可能性。但在他的下一部作品《里斯本围城史》中，读者却看不到这一地理大灾难的任何痕迹。在小说《失明症漫记》中，夺走人们视力的流行病从头至尾弥漫在作品之中。而在后一部小说《所有的名字》中的人口登记办公室，人们从来没有听说过任何关于疯狂传播的失明症，而这个令人恐惧且无所不包的机构也不存

---

1 © The Nobel Foundation 1998

在于先前的任何作品之中。萨拉马戈志之所在，并非呈现合理清晰的宇宙图景。相反，他似乎每次都尝试用一种新方式去捕捉躲躲闪闪的现实，清醒地意识到，每一种表现模式都只是粗略的近似值，可以包容其他近似的价值，也彼此需要。他毫不掩饰地谴责任何自诩为"唯一版本"的东西，仅仅视其为"许多版本中的另一个版本"。没有超乎一切的真理。萨拉马戈描绘的显然自相矛盾的世界意象，必须互相并置才能提供它们自己替代性的对生存的描述，这种生存本质上是变幻无常的、深不可测的。

这些版本中无一例外的是，常识的规则被置之一边。这在当代小说中并不鲜见。但我们在此涉及的是叙事中的不同东西，一切皆有可能发生——而且也在不断发生。萨拉马戈采纳了一种具有挑战性的艺术原则，允许自然法则和常识的某一决定性领域遭到颠覆，但仅限于这单一领域，然后以逻辑的理性和精细的观察来跟踪、反映这种非理性的种种后果。在长篇小说《里卡尔多·雷耶斯离世那年》中，他将诗人佩索阿用作伪装仅存于想象世界的一个虚构名字，塑造成了有血有肉的人物形象，但这一奇思妙想却引出了对十九世纪三十年代里斯本的高超的现实主义描述。另一个例子，他把伊比利亚半岛切断，让它漂离大陆进入大西洋。这是对自然法则的一次违背，紧接而来的是对这种反常规现象后果的精确描述，令人捧腹。在《里斯本围城史》中，事物的状况也遭到颠覆，但处理更加谨慎。在一本关于反抗摩尔人的解放战争的书稿中，一名校对员在肯定的叙述前都添加一个否定词，从而更改了历史的走向。出于忏悔，他迫使自己勾勒一部虚拟历史，以反映他的修正带来的后果。在此，作家又一次推出自己的版本，用以否决任何唯一权威版本的声言。以同样的精神，萨拉马戈编写关于福音叙述的神奇新版本，在其中，读者看到上帝狭隘的权欲，耶稣被重新定义为一个反抗角色，期待中的秩序受到抵触。《修道院纪事》为非现实提供了也许最大限度的施展空间，在其中那位通灵的女主角收集了濒死者的遗嘱——其生成的能量使得故事中的空中旅行成为可能。但是她和她所爱之人被置于客观描述的历史进程之中，具体语境是建造给人类带来巨大苦难的马弗拉修道院的工程。

这部叙述视角不断转移、世界形象不断变更的丰富多彩的作品，由一名叙述者串联所有故事。此人的叙述声音一直与我们同在，他显然是一个老式的全知视角的讲述人，一个够格的司仪，与笔下塑造的人物一起站在舞台上，对他们进行评述，引领他们的脚步，有时在舞台脚灯中朝着我们暗使眼色。但是萨拉马戈又游戏式的与传统叙事技巧拉开距离。这位叙述者也擅长当代荒诞派的手法，在面对全知叙事反映事物实际状况的要求时，发展了一种现代怀疑主义，其结果是产生了一种特征鲜明的文学，同时展现睿智的反思和对睿智缺位的洞见；同时采用狂野的想象和精准的现实主义；同时表达审慎的同情和敏锐的批评；同时传递温情和讽刺。这就是萨拉马戈独一无二的文学合成体。

亲爱的若泽·萨拉马戈：

任何人若试图用几分钟时间介绍您的创作，最终呈现的难免只是一些悖论。您无意让您创造的文学天地成为清晰连贯的世界。您交给我们的独有的历史版本不容成为权力的俘虏。您将我们长期熟识的叙述者领上舞台——但赋予他您谙熟于心的反传统观念和对既定知识抱有怀疑主义的当代态度。伴以敏锐同情心的反讽和没有距离的距离感，是您独具特色的标签。我希望这一奖项能够将更多人吸引到您多彩复杂的世界中来。我谨代表瑞典学院向您表达热烈的祝贺，并请您从国王陛下手中接受今年的诺贝尔文学奖。

瑞典学院　柯杰尔·伊普斯马克教授
一九九八年十二月十日

（虞建华　译）

扫描二维码，畅听本书！

读客®

彩条文库

外国文学读彩条，大师经典任你挑。

扫一扫，立即查看彩条文库全书目，
收集下一本文学好书！